Über die Autorin:

Petra Meyer, 1959 geboren, nach dem Abitur Studium der Rechtswissenschaft in Würzburg und Genf (ass.jur.). Ab 1992 Sanierung von denkmalgeschützten Objekten aus der Jugendstil-und Gründerzeit. 2006: Studiengang Zeichnung und Malerei an der EKA Trier.
Freischaffende Künstlerin

Petra Meyer

Hallo, Paris?

Hannas Telefonate

Roman

Deutsche Erstausgabe 2017

Bildnachweis/Idee/Gestaltung: Xanderman
Lektorat: ninalouisameyer@gmail.com
ISBN 978-3-9806923-9-7

Danke an alle, die mich so unglaublich und unfassbar unterstützt haben. ;-)

Weitere Informationen finden Sie auf:
www.petrameyerblog.wordpress.com

Das Leben ist schön, prägt Euch das ein!

H. D.

Prolog

„Nennen Sie mich Claire“.

Genau das würde sie sagen.

Dieser Satz würde die notwendige Vertraulichkeit erwecken, das Eis wäre gebrochen und sie würde im Anschluss ihr Anliegen besser vortragen können. Alles andere wie *„Ich heiße Claire“* oder *„Ich bin Claire“* würde auch nicht der Wahrheit entsprechen.

Sie hieß Hanna.

Den Namen *„Claire“* hatte sie sorgfältig aus einer langen Liste französischer Vornamen ausgewählt. Mit *„Claire“* würde sie sich wie eine wahrhaftige Französin fühlen. *„Claire“* klang gleichzeitig liebenswürdig und zart. *„Claire“* ließ Erinnerungen wach werden an einen duftigen Frühlingsmorgen, an zarte Kirschblüten oder ein luftiges Baiser à la Pavlova. Der Name *„Claire“* erinnerte an eine sanfte Schneewittchenschönheit oder eine durchscheinende, zierliche Rothaarige. Mit dem Wort *„Claire“* verband man dezent bläulich oder grünlich schimmernde Schmucksteine in filigranes Silber gefasst oder auch den liebevollen Ohrwurm von Gilbert o' Sullivan. Zumindest Hanna dachte an alle diese Dinge und fand den Namen deshalb äußerst liebenswert. Außerdem würde ihr *„Claire“*, anders als zum Beispiel Geneviève, mit Sicherheit immer fehlerfrei über die Lippen kommen.

Claire

Und wenn Du den Eindruck hast, dass das Leben ein Theater ist, dann suche dir eine Rolle aus, die dir so richtig Spaß macht.

frei nach William Shakespeare (1564-1616)

Es war Montagmorgen genau 10.00 Uhr. Hanna saß allein in der Stille ihrer Wohnung am großen Tisch. Vor sich einen Computer neuster Generation, zur rechten eine Tasse Milchkaffee und zur linken zwei Croissants. Das Radio hatte sie ausgeschaltet, weil sie der übertrieben gut gelaunten Moderatorin überdrüssig gewesen war. Hannas Hände schwebten locker über der Tastatur, als würde sie jeden Moment mit einer Klaviersonate beginnen. Leider ein Umstand, der so oder so nicht würde eintreten können. Denn Klavierspielen gehörte nun mal nicht zu ihren Fähigkeiten. Als einziges Geräusch war ein sanftes Schnurren aus dem obersten Briefablagekorb auf dem Tisch zu vernehmen, in den sich der Kater hineingezwängt hatte. Hanna begann in die Tasten zu tippen.

Ungefähr eine Stunde zuvor hatte sie die einzige weiße Bluse aus dem Schrank geholt und mit einem kurzen Anflug von Unmut noch einmal nachgebügelt. Sie würde klären müssen, ob es am Bügeleisen lag, ob das Stärkemittel ausgegangen war oder sich Lustlosigkeit bei ihrer Bügelfee eingeschlichen hatte. Jedenfalls genügte die mangelnde Glätte der Baumwolloberfläche nicht ihren Ansprüchen. Wenn schon gebügelt, dann magisch glatt und faltenfrei. Etwas absonderlich war die Situation zugegebenermaßen schon, denn eigentlich waren eventuelle Knitterfalten an diesem Montagmorgen völlig belanglos. Es war unerheblich, ob ein Knopf an ihrer Bluse fehlte — was nicht der Fall war. Es war gleichgültig, ob die Strumpfhose etwa eine Verzierung in Form einer hinterhältigen Laufmasche aufwies — was auch nicht der Fall war oder ob sie in Parfüm gehüllt war. Was sehr wohl der Fall war. Sie hatte sich bewusst für L´air du temps von Nina Ricci Paris entschieden.

Diesen ganzen Aufwand inklusive roter Fingernägel, passendem Schmuck, sorgfältig geföhnter Haare, rasierter Achseln und Beine, frisch gezupfter Augenbrauen und leichtem Rouge auf den Wangen, all diesen Aufwand hatte sie nur aus einem einzigen Grund betrieben: Es stand ein wichtiges Gespräch an. Ein für sie bedeutsames Gespräch. Und auch ohne ein physisches Gegenüber waren ihr die Glätte der Bluse und ihr gepflegtes Erscheinungsbild ein Gebot der Notwendigkeit. So fühlte sie sich attraktiv und gepflegt. Ihre Stimmung war ausgezeichnet. All das würde sie bei jedem Wort ausstrahlen, auch wenn es nur über das Telefon wäre.

Zu der bügelwarmen Bluse hatte sie nach kurzem Zögern einen schwarzen Rock aus den Tiefen des Schrankes gezogen. Einen Rock aus Kunstfell, denn im Freundeskreis war alles andere als „fake fur" indiskutabel. Die Erbstücke — beides Mäntel aus echtem Pelz und exquisit in Farbe und Form — fristeten deshalb ein trauriges Dasein in einem der hinteren Schrankteile. Sie hatte oft mit aufrichtigem Bedauern die flauschigen Manteloberflächen liebkost. Bis zu jenem frostigen Wintertag mit fünfzehn Minusgraden, an dem sie plötzlich entschieden hatte, das kurzgeschorene Modell allen möglichen Widrigkeiten zum Trotz endlich auszuführen.

"Du trägst echten Pelz?", hatte nicht nur eine Freundin schockiert gefragt. Hanna hatte fast beiläufig und souverän gekontert.

„Eine einzigartige Kunstfell-Qualität", hatte sie kurz und knapp widersprochen. Weitere Nachfragen wurden dadurch für immer im Keim erstickt. Und von einer Minute auf die andere hatten sie Hanna alle lautstark um das wärmende, weiche Kleidungsstück beneidet. Von da an führte sie die Pelze regelmäßig spazieren, wann immer es ihr gefiel. Natürlich bemerkte sie mit kaum zu verhehlender Heiterkeit, dass manche Freundin immer wieder heimlich und voller Faszination über das vermeintliche Kunstprodukt strich. Hanna ignorierte diese Annäherungen bewusst, um eventuellen Diskussionen aus dem Weg zu gehen. Sie redete sich ein, es sei das Mindeste, was sie den Erbstücken schuldig wäre: Spaziergänge an der frischen Luft, natürlich nur bei entsprechend kalten Temperaturen. Worin sonst sollte auch der Sinn der Pelze bestehen, wo die Mäntel nun schon einmal da waren? Eigene Pelzankäufe würde Hanna allerdings niemals in Betracht ziehen.

Die Wahl des schwarzen Rocks aus Kunstfell hatte automatisch die Schuhauswahl minimiert: Da es für Stiefel in der Wohnung zu warm war, waren nur Pumps in Frage gekommen. Eine Fußbekleidung, die sie wenn irgend möglich mied. Schuhe dieser Art waren niemals, aber wirklich niemals bequem. Wer etwas anderes behauptete, der sagte schlicht die Unwahrheit. Solche Schuhe waren eng, unbehaglich und unpraktisch. Allerdings auch leider sexy. In ihrem Beruf musste Hanna notgedrungen immer wieder zu Pumps oder was noch schlimmer war, zu High Heels greifen.

„Bei Empfängen, Seminaren und auch zu den Lunches erwarte ich adäquates Schuhwerk in Kombination mit Rock, Kleid oder Kostüm“, hatte Robert Lehmann, der Chef der Firma, ihr bereits am dritten Arbeitstag unmissverständlich zu verstehen gegeben. Dabei hatte er einen dezent verächtlichen

Blick auf ihre fellgefütterten Slipper und die wunderbar bequeme Jogginghose geworfen.

Diese Hose ist aus feinster Merinowolle mit Seidenanteil geschneidert. Ein wirklich erlesenes Teil, was preislich mein Budget auffällig überstiegen hat, hatte Hanna gedacht und Lehmann wortlos angeschaut. Solche Hosen lagen absolut im Trend. Jede wirklich modebewusste Frau hatte mindestens eines dieser bequemen Hosenwunder im Schrank hängen. Ach du armer Anzugpinguin. Von Mode hast du keinen blassen Schimmer. Dein Anzug, deine Krawatte... eine Katastrophe, war es ihr durch den Kopf geschossen. In diesem Augenblick war es beruhigend gewesen zu wissen, dass nur Mel Gibson hatte Frauengedanken lesen können.

Dabei handelte es sich bei ihren Gedanken nicht etwa um Hirngespinste, sondern um nichts als die reine Wahrheit. Quasi um nachprüfbare Tatsachen. Der Chef trug zur Erheiterung aller Mitarbeiter tagein tagaus scheußliche und vor allem völlig unmodische Anzüge. Mal tauchte er mit pludrigen Bundfaltenhosen, mal mit zu kurzen oder zu langen Jacken im Büro auf. Die Krawatten waren immer entweder zu breit, zu lang oder zu gemustert. Oder alles auf einmal. Unter den Mitarbeitern hatte man schon in Erwägung gezogen, ihm anonym einen modernen Schlips zukommen zu lassen. Oder eine Stilbibel für Männerbekleidung. Robert Lehmann hatte mit Mode nicht das Geringste am Hut. Dafür war er mit Leib und Seele Geschäftsmann. Er war der Herr des Geldes und der Finanzen. Die marode Modefirma Jarell hatte er sich nur aus einem einzigen Grund gegönnt, um die Geschäftswelt von seinen Managerfähigkeiten auch im bereits fortgeschrittenen Alter zu begeistern. Deshalb sorgte er mit wahrem Übereifer für Kündigungen, Umstrukturierungen, Einsparungen und grenzwertigen Verträgen mit Produzenten und Kunden. Er kümmerte sich auch um Neueinstellungen. Hanna hatte er höchstpersönlich rekrutiert und für den kreativen Part in der Firma eingestellt, aus dem er sich klugerweise heraushielt, ja mangels Qualifikation auch völlig heraushalten musste. Was verstand er schon von Schnittmustern, Qualitätsmanagement und Produktionskoordination? Sein Geschmack war, was Mode und besonders Frauenmode anging, jedenfalls sehr reduziert.

Dem Wunsch des Chefs nach Rock und Pumps zu bestimmten Anlässen war Hanna unwidersprochen nachgekommen. Eine emanzipierte Feministin hätte sicherlich vehement aufbegehrt. Nicht so Hanna. Sie würde nie zum Blaustrumpf mutieren und hielt die emanzipatorische Frauenbewegung des Feminismus in Teilen für völlig überzogen. Wie konnte sie auch etwas gegen Rock und Pumps vortragen? Die anerkennenden Blicke der Arbeitskollegen — und zwar beiderlei Geschlechts — hatten einen äußerst erfrischenden Effekt auf das Selbstwertgefühl. Außerdem wusste Hanna natürlich, dass die Absatzhöhe jenseits von sechs Zentimetern ihre Beine wirklich bestens zur Geltung brachte. Und ja, insgesamt veränderten diese Pumps ihren Gang derart, dass sie regelrecht spüren konnte, wie der eine oder andere sich umdrehte. Nichtsdestotrotz liebte sie flache Schuhe und vor allem die Marke „Barfuß".

Zu ihrer eigenen Belustigung saß Hanna nun an diesem Vormittag in ihrer Wohnung in einer Montur, die Robert Lehmann sicherlich mit einem wohlwollenden Augenzwinkern quittiert hätte.

Eigentlich hätte sie an diesem Montag an der neuen Kollektion arbeiten sollen. Was aber nicht möglich war, weil sich in der zurückliegenden Woche das Team noch auf kein von ihr vorgeschlagenes Thema hatte einigen können. Sie persönlich favorisierte das Thema Meer im Stil exklusiver Strandmode. Deauville oder ein bisschen Biarritz hatte sie bei den ersten Zeichnungen vor Augen gehabt. Diese Badeorte Frankreichs könnten als Basis sowohl für die Mode, als auch die Präsentation dienen. In Gedanken hatte sie schon die Models mit den für Deauville so typischen Strandschirmen über den Laufsteg flanieren sehen. Hanna hatte erste kurze Blazerjacken gezeichnet, Shorts und Strickkleider entworfen. Die Eleganz des Badeortes Deauville mit seinen Luxushotels und dem Casino war für sie der emotionale Ausgangspunkt für die neue Kollektion. Die weltberühmte, hölzerne Strandpromenade hatte sie vor einigen Jahren schon fasziniert. Mit den blauen Strandschirmen und den Strandkabinen, die jeweils mit dem Namen eines Hollywoodschauspielers oder Regisseurs gekennzeichnet waren. Sie hatte die Reise in die Normandie unfassbarerweise im Preisausschreiben einer

Frauenzeitschrift gewonnen. Zusammen mit einer Freundin hatte sie wundervolle Tage am Meer verbracht. Wie gerne würde Hanna ihr Konzept für die Kollektion umsetzen. Auf diese Weise könnte sie auch ein bisschen ihrer Leidenschaft für Frankreich frönen. Robert Lehmann hatte tatsächlich eine Agentur für eine neue, europaweite Kampagne gefunden, deren Sitz sogar in Frankreich war. Es passte eigentlich alles. Die Kollektion würde sie Clairefontaine nennen, nach der bekannten Rennbahn in Deauville. Aber noch war nichts wirklich entschieden. Genau deshalb kam sie zur Zeit nicht voran. Eigentlich war man in der Kollektionsrunde ihrer Idee mit dem Thema Meer nicht abgeneigt gewesen. Zum jetzigen Zeitpunkt lohnte es sich jedoch nicht wirklich, weitere Skizzen zu entwerfen. Sie würde den endgültigen Entschluss abwarten. Die Zwangspause kam ihr nur gelegen. So konnte sie diesen Montag komplett für sich persönlich nutzen. Ihre Hände huschten über die Tastatur. Hanna suchte im Computer nach einem bestimmten Namen.

Und wem hatte sie diesen besonderen Montagmorgen zu verdanken? Luis natürlich, dachte Hanna leicht amüsiert und tunkte die Spitze eines Croissants in den Milchkaffee. Auf dem Computerbildschirm erschien eine lange Liste mit Namen.

Freitag der vergangenen Woche hatte Luis mit

Hanna ein Viertelstündchen am Kaffeeautomaten der Firma vertrödelt und sie dann mit einem flapsigen Satz stehen lassen, der Hanna das ganze Wochenende beschäftigt hatte. Begonnen hatte alles mit einer gekonnten Schauspieleinlage von Luis.

„Ich könnte Urlaub gebrauchen", hatte er gestöhnt und sich wie in völliger Verzweiflung die schwarzen Locken gerauft. Einige seiner Kollegen lachten im Vorbeigehen. Man kannte sich. Die Wege in dem großen Gebäude kreuzten sich in den Fluren, Aufzügen oder im Bistro.

Hanna hatte geschmunzelt. Luis war gerade erst aus dem Urlaub zurückgekommen, sah knackig braun und bestens erholt aus und textete pausenlos jeden mit seinen aufregenden Taucherlebnissen zu. Verbotenerweise hatte er sogar ein paar übelriechende Seesterne mitgebracht, die er jedem unter die Nase hielt, ob man wollte oder nicht. Luis war charmant, ein reizender Kollege aus der Marketingabteilung und eine amüsante Quasselstrippe. Nicht zum ersten Mal hatte Hanna gedacht, dass es ein Jammer war, dass Luis mindestens zehn Zentimeter an Körperlänge fehlten.

„Wenn einer Urlaub bräuchte, dann ich", hatte sie erwidert und mit schwer verhohlener Verachtung die Büroplörre, wie Luis den Automatenkaffee nannte, mit Kaffeesahne gestreckt.

Es war mindestens drei Jahre her, seit sie das

letzte Mal die Koffer gepackt hatte. Hanna hatte arbeitsreiche Jahre hinter sich gebracht und mehrmals die Firmen gewechselt, immer auf der Suche nach der Tätigkeit, die sie aufrichtig glücklich machen würde. Robert Lehmann hatte sie mit viel Ausdauer von einer anderen Firma abgeworben. Da Hanna den Job bei Lehmann und seiner Firma Jarell unbedingt hatte haben wollen, war sie auf die wirklich miserablen Konditionen eingegangen. Verbunden mit der Hoffnung auf den außergewöhnlichen Gehaltssprung nach oben, den der Chef für die Zukunft in Aussicht gestellt hatte. Das magere Salär sollte ja nur vorübergehend sein, hatte Lehmann gemurmelt. Alle müssten gemeinsame Anstrengungen unternehmen, um der zur Zeit gesichtslosen Marke Jarell wieder zu neuem Glanz zu verhelfen. Eine Gehaltserhöhung wäre dann durchaus im Bereich der Möglichkeiten. Würde Hanna die Neupositionierung gelingen, dann wäre hoffentlich bald die Durststrecke auf ihrem Bankkonto überwunden. Jedesmal, wenn sie die Auszüge kontrollierte, wurde sie blass. Nicht zu vergessen die Kreditkartenabrechnung, die gnädigerweise immer mit einem Monat Verspätung vom Konto abgebucht wurde. Egal wie belastend ihre Finanzangelegenheiten waren, der Job schien es ihr wert zu sein. Voller Begeisterung hatte sie sich auf die neuen Aufgaben gestürzt. Sie war zuständig für die Entwicklung neuer

Kollektionen. Eine kreative Herausforderung, der sie sich aufgrund ihrer Ausbildung als Designerin gewachsen fühlte. Das Team war engagiert und der Teamgeist einzigartig. Es lief gut. Ihre ersten Kollektionen waren vielbesprochen in allen möglichen Hochglanzmagazinen und verkauften sich mit großem Erfolg. Die Branche war beeindruckt von ihrer Kreativität. Ihre Entwürfe waren stimmig und vor allem tragbar. Mal orientierte sie sich an britischer Exzentrik, dann wieder hatte sie sich von Afrika inspirieren lassen oder eine Kollektion entwickelt, die globales Flair versprühte. Robert Lehmann strahlte. Trotzdem machte er um das Thema Gehaltserhöhung einen großen Bogen.

Hanna war glücklich über das neue Umfeld. Alles war modern und zeitgemäß. Alleine das Gebäude, in dem sie arbeitete, war eine sagenhafte Verbesserung im Vergleich zu ihren vorherigen Arbeitsplätzen. Die Modefirma war im Westen der Stadt angesiedelt. In einem hochmodernen, an Ästhetik kaum zu überbietenden Neubau. Der Realität gewordene Traum eines Arbeitsplatzes. Ein Ort, von dem jeder Designer hoffte, dort arbeiten zu dürfen. Die Gebäudeform war ungewöhnlich, wie ein umgekehrter Becher, der nach oben konisch zulief. Ein hoch dotierter Architekt aus England hatte Glas und rotes Granit für die Bauausführung gewählt. Die Fenster hatten die Form von länglichen, kleinen

Grübchen und waren schwarz abgesetzt. Das fast zehn Stockwerke hohe Bauwerk mit postmoderner Lobby über zwei Etagen stand in auffälligem Kontrast zu allen anderen Nachbargebäuden. Es wirkte zwischen den rechteckigen und quadratischen Häusern wie ein Kunstobjekt in Form eines modernen Fingerhutes. Eine vom Architekten gewollte Assoziation, um einen eindeutigen Bezug zum Unternehmen herzustellen. Der ursprüngliche Eigentümer der Firma und des Gebäudes war ein Italiener aus der Lombardei gewesen. Der hatte das Gebäude nach der Fertigstellung voller Begeisterung auf den Namen „Ditale" getauft, was im Italienischen Fingerhut hieß. Bei dem Spitznamen war es auch geblieben, als der neue Chef, Robert Lehmann, das Unternehmen samt und sonders übernommen hatte.

„Wohin würdest du denn gerne reisen?", hatte Luis am Freitag gefragt und ihr nochmal eines dieser unwiderstehlichen, arabischen Zuckerteilchen angeboten. Luis hatte in Ägypten die Unterwasserwelt erkundet. An jedem Fleckchen Strand hatte er ein Fläschchen mit Sand gefüllt. Diese und mehrere Kartons des klebrigen Zuckerwerks hatte er von seinem Urlaub mitgebracht. Der Kollegenkreis hatte beschlossen, Luis nicht darauf aufmerksam zu machen, dass er die Strafgebühr für das mehr als deutliche Übergewicht seines Koffers umsonst gezahlt hatte. Denn genau diese Packung Zuckerzeug hatte Sophie aus der Schnittmusterabteilung in großen Gebinden für preiswertes Geld beim Gemüsehändler um die Ecke entdeckt.

Auf die Frage von Luis hatte Hanna einsilbig geantwortet:

„Ach, das mit einem Urlaub, vergiss es. Es macht keinen Sinn, dass ich darüber nachdenke".

„Komm' , sag' schon", drängte Luis.

„Keine Zeit, kein Geld, weder für Urlaub noch für sonstige Eskapaden", sagte Hanna knapp. Sie war schon froh, dass die Lastschrift für die Autoversicherung nicht wieder zurückgegangen war.

„Nehmen wir mal an, es wäre alles ganz einfach", philosophierte Luis, „das Gehalt wäre erhöht und deine Tantieme wären ausbezahlt…", er ließ die Worte unvollendet in der Luft schweben.

„… dann würde ich sofort nach Paris fahren!", beendete Hanna den Satz mühelos.

„Paris wäre einfach fantastisch! Echte Croissants genießen, brandigen Milchkaffee aus einer dieser großen Kaffeetassen trinken und vor allem Französisch sprechen", platzte es plötzlich aus ihr heraus. Luis hatte sie mit großen Augen angeschaut und ihr leicht jovial auf den Arm geklopft.

„Meine liebe Hanna, das kannst du doch einfacher haben. Kauf' dir Croissants, mach' dir einen großen Milchkaffee und ruf' einfach jemanden in Paris an!“

Mit diesen Worten war Luis ins Wochenende entschwunden.

Samstagmorgen hatten die Regentropfen derart auf die Mülltonnen im Innenhof des Mietshauses geprasselt, dass Hanna davon aufwachte. Augenblicklich hatte sie wieder an Luis' Vorschlag denken müssen.

In Paris jemanden anrufen? Warum nicht? Eine ungewöhnliche Idee und vor allem auch vergleichsweise preiswert. Auf jeden Fall besser, als ein Wochenendseminar an der Volkshochschule zum Thema „Kurztrip nach Paris" oder ein interaktiver Sprachkurs mit einem seelenlosen Computer.

Hanna zog Luis' Vorschlag ernsthaft in Erwägung. Ja, warum eigentlich nicht? Alleine die Idee Französisch sprechen zu können beschleunigte ihren Puls. Sie griff nach ihrer Brille, stand vom Bett auf und zog sich einen dicken Wollpullover über den Pyjama. Ihr fiel die Kiste mit den alten CDs ein. Nur wenig später hielt sie die Chansons von Juliette Greco und Jacques Brel in der Hand. Sie entschied sich für Jacques Brel. „Ne me quitte pas" schwebte melancholisch durch den Raum. Sein weltberühmtes Chanson. Hanna saß mit grünem Tee in der Couchecke und beobachtete den Kater, der durch die Katzenklappe von seinem Morgenspaziergang zurückkam und Richtung Küche verschwand.

Sentimentale Erinnerungen stiegen in ihr auf. Wie sie als Siebzehnjährige schüchtern in diesem Mansardenzimmer in Paris gesessen hatte, umgeben von einer Gruppe junger, lärmender Leute. Es wurde gelacht und gescherzt, alles auf französisch, von dem Fernseher lief ein Schwarz-Weiß Film mit Jacques Brel, von seinem unbeholfenen, aber schon nachdrücklichen Auftritt in einem kleinen Club in der Provinz. Alle in der Mansarde sangen voller Inbrunst mit. Jeder kannte den Text auswendig. Eine süßlich riechende Zigarette machte die Runde, aber Hanna hatte damals wie heute nicht geraucht.

Sie betrachtete die CD, die eine verschmierte Widmung trug. Hanna wusste nicht mehr von wem. Von Brel konnte sie jedenfalls nicht sein. Niemand hätte damals eine CD mit einer Widmung von Jacques Brel hergeben. Hanna erinnerte sich an ein anders Detail: Sie hatte einen jungen Mann mit intensiv blauen Augen heimlich angehimmelt.

Aber auch sein Name fiel ihr partout nicht mehr ein.

„Ne me quitte pas". Hanna drückte auf die Wiederholungstaste. Sparsame Musik, eindrückliche und melancholische Worte. Hanna summte leise mit.

Am Sonntagnachmittag war es dann definitiv entschieden: Sie würde in Paris anrufen. Die Frage war nur, mit wem genau sollte sie dort telefonieren? Vielleicht mit jemandem aus dieser kinderreichen Familie in Versailles, bei der sie als Schülerin einmal drei lange Wochen verbracht hatte. In der Rückblende war dieser Aufenthalt doch mit sehr gemischten Gefühlen verbunden. Die vier kleinen Kinder hatten lautstark und täglich aufs Neue das ganze Haus auf den Kopf gestellt. Und die Gastmutter hatte ihr die Aufgabe übertragen, alles wieder und immer wieder aufzuräumen. Der älteste Sohn war im Abiturstress gewesen, was sich in äußerst lautstarken Diskussionen mit dem Familienvater entlud. Eigentlich fertigte Pierre lieber herausragende Pferdezeichnungen an und rauchte mit seiner hübschen Freundin Joints am laufenden Band. Lebhaft war Hanna noch in Erinnerung, dass die Gasteltern immer lautstark diskutierten und kräftig becherten. Jeder im Haus unter zwanzig Jahren hatte ständig Putz- oder Küchendienst. Die älteste Tochter hatte sich dann tatsächlich eines Tages beim Salatschneiden unter lautem Geschrei einen erheblichen Teil einer Fingerkuppe abgehobelt. Während die blutüberströmte Pascal mit dem Notarzt in die Klinik gefahren werden musste, hatte Hanna das Kommando über das Salatschneiden- und waschen übernommen. Und sie war sich auch im Nachhinein noch sicher, dass dies das einzige Mal in den ganzen drei Wochen gewesen war, dass sie sauberen Salat gegessen hatte.

Hanna versuchte vergeblich, sich an den Namen der Familie zu erinnern. Sie könnte natürlich die umfangreich bebilderten und beschrifteten Fotoalben aus jener Zeit durchforsten, in der Hoffnung auf die Adresse oder sonst eine hilfreiche Information zu stoßen. Doch die Alben verstaubten in einer Kiste auf dem Dachboden einer Freundin. Und vermutlich war es sowieso unwahrscheinlich, dass nach all den Jahren noch jemand in diesem damals schon maroden und abgewohnten Haus leben würde.

Alternativ könnte sie versuchen, ihre andere Gastfamilie aus der Provence ausfindig zumachen. Die Idee verwarf sie allerdings umgehend, denn sie wollte ja in Paris anrufen. Die Provence musste also warten. Bis dahin würde sie auch wieder so geübt sein in der französischen Sprache, dass sie dem wirklich anstrengenden Dialekt im Süden Frankreichs gewachsen wäre. Hanna überlegte weiter.

Dann war da noch der Ex-Freund einer Ex-Freundin, der in Paris wegen der Liebe seßhaft geworden war. Aber irgendwie war Hanna der Gedanke unangenehm, Name und Adresse zu erfragen und diesem Auswanderer hinterherzutelefonieren. Hinzukam die Überlegung, was er wohl denken würde? Wahrscheinlich würde er ihren Anruf missverstehen, gerade weil er ihr bereits mehrfach sehr eindeutig zweideutige Nachrichten geschickt hatte. Und das, obwohl er mit einer bildschönen Frau zusammenlebte. Hanna müsste also davon ausgehen, dass er mit ihr nicht nur Französisch würde sprechen wollen. Ein äußerst unangenehmer Gedanke. Außerdem, was würde erst die Ex-Freundin denken? Nein, der Ex-Freund der Ex-Freundin schied definitiv aus.

Den Sonntagabend hatte Hanna dann komplett vor dem Computer verbracht auf der Suche nach dem idealen Gesprächspartner in Paris. Erleichtert hatte sie festgestellt, dass es nicht nötig sein würde, ein Pariser Telefonbuch auf irgendeinem Flohmarkt aufzutreiben. Oder ein solches Werk vielleicht mühsam über „leboncoin“ oder Ebay zu ersteigern. So wie es alles im Netz gab, gab es auch ein umfassendes Telefonverzeichnis ausschließlich von Paris. Es war, als blättere man in einem großartigen Roman. Unglaublich viele Menschen lebten in der französischen Hauptstadt. Sie schliefen dort, gingen dort zur Arbeit oder auch nicht, mussten essen und trinken. Sie hatten Partner oder nicht, Kinder oder nicht, Probleme oder nicht. Doch, verbesserte sich Hanna, Probleme hatten wahrscheinlich alle, hin und wieder zumindest. So wie sie auch. Gerade erst hatte sie sich wieder von einer Liebelei verabschiedet, die einfach keine ernsthafte Entwicklung hatte nehmen wollen. Luis hatte ihr die Augen geöffnet, dass es einfach sinnlos war, weiter darauf zu warten, dass der Mann in Rede endlich Interesse bekundete an einer ehrlichen und aufrichtigen Beziehung. Sie hatte mit dem Typ an einigen Wochenenden das Szeneviertel unsicher gemacht und sich durch alle Cocktailbars getrunken. Was allerdings nicht zu einer wirklich ernsthaften Annäherung geführt hatte. Hanna hatte sich wohl oder übel eingestehen müssen: Ausschließliche Aktivitäten im Nachtleben waren nicht geeignet als Fundament für eine gemeinsame Zukunft. Erkenntnisse solcher Art wurden sicher auch in Paris gewonnen.

Hanna starrte auf die Telefonliste von Paris. All diese Personen existierten. Aber niemand aus diesem seitenlangen Verzeichnis wusste etwas von Hannas Existenz. Nicht einmal das kleinste bisschen. Auch nicht von ihrer Absicht, eine dieser Personen in der Millionenstadt anzurufen.

Eine Sache stand auf jeden Fall fest: Männer würde Hanna nicht anrufen. Mit denen hatte sie schon im normalen Leben genug Unannehmlichkeiten. Nicht, dass sie Männer nicht mochte. In ihrem bisherigen Leben hatte sie sich ausschließlich diesem Geschlecht zugezogen gefühlt. Aber es war kompliziert. Zumindest im Moment. Deshalb hoffte sie, eine nette Frau in Paris als Gesprächspartnerin aufzuspüren. Genau aus diesem Grund suchte Hanna in der langen Telefonliste eine Person mit einem typisch französischen, weiblichen Vornamen. Eine Christine, Marie, Caroline, Manon, Colette oder Danielle. Oder vielleicht sogar eine Amélie, die dann ganz vielleicht auch so wunderhübsch und vor allem so zauberhaft wäre wie Audrey Tautou. Ein französischer Vorname erschien Hanna ein Garant dafür, auch wirklich an eine waschechte Französin zu geraten. Um wirklich von einem Telefonat in französischer Sprache zu profitieren, vor allem, um auch eine gepflegte Konversation führen zu können, da erschien es doch ratsam, eine möglichst französische Französin zu finden. Am besten Typ „pensionierte Lehrerin", mit klarer deutlicher Aussprache und viel Zeit für angenehme Gespräche. Mit freundlicher Tonlage und charmanten Formulierungen. Die aufgrund ihrer Bildung auch etwas zu erzählen hatte.

Vielleicht sollte sie eine Marianne aus der endlosen Liste auswählen, überlegte Hanna. Französischer ging es wirklich nicht mehr, als sich für eine Telefonpartnerin mit dem Namen der Nationalfigur Frankreichs zu entscheiden. In jedem französischen Rathaus stand eine Büste der Marianne, das Symbol der Freiheit der Republik. Sie hatte gelesen, dass als Vorbild für die Büsten schon so berühmte Persönlichkeiten wie Catherine Deneuve, Mireille Mathieu als auch Brigitte Bardot Modell gestanden hatten. Allerdings wäre eine resolute Tierschützerin wie die Bardot, wenn auch in Paris geboren, als Telefonpartnerin nicht gerade ihre erste Wahl, musste sich Hanna eingestehen. Nicht etwa, dass Hanna etwas gegen die Bardot im Besonderen oder eine der Damen im Allgemeinen hätte. Über die Deneuve wusste sie lediglich, dass sie in jedem Film atemberaubend schön in vielen hundert Großaufnahmen zu bewundern war. Ob sie etwas zu sagen hatte, wusste Hanna beim besten Willen nicht. Mit der Mathieu würde sie sich fraglos wenig zu erzählen haben. Von Musik hatte Hanna einfach keine Ahnung und hätte nur anmerken können, dass ihr der Gesang von Brel und ZAZ deutlich mehr behagte als die Tonlage des Spatz von Avignon. Hannas Marianne sollte eher eine gereifte Frau mittleren Alters sein mit einem fein austarierten und vor allem normalen Leben. Die auch Verständnis für Hannas Anliegen mitbringen würde. Was man sich von der Bardot wiederum nicht ernsthaft vorstellen konnte. Die würde sicher nur nach Hannas Unterschrift für irgendeine Protestaktion in Sachen Tierschutz heischen.

Hannas Wunsch-Marianne dagegen hätte sich schon ganz früh am Montag von ihrem Mann mit einem zarten Kuss verabschiedet und wäre bereits in schicker Schürze in der Küche zugange. Es galt rechtzeitig ein Menü für den Göttergatten vorzubereiten. Entspannt und gut organisiert wie diese Marianne sein würde, würde für sie auch eine Unterbrechung der häuslichen Pflichten kein Problem darstellen.

„Oh, wie süß!", würde diese Marianne ins Telefon flöten. „Was für eine brillante Idee, statt nach Paris zu reisen, rufen Sie mich an, ausgerechnet mich! Ich fühle mich geehrt. Und natürlich habe ich Zeit für ein Gespräch. Warten Sie, ich ziehe das Pot au-feu nochmal vom Herd, nehme mein petit déjeuner (croissants, beurre, confiture und Café au lait in einer großen Tasse, einer bol au café - was sonst?) und nehme Platz in dem Korbsessel im Wintergarten, in dem schon die Orangenbäumchen blühen. Was möchten Sie wissen? Vielleicht etwas über den Renovierungsstand des Hotel Ritz? Oder warum Bocuse ab sofort einmal die Woche vegetarisch kochen wird? Stellen Sie sich vor, der Place de la Bastille wird zum dritten Mal neu gepflastert und der Arc de Triomphe hat Risse am Fundament. Wahrscheinlich durch die schweren Staatskarossen verursacht, die, wohlgemerkt, nicht in Frankreich produziert werden. Die Partei des Ministerpräsidenten vermutete dagegen Wühlmäuse als Übeltäter. Herden von Nagern, die den Untergrund von Paris durchhöhlen. Ist das nicht ein schrecklicher Gedanke? Was sagen Sie dazu? Oder möchten Sie lieber etwas über das heutige Wetter wissen?"

Hannas Sonntagabend endete mit dem Entschluss für das Parisabenteuer eine „Marianne" zu suchen. In dem nicht enden wollenden Telefonverzeichnis gab es allerdings hunderte von Mariannes und sie war verwirrt.

Es gab zahlreiche Madame Mariannes; dann Mariannes mit einem zweiten oder dritten Vornamen, der so wichtig war, dass er auch in der Telefonliste aufgeführt werden musste und damit die visuelle Ordnung stark beeinträchtigte. Es gab Mariannes, die Doppelnamen führten. Eine Marianne de Noteboom-Girond, zum Beispiel. Die schied allerdings umgehend aus, denn Hanna hatte eine spontane Assoziation zu holländischem Käse und zu orangefarbenen Luftballons vom „Koningsdag“ in Holland. Hanna aber wollte nur bestes Französisch sprechen und lernen, ohne ausgeprägten Akzent und auf keinen Fall mit der Klangfarbe einer anderen Sprache. Telefonieren war ohnehin schon schwierig genug. Einen Telefonpartner mit starkem Akzent traute sie sich einfach nicht zu. Und vor allem: Sie wollte auf jeden Fall ein Paris-Gefühl und nicht ein Holland-Gefühl.

Hanna erwählte am Sonntagabend genau um 23.38 Uhr aus der langen Telefonliste eine Marianne Bouchard als erste Telefonkandidatin.

Montagfrüh war Hanna die Erste gewesen, die im Regen vor dieser sündhaft teuren Bäckerei stand und ausdauernd auf das Öffnen der Tür gewartet hatte. Sie hatte sich zwei Croissants gegönnt, zu Hause dann in der kleinen Küche einen Milchkaffee gezaubert und den Kater gefüttert.

Wenig später saß sie in Fellrock, weißer Bluse und Pumps auf dem Drehsessel vor ihrem Computer, wippte nervös mit den Beinen und rezitierte in immer wieder unterschiedlichen Stimmvariationen den Namen „Claire“. Es war einige Jahre her, seit sie zum letzten Mal Französisch gesprochen hatte. Auf dem Tisch lagen Stift und Block bereit, für den Fall, dass sie Notizen machen müsste. Außerdem hatte sie ein Französischlexikon zurechtgelegt und eine apfelsinengroße Fellkugel mit Reißverschluss, mit der sie so gerne herumspielte. Eine Freundin hatte ihr das Teil geschenkt: eine Geldbörse aus Kunstfell.

„Meine Liebe, DAS ist echter unechter Pelz“, hatte die Freundin mit verschwörerischer Miene erklärt, in Anspielung auf Hannas vermeintlichen Fake-Fur-Mantel. Beide hatten stundenlang gekichert.

So gegen 10.00 Uhr hatte Hanna sich dann durch die Telefonliste von Paris getippt und Name und Nummer ihrer zukünftigen Telefonpartnerin wiedergefunden. Hanna gab sich einen Ruck, strich die blonden Haare glatt und schenkte ihrem Spiegelbild im Fenster noch ein aufmunterndes Lächeln. Sie griff zum Telefonhörer, holte tief Luft und wählte die Nummer von Marianne Bouchard.

„Bonjour! Madame Bouchard? Nennen Sie mich Claire“.

Und da passierte es. Völlig unerwartet dröhnte ein lautes Besetztzeichen am anderen Ende der Leitung. Hanna hatte noch nicht einmal den Hauch einer Chance gehabt, ihr Anliegen vorbringen zu können. Das war ein Schlag ins Gesicht, dachte sie. Aber sie würde sich nicht entmutigen lassen. Vielleicht hatte sie sich verwählt? Sie probierte es erneut und tippte langsam dieselbe Telefonnummer, Ziffer für Ziffer, in die Tastatur. Wieder wurde in Paris das Gespräch angenommen, eine leise Frauenstimme sagte oui? und Hanna stellte sich in bestem Französisch vor.

„Bonjour, spreche ich mit Madame Bouchard?“

Bevor sie ihren Satz „Nennen Sie mich Claire“ anbringen konnte, schmerzte erneut das laute Besetztzeichen in Hannas Ohr.

„Oh“, sagte Hanna nur. Das hätte sie von Marianne Bouchard, Rue d´Avron 123, wirklich nicht erwartet. Was für eine Enttäuschung. Sie legte auf. Der Verdacht lag nahe, dass Marianne Bouchard an diesem Montag mit dem linken Fuß aufgestanden war.

Die Situation entbehrte nicht einer gewissen Komik. Da saß sie in ihrer kleinen Wohnung an ihrem einzigen freien Tag in der Woche - dem sogenannten „himmlischen Montag“ - extravagant gekleidet wie für einen Festakt und versuchte vergeblich eine ihr wildfremde Dame in Paris namens Marianne Bouchard anzurufen. Die nichts Besseres zu tun hatte, als dreimal hintereinander das Gespräch zu beenden, bevor es begonnen hatte. Hanna nippte leicht deprimiert am Milchkaffee, knabberte am letzten Stück Croissant und zog den Kater am buschigen Schwanz, der so verlockend aus dem roten Ablagefach baumelte. Minkus fuhr die Krallen aus und fauchte.

Von Marianne Bouchard hatte sie sich deutlich mehr erhofft, als das dreimalige Aufknallen des Telefonhörers. Bei der Auswahl einer möglichen Marianne-Gesprächspartnerin hatte Hanna immer peinlichst genau auf die Adresse geachtet. Mariannes, die offensichtlich in einem Problemviertel von Paris wohnten, hatten überhaupt keine Chance gehabt in die engere Wahl als eine Telefonkandidatin zu gelangen. Hanna hatte in irgendeiner Form ja Kriterien festlegen müssen für eine Vorauswahl.

Marianne Bouchard wohnte immerhin im 8. Arrondissement, was in Hannas Augen absolut als Garantie für eine ansprechende Gesprächspartnerin zu werten war. Eine Annahme, die sich aber leider als bedauerlicher Irrtum herausgestellt hatte. Sie beschlich ein erster Zweifel, ob diese Idee mit den Telefonaten nach Paris ernsthaft eine gute Idee war.

Hanna beschloss, es mit der Telefonnummer einer anderen Marianne in Paris zu versuchen. Minkus wendete sich im roten Ablagekasten, um sofort erneut in heftiges Katzenschnurren zu verfallen.

In der langen Liste aller Mariannes aus Paris blieb Hannas Blick an Mariane Laurence Akahori hängen. Hanna konnte förmlich hören, was Luis in diesen Namen hineininterpretieren würde: “Diese Mariane ist die Tochter von Leuten aus einer japanischen Kleinstadt, die hier mit Sushihäppchen und Zitronengrashähnchen ihr Glück machen wollen. Die fleißigen Eltern haben alles für die Integration getan, was in ihrer Macht stand, sie würzen sogar die Wantan-Suppe statt mit Kampot-Pfeffer mit einer Café-de-Paris-Gewürzmischung. Und im Cafe le Jardin du Petit Palais tunken sie morgens das ungeliebte Croissant in den Milchkaffee, obwohl sie viel lieber gemäß ihrer Vorlieben und Gewohnheiten etwas Fisch und hundert Jahre alte Eier frühstücken würden. Der Tochter haben sie nicht nur einen, sondern sogar zwei französische Vornamen verpasst. Aber sie haben einen fatalen Fehler gemacht: Für den Namen Mariane konnten sich die Leute kein zweites „n“ leisten. So wird das nichts mit einem integrierten Leben in dem vor Fülle, Luxus und Überfluss nur so strotzenden Paris.“

Luis’ Gedankenfluss wäre nicht einmal von der Hand zu weisen. Hanna fand die Frage legitim, ob diese Mariane mit dem japanisch anmutenden Nachnamen des Französischen in der von ihr ersehnten Art und Weise mächtig war. Man konnte es nicht wirklich wissen und Zweifel waren erlaubt. Hanna wählte die Telefonnummer. Vielleicht handelte es sich aber auch um eine echte französische Mariane, geboren und aufgewachsen in Paris oder aus dem Pas de Calais im Norden Frankreichs? Da war die Schreibweise mit einem „n“ nicht unüblich, aus welchem Grund auch immer. Hanna würde das jedenfalls nicht erfahren, denn das Telefon klingelte lange und vergeblich. Madame Mariane Akahori war offensichtlich nicht zu Hause. Und wurde auch nicht durch einen Anrufbeantworter vertreten. Vielleicht hatte sie auch noch die nächtlichen Oropax in den Ohren. Denn wie Hanna erst jetzt feststellte, bewohnte Madame Mariane Akahori ein Mietshaus direkt neben einer Bahnlinie. Die Telefonliste offenbarte nicht nur die Nummer, sondern auch die Adresse von Madame Akahori. Die im Internet vorhandene Fotografie des von Madame Akahori bewohnten Eckhauses an der Bahnlinie zeigte ein scheußliches Haus aus der Nachkriegszeit mit schäbigen, baufälligen Fenstern. Eine heruntergekommene Liegenschaft in ungünstigster Lage. Hanna erlaubte sich, Rückschlüsse auf die Bewohnerin Akahori zu ziehen und fühlte eine winzige Welle des Schams ob ihrer Vorurteile.

Der Computer offenbarte für jede Adresse einer jeden Marianne, egal ob mit einem oder zwei „n", die Ansicht der Straße und des betreffenden Hauses. Das Programm „streetview" vermittelte Hanna einen völlig realistischen Eindruck der jeweiligen Wohnsituation. Wenn sie eine Adresse eintippte erschien das dazugehörige Haus derart echt auf dem Bildschirm, als würde sie unmittelbar davor stehen. Eine großartige Sache, wie sie zufrieden bemerkte. Natürlich diskutierte man allenthalben das Problem des Datenschutzes und des Schutzes der Persönlichkeitsrechte. Noch hatte Hanna allerdings weder eine Bikinifigur oder ein Liebespaar in kompromittierender Aktion auf den Fotos entdecken können. Jedenfalls war dieses „streetview" für ihre Zwecke absolut brauchbar. Ja, für sie war es geradezu ein Segen, dass in Paris schon überall kleine Autos mit Kameras auf den Autodächern durch die Straßen gefahren waren, um die Stadt genauestens abzubilden und alles auszuspionieren. Die Straßen in Paris waren so deutlich fotografiert, dass selbst die kleinen Schlaglöcher bestens auszumachen waren. Zahlreiche Details waren auf den Fotos zu erkennen, die sich für Hanna unmittelbar auf die Wahl oder Nicht-Wahl einer Telefon-Marianne auswirkten. Die an Schärfe nicht zu überbietenden Fotos von überquellenden Mülltonnen, ungepflegt wuchernden Vorgärten, vollgeparkten Hauseinfahrten und Höfen sowie öffentlichen Toilettenanlagen und Kneipen waren für Hanna ein deutlicher Hinweis, die eine oder andere „Marianne" als mögliche Gesprächspartnerin zu ignorieren. So wusste Hanna auch sofort, dass Marianne Dominique Andrea Charlotte Agnés Moreau-Ricaud nicht nur wegen dieses Konglomerates von Vornamen zuzüglich eines doppelten Nachnamens als Gesprächspartnerin nicht in Frage kam, sondern auch, weil sie direkt neben dem Friedhof in Montparnasse wohnte. Zu allem Übel auch noch gleich hinter der Aussegnungshalle. Damit war klar, dass immer wieder mit einer Unterbrechung der Telefonate durch Glockengeläute und Schluchzen von Hinterbliebenen zu rechnen war. Sie war zwar kein Unmensch und auch zu aufrichtiger Empathie durchaus in der Lage. Aber Hanna schwebten Telefonate vor ohne Beeinträchtigung durch klagende Trauernde. Wie Hanna überhaupt grundsätzlich eine stille Abneigung gegen Friedhöfe und Kirchen hegte. Hätte diese Marianne vielleicht in der Nähe von Sacre Coeur logiert, diesem herrlichen Gebäude aus weißem Travertin auf grünem Hügel, eventuell wäre es dann etwas anderes gewesen. Dann, ja vielleicht dann, hätte Hanna dieser Marianne als Telefonpartnerin eine Chance gegeben. Aber so, Montparnasse. Non. Und Hanna klickte sich weiter durch die unendlichen Listen der Mariannes in Paris.

Aus einem unerklärlichen Impuls heraus entschied sie sich plötzlich um. Statt es bei einer Marianne zu versuchen, würde sie eine Céline anrufen. Das war doch ein sehr charmanter, französischer Name. Wer Céline hieß, spielte Violine, trug flache Riemchenschuhe und schwingende Röcke. Das zarte Geschöpf in ihrem ersten Französisch-Schulbuch hatte den gleichen Namen getragen. Vielleicht wäre das ein gutes Omen. Die erste Céline aus der Telefonliste wohnte mitten in Paris in der Rue de Grenelle. Keine schlechte Gegend, ein Park in der Nähe und nicht weit vom Ufer der Seine. Der Ruf ging erfreulicherweise sofort durch. Eine weibliche Stimme mit rauchiger Stimme antwortete:

„Céline, bonjour!"

Hanna stellte sich ebenfalls vor. Sie war voller Erwartung.

„Was genau wollen Sie?", fragte die Stimme am anderen Ende der Leitung leicht ungeduldig.

„Bin ich da richtig in Paris, bei Céline?“

Diese Céline hatte so etwas abweisendes in ihrem Tonfall. Hanna kämpfte tapfer mit übergroßer Freundlichkeit dagegen an.

„Ich möchte gerne Céline sprechen“, sagte sie erneut.

„Das habe ich verstanden“, unterbrach sie die Stimme erneut, diesmal noch eine Tonlage ungeduldiger.

„Aber was wollen Sie genau? Hier ist Céline.“

„Wunderbar“, sagte Hanna. „Ich wollte mit Ihnen plaudern“.

Sie hoffte, dass die Brüchigkeit ihrer Stimme auf die Entfernung nur undeutlich zu hören war. Sie fühlte sich plötzlich klein und eingeschüchtert. Wie ein Schulmädchen. Oder wie ein Handelsvertreter, der sein Anliegen kaum verkaufen kann. Selbst der schicke Fellrock und die Pumps halfen ihr in diesem Augenblick rein gar nichts. Sie verwünschte Luis' Idee. Am liebsten hätte sie wortlos aufgelegt. Eine weitere, noch ungehaltenere Antwort ließ nicht lange auf sich warten.

„Sie sind hier bei Céline, Madame. Verstehen Sie: Céline. Sie haben sich verwählt, Madame. Das ist Céline, Rue de Grenelle.“

Ja eben, dachte Hanna. Wo ist das Problem?

„Wir sind ein Bekleidungsgeschäft für Damenunterwäsche. Dessous aller Art: BHs, Strings, Slips,

Push-Ups, Corsagen, Negligés, was Sie wünschen. In allen Farben, Formen und auch Sondergrößen. Wir plaudern gerne mit unseren Kundinnen, aber nur hier im Laden, nicht übers Telefon. Sie verstehen? Céline Miederwaren! Haben Sie das nicht gewusst?“

Natürlich nicht, schoß es Hanna durch den Kopf. Das Telefonat wurde abrupt beendet, allerdings nicht von ihr. Und tatsächlich. Beim Blick in die Telefonliste entdeckte sie eine kleingedruckte Zeile. Dort stand wirklich das Wort Dessous. Sie hatte es in ihrem Eifer überlesen. Und auch nicht gemerkt, dass diese Céline gar keinen Nachnamen hatte.

Die nächsten drei Célines waren alle nicht zu Hause. Nichts als das durchdringende Klingelzeichen tönte durch die Leitung. So ein Telefonat gestaltete sich schwieriger als gedacht. Hanna entschied sich, alle weiteren Célines im Pariser Telefonbuch mit Missachtung zu strafen.

Sie würde es stattdessen bei einer Geneviève probieren. Allerdings wollte sie nur einer einzigen Geneviève die Chance auf ein Telefonat einräumen. Natürlich erst, nachdem sie deren Nachnamen überprüft hätte. Nicht, dass wieder irgendein Ladengeschäft sie womöglich unhöflich abbügeln müsste. Eigentlich hatte sie den Vornamen Geneviève schon in der Schule nicht leiden können. Er war schwierig zu schreiben, schwierig auszusprechen und wirkte so altmodisch und verknöchert. Aber warum nicht eine Herausforderung annehmen? Man musste sich auch unangenehmen Dingen im Leben stellen. Vielleicht würde sie auch eine ganz wundervolle Überraschung erleben. Geneviève Morelle hörte sich jedenfalls liebenswert an. Hanna versuchte sich zu erinnern, ob das Wort „Morelle“ mit oder ohne stimmhaftes „e“ gesprochen würde. Beides klang freundlich in ihren Ohren. Die Dame wohnte im zehnten Arrondissement, zwar ein bisschen nahe an einem großen Kindergarten, was eine Lärmbelästigung bedeuten könnte, aber nicht musste. Die lieben Kleinen spielten ja nicht jeden Tag draußen, sondern mussten sicher auch mal im Haus Puzzleteile legen oder mit Klickern spielen. Außerdem ging es für die Kinder ja auch irgendwann nach Hause und man würde sie abholen. Vielleicht müsste Hanna dann zukünftig die Telefonate nur auf den späten Nachmittag legen, also quasi im Anschluß an die Kindergarten-Sperrstunde. Sie würde sehen, wie es sich entwickelte. Würde diese Geneviève Morelle hochwertige Fenster mit Schallschutz haben, dann wären alle Überlegungen in Sachen Lärm sowieso hinfällig. Der Straßenname jedenfalls klang verheißungsvoll: Rue du Paradis. Hanna hatte erneut Glück. Geneviève Morelle war sofort am Telefon, ja fast so, als habe sie auf den Anruf gewartet.

„Was wollen Sie?“

Hanna zuckte zusammen. Die Frage kam wie aus der Pistole geschossen und die dazugehörige Stimme klang unfreundlich und alt.

„Ich kaufe nichts, ich will keine Vertreterbesuche, keine Angebote und keine Zeitungsabonnements. Was erlauben Sie sich eigentlich? Das ist eine Belästigung, verstehen Sie? Ich fühle mich belästigt! Und ich verbitte mir zukünftig Anrufe, vor allem nicht um diese Zeit am frühen Montagmorgen.“

Das Gespräch war beendet. Und Hanna war frustriert.

Sie schaute auf die Uhr. Von frühem Montagmorgen konnte wirklich keine Rede sein. Zehn Uhr war schon eine Weile her und Hannas Eifer für das anvisierte Projekt erlahmte zusehends. Sie war enttäuscht über den bisherigen Verlauf ihrer Aktion. Die Pumps lagen verteilt unter dem Holztisch, die langen Haare hatte sie zu einem Knoten geschlungen, das Rouge war vermutlich verblasst und der Kajalstift verschmiert, was sie allerdings nur erahnen konnte. Das Kettenarmband hatte sie abgelegt. Es war zwar ausnehmend schön, störte aber nicht unerheblich beim Tippen in die diversen Tasten. Der Kater hatte sich Richtung Katzenklo aus dem Staub gemacht und Hanna registrierte dumpf das nicht miss zu interpretierende Kratzen in der Plastikwanne hinter der Toilettentür und die sich anschließend ausbreitende Duftwolke, die sich viel zu schnell Richtung Tisch schob.

Sie öffnete das Fenster, entließ die Duftwolke nach draußen und im Gegenzug strömte die Ruhe des Innenhofs in die Wohnung. Der Regen hatte aufgehört und nur ein regelmäßiges, leises Hämmern aus der Werkstatt des Juweliers war zu hören.

Noch ein letzter Versuch für diesen Montagvormittag, sagte sich Hanna und griff zum Telefonhörer. Genau in diesem Moment klingelte das Handy.

Es war Luis.

„Und?“, hörte sie Luis brüllen, was nichts Anderes bedeutete, als dass er in seinem alten Peugeot saß mit der noch älteren Freisprechanlage.

„Wie war das Croissant?“

„Ich hatte zwei“, antwortete Hanna trocken.

„Und sie waren lecker.“

„Und sonst?“, krächzte die Stimme von Luis.

„Oh, alles bestens!“, Hanna schrie sicherheitshalber zurück.

„Ich habe schon fast zwei ganze Sätze Französisch gesprochen und fühle mich wirklich so, als sei ich in Paris im Urlaub.“

„Oh“, hörte sie Luis sagen, der den Sarkasmus in ihrer Stimme natürlich erkannt hatte und geflissentlich ignorierte.

„Es ist unsäglich schwer, in dieser Millionenmetropole jemanden ans Telefon zu bekommen“, gestand Hanna.

„Um ehrlich zu sein, ich habe schon gar keine Lust mehr.“

Umfangreichere Details wollte sie nicht preisgeben. Auch wenn Luis die Geschichte mit dem Dessousgeschäft ganz sicher erheiternd gefunden hätte. Aber sie hatte das Gefühl, bisher nur Niederlagen erlitten zu haben. Das ärgerte sie. Draußen im Hof ging ein kleiner Regenguss nieder. Luis sagte nichts am anderen Ende der Leitung. Dann passierte das Übliche: kratzende Geräusche im Telefon und ein Luis, der gespielt verzweifelt rief:

„Ich höre dich nicht mehr, die Verbindung ist so fürchterlich, ich lege auf.“

Weg war er.

Hanna starrte auf die lange Telefonliste von Paris. Nein, so schnell würde sie nicht aufgeben. Wer die Wahl hat, hat die Qual, dachte sie. Mit der ihr eigenen Ausdauer würde sich doch wohl ein Telefonat ganz nach ihren Vorstellungen realisieren lassen. Sie machte sich einen weiteren Milchkaffee und streute diesmal ein wenig Zimt auf den Milchschaum. Ihr Entschluss stand fest. Sie würde es noch einmal mit einer Marianne versuchen. Auf dem Computerbildschirm blieben Hannas Augen an einem Namen hängen, der ihr sofort gefiel: Marianne Cotinaud. Das klang fast wie „Marion Cotillard“. Das war die französische Schauspielerin, die durch ihre Darstellung der Edith Piaf so bekannt geworden war, soviel wusste Hanna noch. Eine bildhübsche Frau mit französischem Esprit. Vielleicht wäre ihre Marianne Cotinaud auch so eine richtige Französin? Die Marianne Cotinaud aus dem Telefonverzeichnis konnte zumindest schon mal mit einem „doppelten n“ im Vornamen punkten, dachte Hanna schmunzelnd. Und auch mit einer fantastischen Telefonnummer, die eine doppelte sieben enthielt. Das musste Glück bringen, davon war Hanna überzeugt. Denn sie liebte nicht nur die Zahl Dreizehn, sondern eben auch die Zahl Sieben. Eine doppelte Sieben war logischerweise auch doppelt vielversprechend.

Marianne Cotinaud war im 4. Arrondissement mitten im Marais zu Hause. Hanna liebte dieses Viertel in Paris ganz besonders. Die Gebäude dort waren alle bis auf wenige Ausnahmen zauberhaft restauriert. Das Haus, in dem Marianne Cotinaud zu wohnen schien, machte da keine Ausnahme. Bei Google Streetview sah es gepflegt aus, genauso wie Hanna die Häuser in diesem Arrondissement in Erinnerung hatte. Ein schmucker Stadtpalais mit dekorativer Fassade, scheinbar frisch gestrichen in einem hellen Farbton mit dunkel abgesetzten, hohen Fenstern und dem typischen Mansardendach. Die Hofeinfahrt war großzügig und einladend gestaltet. Im Erdgeschoß war ein Café oder Restaurant zu sehen. Ein bisschen ähnelte das Gebäude dem Hotel da Charost in der Rue du Faubourg Sainte-Honoré, von dem Hanna irgendwann einmal gelesen hatte, dass es zeitweilig sogar Pauline, der Schwester Napoleons, gehört hatte. Sie würde nachschauen müssen, welchen prominenten Vorbesitzer das Haus der Marianne Cotinaud im Marais hatte. Solche Kenntnisse konnten sich höchst positiv auf einen Gesprächsverlauf auswirken.

Der Ruf ging durch. Es klingelte ausdauernd.

Ein großartiges Domizil, dachte Hanna und bewunderte auf ihrem Computerbildschirm ausgiebig Haus und Umgebung, während sie das anhaltende Klingeln über sich ergehen ließ. Wie kam man wohl zu einem derart wundervollen Domizil mitten im Herzen von Paris? Sie beschloss Marianne ausdauernd auszufragen. Doch dazu kam es nicht, denn bei Marianne Cotinaud sprang ein Anrufbeantworter an. Hanna plauderte couragiert drauflos.

„Bonjour Madame Cotinaud. Könnten Sie mich bitte zurückrufen? Nennen Sie mich Claire.“

Marianne Cotinaud

Essen soll zuerst das Auge erfreuen
und dann den Magen
Johann Wolfgang von Goethe

Nur eine Stunde später klingelte das Telefon.

„Claire? Ich bin Marianne Cotinaud", sagte eine dunkelgefärbte Stimme zu dem unsagbar ungünstigen Zeitpunkt, als Hanna gerade eine Honigmaske von den Wangen tropfte, während sie gleichzeitig vergeblich versuchte, den Kater von der Couch fernzuhalten.

Bevor Hanna etwas vorbringen konnte, schleuderte Marianne Cotinaud gleich noch zwei weitere Sätze hinterher.

„Egal wo sie herkommen, wenn es um Samstag geht, keine Chance. Da ist nichts, aber auch gar nichts zu machen."

Hanna versuchte verzweifelt den Honig in das über dem Stuhl hängende Tennis-Shirt zu reiben, ließ dem Kater seinen Willen mit der Eroberung des Sofas und sagte etwas holprig ins Telefon:

„Nein, nein Madame, es geht nicht um Samstag, sondern um Montag."

„Montag? A non! Pas de chance!“, war die entrüstete Stimme aus Paris zu hören.

„Montag ist Ruhetag, verstehen sie?“, grummelte es durch die Leitung.

Hanna dachte: „Ist doch perfekt“. Sie ließ sich neben den Kater auf das Sofa fallen und holte tief Luft.

„Darf ich Ihnen alles erklären?“, fragte sie und sprach beschwichtigend und leise im Rhythmus eines griechischen Versmaß, dem Jambus. Das hatte Hanna in einem Hochglanzmagazin gelesen. Dort hatte ein Therapeut auf der Seite für medizinische Tipps die Anwendung dieser Methode gegenüber gestressten Personen empfohlen. Ihr eigener Versuch allerdings scheiterte. Marianne Cotinaud hatte nicht die Absicht sich auf ein entspanntes Sprechtempo einzulassen, geschweige denn in ein Gespräch verwickeln zu lassen.

„Montag, ma chère, da habe ich zu. Schon immer und ewig. Den Tag brauche ich für mich, verstehen Sie? Für mich! Für solche Telefonate wie mit Ihnen zum Beispiel. Für nanani und nanana! Verstehen Sie?“

Hanna verstand nur zu gut. Sie hatte auch jede Menge nananis und nananas auf ihrer to-do-Liste stehen.

„Und ich werde für Sie keine Ausnahme machen. Verstehen Sie: fermé, closed, ciuso“, erklärte Marianne Cotinaud und holte kurz Luft. Allerdings nur sehr kurz.

„Und für die nächsten Wochen muss ich Sie auch enttäuschen. Wir sind komplett ausgebucht. Warum, ma chère, versuchen Sie es nicht nochmal gegen Saisonende? Vielleicht haben wir dann wieder einen Tisch frei."

Natürlich, durchzuckte es Hanna auf einmal. Wieso war ihr das nicht sofort eingefallen? Klarer Fall, diese Marianne war Marianne Cotinaud, die geniale provenzalische Köchin. Die einzige Frau in ganz Paris und Umgebung mit drei Michelin Sternen. Und das Restaurant im Erdgeschoß des Marais Viertels in Paris war das sagenumwobene Gourmetrestaurant „Le Ciel Bleu". Bevor sie etwas sagen konnte, hatte Marianne abrupt aufgelegt.

Marianne Cotinaud war müde und gereizt. Die vier Testesser von Samstagabend hatten sich erdreistet mitzuteilen, vor der jährlich neuen Vergabe der Sterne dem Restaurant einen neuen Besuch abstatten zu wollen. Man müsse prüfen, ob es immer noch drei Sterne seien, oder vielleicht doch nur noch zwei. Die Prüfer hatten angeblich „Unstimmigkeiten" in den Kreationen und Umsetzungen der vegetarischen Gerichte bemerkt haben wollen. Nichts, ja überhaupt nichts hatten sie verstanden, diese Herren Testesser, hatte Marianne empört festgestellt. Es war ein Trugschluss, dass solche Herren ohne Ausnahme Eleganz ausstrahlten und charmant und gebildet waren. Zwei der Kritiker hatten eher den Eindruck vermittelt, sich normalerweise in Hähnchenbratereien oder Imbissbuden herumzudrücken. Ein dürrer Älterer mit speckigen Locken und ein kleiner Dicker, der am Hinterkopf zwei lächerliche Zöpfchen mit türkisfarbenen Perlenbändchen trug. Beide hatten lieblos in ihren Gerichten herumgestochert und sich hastig Notizen auf Papierblättern gemacht. Auch noch mit Werbekugelschreibern, wie einer der Kellner in der Küche entrüstet berichtet hatte. Marianne verlor fast völlig die Fassung, als der Dicke den zum Fischgang von ihr mit viel Sachverstand ausgewählten, korrespondierenden Sauvignon Blanc aus Neuseeland verschmähte und stattdessen ein Bier bestellte. An Affront, der seinesgleichen suchte. Und diese Lackaffen wagten es tatsächlich, ihren vegetarischen Gang zu bemängeln?

Wie also konnte sie entspannt sein, bei solch einem Desaster? Jedes Jahr immer der gleiche Stress, nur um die drei Sterne zu behalten. Wo blieb ihr Leben? Tag und Nacht verbrachte sie in der Küche. Und dann diese ständigen, in ihren Augen nutzlosen Anrufe, die sie nicht im mindesten interessierten und die sie von ihrer Arbeit abzuhalten drohten. Üblicherweise wurden Marianne Cotinaud alle Lästigkeiten, wie auch das Beantworten von

Nachrichten aller Art oder das Abhören des Anrufbeantworters von Camille abgenommen. Camille, dem guten Hausgeist des „Le Ciel Bleu", der Madame für alle Fälle. Ursprünglich hatte Camille im Haus eine andere Tätigkeit ausgeübt.

Eines Tages waren Makler und Interessenten im Erdgeschoß ein und aus gegangen. Nur eine Woche später hatte ein blitzblankes Messingschild den Einzug einer neuen Concierge namens Camille bekannt gegeben. Niemand wusste genaues. Das einzige, was man von ihr hin und wieder hinter einem blickdichten Vorhang auftauchen sah, war die rechte Gesichtshälfte. Was nicht das geringste mit persönlicher Neugier zu tun hatte. Vielmehr kontrollierte Camille das Kommen und Gehen im Haus mit äußerster Genauigkeit, wie es sich für eine gute Concierge gehörte. Und mit einem unergründlichen Blick aus dem rechten braunen Auge. Auch sonst ging sie ihren Pflichten auf das getreulichste nach. Nicht ein einziges Mal vergaß sie, die Mülltonnen für die wöchentliche Leerung vor das Haus zu stellen. Der Hausflur wurde immer peinlichst von Reklamebriefen und sonstigem Müll freigehalten. Der Blumenkübel vor der Wohnung der Concierge Camille war je nach Jahreszeit dezent bepflanzt und selbstverständlich aufmerksam gepflegt. Marianne erkannte schnell die organisatorischen Fähigkeiten von Camille. Und die war nur zu gerne bereit, ihren spärlichen Aufgabenkreis zu erweitern. Waren ihre Talente doch bei weitem noch nicht ausgeschöpft. Treu und ausdauernd stand sie von da an der Gastronomin zur Seite. Camille war eine Frau im fortgeschrittenen Alter. Über ihr Leben war nur so viel bekannt, als dass sie früh Mann und Kind verloren hatte und von da an nur ein mopsartiges Schoßhündchen durch die Welt schleppte. Ganz ähnlich wie der Hund, war auch Camille zu ausdauernder Treue fähig. Sie hatte es sich zur neuen Aufgabe gemacht, Marianne Cotinaud in allen Lebenslagen mit höchster Einsatzbereitschaft beizustehen. Sie hatte das gesamte Team des Le Ciel Bleu als Familie adoptiert und umgekehrt. Die Abwesenheit von Camille war schmerzlich an allen Ecken und Enden zu spüren und kam völlig zur Unzeit. Dass das französische Tarif-und Arbeitsrecht überhaupt für Gastronomiekräfte mitten in der Saison Urlaub vorsah und einforderte, empfand Marianne Cotinaud als eine persönliche Beleidigung ihrer Zunft. Ob sich je einer dieser auch von ihrem schwer erwirtschafteten Geld bezahlten Beamten jemals überlegt hatte, was solche Maßnahmen für einen Gastronomiebetrieb bedeuteten? Aber nein, im Gegenteil, die Herren Beamten kamen gerne und zahlreich und erwarteten immer eine Qualität erster Güte im Le Ciel Bleu. Selbst wenn die wichtigsten Mitarbeiter in Urlaub geschickt werden mussten, Betonung auf mussten.

Hätte sie Camille nicht in den Urlaub entlassen, wäre umgehend ein behördliches Papier mit einer empfindlichen Geldbuße ins Haus geflattert.

Camille hatte also sozusagen einen Zwangsurlaub im Ardechetal im Süden Frankreichs angetreten. Zum Kanufahren. Was Marianne Cotinaud für eine äußerst törichte Idee hielt. Die Boote auf Camilles Reiseanmeldung hatten den Eindruck vermittelt, winzig und fragil zu sein. Wie wollte Camille ein solches Boot besteigen? Wie würde sie diese Herausforderung mit ihrer wirklich beeindruckenden Leibesfülle meistern? Ein Urlaub der Perle des Hauses zu diesem Zeitpunkt war eine wirkliche Katastrophe. Die Situation wurde nur dadurch gemildert, dass Camille versprochen hatte bestimmte Kräuterbouquets mitzubringen, die es nur auf dem Markt von Banne gab. Marianne Cotinaud wartetet nicht nur deshalb schon sehnsüchtig auf Camilles Rückkehr. Sondern auch, weil jede Menge lästiger Tätigkeiten, die sonst in Camilles Aufgabenbereich fielen, drohten sie an den Rand des Wahnsinns zu treiben. Wieso sollte eine Spitzenköchin auf einmal auch zur Spitzenbuchhalterin mutieren, Rechnungen kontrollieren, Arbeitszeiten der Küchenbrigade überwachen, Versicherungen abschließen, Servietten nachbestellen und auf die Einhaltung der Hygenievorschriften achten? Marianne Cotinaud sah ihre Aufgabe in der kreativen

Entwicklungen und Ausarbeitung von paradiesischen Speisen aller Art, die ihre Gäste in Verzückung fallen ließen. Ein hässlich grauer Anrufbeantworter dagegen, war für sie nicht nur eine Beleidigung für die Augen, sondern auch ein Buch mit sieben Siegeln. Die Gastronomin konnte zwar die Automaten und Geräte in der Küche wie im Schlaf bedienen, den chromblitzenden Sous-Vide-Garer, die neuen Bainmaries und den elektrischen Juliennehobel. Aber der Anrufbeantworter mit seinen nervös blinkenden Lichtern strahlte eine derartige Feindseligkeit aus und verweigerte sich fast immer ihren Bemühungen, dass sie das hässliche Teil schon zweimal an die Wand geworfen hatte. Allein schon das nervöse Blinken der roten Lämpchen hatte ausweislich eines Messgerätes bei Marianne Cotinaud schon mehrfach den Blutdruck in die Höhe schnellen lassen.

Aber da Camille nun mal in einem Kanu irgendwo auf der Ardèche herumpaddelte, war Marianne Cotinaud nichts anderes übrig geblieben, als das blinkende Ungetüm von Anrufbeantworter selbst zu bedienen und sich die Anrufe persönlich anzuhören. Da waren verschiedene Reservierungsanfragen, die Ankündigung der Lieferung von 250 Jakobsmuscheln aus Porte-en-Bassin; die Nachricht, dass 500 Abalonen aus Kapstadt rechtzeitig am Freitagvormittag eintreffen würden; die gestärkten Tischdecken waren „leider“ noch unterwegs, da der Reinigungsfahrer mal wieder auf der Périférique im Stau stand. Die kleine, schwarzhaarige Praktikantin hatte leise ihre Kündigung auf die Maschine gestammelt, da es ihr leider zu anstrengend sei bei Madame Cotinaud. Dafür hatten sich ein Patissier, ein Boulanger und jemand für den Spülbereich gemeldet. Natürlich waren wie immer zahlreiche Interviewanfragen von Journalisten aus aller Welt auf dem Anrufbeantworter, der Elektriker Paul Etienne wollte für die Wartung der Küchenmaschinen vorbeikommen, zwei Testesser hatten sich angekündigt und Henry Durand, ihr lieber Henry, hatte zugesagt, die Menükarten für das Essen des Ministeriums vorbeizubringen.

Und dann war da eben dieser Anruf einer „Nennen Sie mich Claire“. Marianne hatte einfach keine Zeit sich mit seltsamen Anfragen dieser Art zu beschäftigen. Deshalb hatte sie besagte Claire, wie sie fand, sehr erfolgreich und schnell abgebügelt. Auch wenn Marianne Cotinaud sich nicht mehr recht an den Inhalt von deren Anfrage erinnern konnte, was sie auf ihre Zerstreutheit und Überarbeitung zurückführen musste. Ursprünglich hatte Marianne keine Bedürfnis verspürt, diese seltsame Claire mit der noch seltsameren Nachricht auf dem Anrufbeantworter ein zweites Mal anzurufen. Eine innere Stimme hatte sie ermahnt. Wer weiß, vielleicht wäre

Claire wichtiger als gedacht? Marianne hatte doch sicherheitshalber noch einmal auf die Wiederholungstaste gedrückt, um nicht einen Fehler in der Beurteilung dieser Anruferin zu machen.

„Was wollten Sie nochmal von mir? Claire war ihr Name, nicht wahr?“

Marianne Cotinaud schlug einen verbindlicheren Ton an, während sie gleichzeitig darüber nachdachte für die Abalonen einen Sud aus Bärlauch, Amalfi Zitrone, Wakame Algen und etwas Nelke und Lorbeer anzusetzen.

Am anderen Ende der Leitung saß Hanna in einem übergroßen T-Shirt auf der Couch, nachdem sie sich endgültig der Honigmaske entledigt hatte. Die frischgewaschen Haare waren in ein Handtuch gewickelt. Sie lächelte überrascht. Draußen rüttelte plötzlich der Wind an den alten Läden.

„Nennen Sie mich Claire.“

Marianne Cotinaud schnaufte kaum hörbar.

„Also Claire, worum geht es?“

Hanna erklärte dieser offensichtlich völlig überarbeiteten und unter Zeitdrucks stehenden Spitzengastronomin so knapp wie möglich, dass sie sich statt einer Urlaubsreise nach Paris mit einem Telefonanruf und französischem Geplauder begnügen wollte und musste. Es sei ihr natürlich klar, dass sie nicht wirklich damit rechnen könne, dass Madame Marianne Cotinaud , die Sterneköchin, Zeit erübrigen könne. Sie habe rein aus Zufall deren Telefonnummer gewählt.

„Und für Ihre Plauderei haben sie genau mich, Marianne Cotinaud ausgesucht? Was für eine exzellente Idee!“, meinte die Sterneköchin zerstreut und dachte weiter angestrengt über ihren Sud nach. Hanna hörte den Spott.

„Aber der Anruf bei Ihnen war doch reiner Zufall“, wiederholte sie trotzdem freundlich und beharrlich. Ungeachtet des Telefonhörers zwischen Schulter und Ohr lackierte sie sich die Fußnägel.

„Hören sie, ma chère, das ist wirklich eine charmante Idee. Aber ich habe leider überhaupt keine Zeit Ihnen da beizustehen und mich zu verplaudern. Am Freitag kommt das Kulturministerium zum Diner, auch der neue Präsident des Centre Pompidou ist mit dabei. Vermutlich haben Sie nicht den Funken einer Ahnung, was das für Arbeit, für einen Aufwand und eine Vorbereitung bedeutet. Meine Herausforderung ist es jedenfalls, dass diese gewichtigen und wichtigen Personen in höchster Zufriedenheit das „Le Ciel Bleu“ verlassen. Verstehen Sie? Da muss eine Plauderstunde mit Ihnen leider zurückstehen.“

Obwohl Marianne Cotinaud nicht ein bisschen ihr Sprechtempo gedrosselt hatte, hatte Hanna alles verstanden und fand die Formulierungen ihrer Gesprächspartnerin amüsant und kultiviert. Ja, genau so hatte sich Hanna ein Telefonat nach Paris vorgestellt. Sie kuschelte sich in die Couch und kraulte den Kater, was nur kurz gelang, weil der das nicht zu allen Zeiten gestattete. Hanna witterte den

Hauch einer Chance.

„Was werden Sie auftischen?“, rutschte es ihr heraus und sie war ob ihrer eigenen Kühnheit erstaunt. Sorgsam ausbalanciert stand ein Tellerchen mit Kräckern mit feiner Leberwurst und Gürkchen auf der Couchlehne. Mit einer gehörigen Portion Einbildung erinnerten die kleinen Happen geradezu an französische Gänseleberpaté.

Marianne Cotinaud hatte tatsächlich angebissen und blubberte los.

„Ach, es gibt wieder etwas Ausgefallenes. Die Erwartungshaltung ist wie immer hoch. Was glauben Sie wohl, warum ich unter Schlafmangel leide? Stundenlang zermartere ich mir den Kopf über neue Kompositionen und aromatisch feine Gewürzmischungen. Es gibt erstmal eine klare Consommé von grünen Tomaten mit doppelt frittiertem Kabeljau-Wan-Tan-Taler. Danach ein Sorbet von Yuzu-Zitronen. Anschließend gegrillte und dann mit Pernod flambierte Abalone.“

Marianne war ins Schwärmen geraten über all ihre Köstlichkeiten. Hanna schrieb so viel wie möglich mit, um später dann in Ruhe einzelne Worte nachzuschlagen, die sie nicht verstanden hatte.

„Für das Hauptgericht hat sich der Präsident erfreulicherweise etwas Klassisches gewünscht, deshalb liegen schon Bressehühner in der Kühlkammer. Vielleicht fülle ich die mit einer provenzalischen Farce, oder brate etwas Gänseleber dazu. Auf jeden Fall gibt es feine Erbsen, Erbsensprossen und vielleicht eine cremige Trüffelmayonnaise dazu.“

Einen Moment war es ruhig am Telefon, so dass Hanna glaubte. Marianne Cotinaud habe aufgelegt. Die aber hatte nur Luft geholt, um dann weitere Details des Menüs preiszugeben.

„Ach, vielleicht schmoren wir auch eine Rinderschulter mit Kakao-Trüffeljus. Trüffel müssen auf jeden Fall sein, sonst ist es ja bei den Herrschaften nichts“, fügte die Gastronomin spitz hinzu.

„Und als Dessert wird es ganz schlicht, das wird diesmal einen Aufschrei geben. Es wird eine Pink-Lady-Apfeltarte mit Rosmarin-Eis geben. Sie wissen was eine Tarte ist, oder?“

Hanna nickte am anderen Ende der Leitung.

„Naturellement!“, sagte sie klar und deutlich ins Telefon, trotz des kleinen Cornichons in der rechten Wange.

„Trotzdem würde ich zu der grünen Tomatenconsommé auch ein Baiser mit Wasabi anbieten“, setzte Hanna hinzu und streichelte dem Kater über das seidige Fell.

Es herrschte eine seltsame Stille am Telefon. Hanna fürchtete, das Gespräch wäre beendet.

Aber Marianne Cotinaud hatte nur kurz und möglichst unhörbar nach Luft geschnappt.

„Nicht schlecht“, sagte sie dann knapp.

„Und was würden sie bei dem Gericht mit den Abalonen abändern?“, fügte sie leicht schnippisch hinzu.

Hanna blieb nichts anders übrig als ihre Unwissenheit zu bekennen.

„Was sind Abalonen?“, fragte sie etwas kleinlaut.

„Eine wahre Delikatesse, ma chère!“ Und Marianne zitierte die Kritiker und Gourmets und verheimlichte dabei, dass sie selbst das Fleisch der Abalone überhaupt nicht mochte.

„Gewaltige Meeresschnecken sind das. Man nennt sie auch Seeohren. Haben Sie noch nie diese Perlmuttschalen gesehen? So beeindruckend!“

Sie geriet ins Schwärmen über die Regenbogenfarben im Inneren der Schalen und das irisierende Material. In ihrer Wohnung überprüfte Hanna gerade die Festigkeit des kräftig roten Nagellacks auf ihren Fußzehen.

„Man merkt, dass Sie schon lange nicht mehr in Frankreich waren, meine Liebe. Hier hat fast jeder dritte Franzose in seinem Bad eine Abaloneschale stehen, die zu einer Seifenschale umfunktioniert ist“, erklärte Marianne Cotinaud diesmal ausgesprochen geduldig. Hanna beschloss mehr Informationen über diese außergewöhnlichen Meeresbewohner einzuholen. Laut erwiderte sie:

„Abaloneschale? Noch nie gehört.“

Eine weitere Viertelstunde verging und die Spitzengastronomin redete tatsächlich ohne Unterlass weiter. Thematisch ging es um Gewürzmischungen, Tellerarrangements, Geschmacksvielfalt und natürlich um die schwierige Beschaffung von qualitativ hochwertigen Produkten.

Insgesamt lief es recht gut mit diesem Telefonat, stellte Hanna erleichtert fest. Zwei Blätter lagen vor ihr, beschrieben mit vielen neuen französischen Worten. Sie würde Luis einiges berichten können. Und sie war wahrscheinlich die einzige außerhalb von Paris, die wusste, was die Damen und Herren des Kulturministeriums am Freitagabend auf den Tellern hätten.

Hanna nippte an ihrem Pastis, fühlte eine wohlige Wärme in sich aufsteigen und schloss die Augen. Kurzerhand erklärte sie den „himmlischen Montag“ zum „französischen Montag“.

Marianne Cotinaud hatte schon seit einigen Tagen an dem Menü für das Kultusministerium getüftelt. Mehrere schlaflose Nächte lagen hinter ihr. Es war für sie erst ungewöhnlich gewesen, sich statt mit Camille mit einer Unbekannten namens „Nennen sie mich Claire" über Menüabfolge, Menüinhalt und Tellergestaltung auszutauschen. Aber es hatte funktioniert. Eigentlich war es ganz schön frech gewesen von dieser jungen Frau, einfach so anzurufen. Das Telefonat hatte sich aber sehr nett entwickelt. Nach einem weiteren Telefonat mit Claire hatte sie dann noch ein paar Dinge in der Menüfolge umgestellt, die Gewürzmischung für das Bressehühnchen geändert und sie würde statt Rosmarin Eis nun Honigeis zu der Tarte kredenzen. Die PinkLady-Äpfel hatten sich als einfach zu säuerlich entpuppt und konnten die Honigsüße als Ergänzung nur zu gut vertragen. Claire hatte einige brauchbare Anregungen gemacht. Ganz offensichtlich verstand sie etwas von gehobener Küche, auch wenn sie erzählt hatte, dass sie am liebsten ganz einfache Gerichte mochte. Sie liebte tatsächlich Linsengerichte. Das hatte Marianne gefallen, denn sie schätzte dieses schlichte Gericht ebenfalls.

Sollten sich wie so oft unerkannte oder selbsternannte Kritiker in die Gästeliste eingeschlichen haben: Marianne Cotinaud hatte jedenfalls dafür Sorge getragen, dass nur Lobgesänge würden verfasst werden können.

Die Idee der „Nennen sie mich Claire“ mit dem Wasabi-Baiser, würde definitiv zu einem I-Tüpfelchen auf der Tomaten Consommé werden. Nur schade, dass sie nicht selbst auf die Idee gekommen war. Sie musste sich eingestehen, die Telefonate mit dieser jungen Frau waren angenehm gewesen, vor allem herrlich zwanglos. Und dafür, dass Claire in ihrem Job nur mit Mode zu tun hatte, war sie eine erstaunlich kompetente Gesprächspartnerin in Sachen Sternegastronomie gewesen. Wann hatte sie in den letzten Jahre sonst außerhalb des Küchenbereichs vom „Le Ciel Bleu“ je ein solches Telefonat geführt? Vor allem, sie hatten ja nicht nur über Sterneküche gesprochen. Es hatte sich sehr schnell ein wenig wie Gespräche unter Freundinnen angefühlt. Dabei könnte sie altersmäßig sicher Claires Mutter sein.

Am Freitag Vormittag stand Marianne Cotinaud in der Kühlkammer ihrer Küche und begutachtete in einer Kiste die Abalone, die noch in ihren schimmernden Perlmutthäusern steckten. Vor zwei Jahren hatte sie die begehrten Schnecken, das sogenannte weiße Gold, noch aus China oder Japan kommen lassen. Dann hatte ein asiatischer Lieferant versucht, ihr zwei imposante, ca. dreißig Zentimeter große Schnecken mit je fast zwei Kilogramm Gewicht zu verkaufen. Sie hatte ihn am Telefon kurzer Hand abgefertigt, denn es konnte sich dabei nur um wild lebende Abalone handeln. Diese Schlagzeilen hätten ihr noch gefehlt: „Spitzenköchin offeriert 30jährige, wilde Abalonen“. Die wilden Schnecken standen inzwischen nämlich komplett unter Artenschutz und deren Fang war unter Strafe gestellt. Die Zeiten, dass es auf dem Meeresboden pro Quadratmeter bis zu fünfzig Abalone gab, die waren vorbei wegen des ständigen Überfischens.

Da die Gäste aber nach diesem hochpreisigen Gericht verlangten, hatte auch sie sich dem Abalone-Goldrausch beugen müssen und schlussendlich gewissenhafte Züchter in Südafrika gesucht, die ihr zu ständig steigenden Preisen die Schnecken aus Aquakulturen lieferten. Sie offerierte die Abalone mal roh als Sashimi, mal gekocht und diesmal wollte sie die Abalonen grillen und flambieren. Das Fleisch war weiss und bissfest. Wenn der neue Dampfgarer die richtige Temperatur hielt, dann würde die neue Kreation die Gourmetherzen höher schlagen lassen. Und wie immer würde ausgerechnet Alain aus der Küchenbrigade das neue Gericht probieren und abschmecken. Abschmecken müssen. Alain war zuständig für den Käsebereich und ein absoluter Fan der Seeohren. Marianne konnte zwar das Fleisch zubereiten, essen mochte sie es aber nicht.

Aus der Küche klangen die üblichen Geräusche,

da es bereits hoch her ging. Marianne Cotinaud würde die Küche später kontrollieren. Sie stand über das Buch mit den Reservierungen gebeugt. Alle Tische waren ausgebucht. Sie stöhnte leise. Sie kannte es seit fünf Jahren nicht anders. Ein Blick in den Gastraum ergab den gewohnten Anblick: Gläser und Besteck – alles an seinem Platz. Cremeweiße Tischdecken und passende Servietten. Die polierten Weinkühler mit silbrig glänzenden Füßen standen in Reih und Glied in einer Ecke. Der Weinschrank brummte leise und zeigte die richtigen Temperaturen für Rot- und Weisswein an. Die ledereingebundenen Speisekarten und die deutlich umfangreicheren Weinkarten lagen fein säuberlich gestapelt auf einem Tisch. Anfang der Woche war bereits die neue Blumendekoration angeliefert worden. Camille hatte darauf bestanden, dass Blumendekorationen jede Woche ausgetauscht wurden, auch wenn Marianne Cotinaud das nicht immer für notwendig erachtete. Diesmal hatte sie die Auswahl allein treffen müssen und sich für Mimosen in Kombination mit Klatschmohn entschieden, eine unübersehbare Hommage an ihre Heimat. Von Lavendel hatte ihr die Floristin am Telefon abgeraten. Der Duft wäre einfach zu intensiv für einen Restaurantbetrieb, hatte sie angemerkt. Als ob die Spitzengastronomin das nicht gewusst hätte.

Auf der hölzernen Anrichte stand eine Karaffe

mit Wein und daneben die dazugehörige Weinflasche mit einem modernen Etikett. Die Gäste von Tisch 5 hatten schon vor zwei Wochen nicht nur den sündhaften Preis, sondern auch die irrwitzigen Kosten für die Lieferung dieser Flasche im Voraus beglichen. Marianne hatte eigens, ohne den Wein zu kosten, einen Zwischengang mit geräuchertem Hirschschinken entwickelt. Das sollte passen. Das angeblich unverkennbare Aroma dieser Weinkreation war zur Zeit in aller Munde. Ein Cuvée aus nur einer einzigen Traubensorte, nämlich Pinot. Aber, und dass war das besondere daran, aus drei unterschiedlichen, europäischen Anbaugebieten von drei verschiedenen Spitzenwinzern. In der dem Wein beiliegenden, broschierten Information hatte Marianne Cotinaud gelesen, dass dieser Cuvée schlussendlich in mehr als 3000m Höhe in Ton-Fässern in einer österreichischen Gletscherspalte ausreifte, was angeblich in einer unnachahmlichen Geschmacksfülle enden sollte. Als ob es in Frankreich nicht auch großartige Weine gab, dachte Marianne Cotinaud ungerührt und starrte auf die Karaffe.

Es war Montag, kurz nach 10.00 Uhr. Hanna rief wieder mal bei Marianne Cotinaud in Paris an. Diese Telefonate hatten sich fast zu einer liebgewonnenen Routine entwickelt. Manche Telefonate waren kurz und knapp, weil bei Marianne oder auch bei ihr unaufschiebbare Aufgaben zu erledigen waren. Manchmal telefonierten sie auch länger. Je nachdem. Es hatte sich eine gewisse Vertrautheit zwischen ihnen entwickelt, die auch Platz bot für den Austausch von kleinen Vertraulichkeiten. Sowohl Hanna als auch Marianne freuten sich auf die Montagstelefonate, auch wenn sie sich das in dieser Form noch nicht ausdrücklich gestanden hatten.

Hanna saß wie gewöhnlich mit Croissants und Milchkaffee am Tisch. Mal in ihrem Wohnzimmer und diesmal in der Küche. Trotz aller Arbeit und aller Sorgen, die leider nicht weniger geworden waren, nahm sie sich immer und ausnahmslos Zeit für ihr Telefonat am französischen Montag. Andere gingen regelmässig in die Tanzstunde, nahmen Sprachunterricht oder gingen reiten. Und sie telefonierte einmal wöchentlich nach Paris. Wo also war da der Unterschied? Jedenfalls hatten diese regelmäßigen Telefonate schon zum Erfolg geführt. Ihr Französisch hatte sich äußerst positiv entwickelt. Sie verstand inzwischen fast alles. Dazu hatte auch Mariannes amüsante und unterhaltsame Erzählweise beigetragen. Die Geschichten über zufriedene und unzufriedene Gäste, über exklusive Rezepte, Lieferprobleme von ausgefallenen Krustentieren und Streitereien in der Küche. Die Spitzengastronomin liebte ihren Erfolg, würde ihre Leben aber wohl lieber entschleunigen. Ein Gedanke, der Hanna selbst ja auch beschäftigte.

Hanna zelebrierte die Telefonate nach Paris, die eine willkommene Abwechslung für sie darstellten. Sie liebte es in die Rolle der Claire einzutauchen. Auf Kleidungsstücke wie den Fake-Fur-Rock verzichtete sie inzwischen zu Gunsten eines weiß-blau geringelten Kleides aus Baumwolle. Selbst mit der aus Gründen der Jahreszeit erforderlichen Strickjacke darüber fühlte sie sich wie die Inkarnation einer Französin im Sommerurlaub. Sie lief deshalb barfuß in ihrer Wohnung und trug außer dem Baumwolldress nichts anderes als das Parfüm von Nina Ricci. Wenn sie die Augen schloß, während Wasser plätschernd in die Badewanne einlief, dann war die Illusion eines Strandspazierganges am französischen Atlantik fast perfekt. Die Bekannte mit dem esoterischen Laden hatte ihr gratuliert. Hannas Mentalkörper sei so stark Frankreich infiziert, dass sie sogar schon Deutsch mit leicht französischem Akzent spreche. Irgendetwas schien dran zu sein an dieser Bemerkung. Denn selbst das Thema Meer für die neue Kollektion war schlussendlich in der Firma beschlossen worden. Seitdem saß Hanna an Skizzen für elegante Strandmode und träumte von Deauville. Aber leider ging ihr nichts richtig von der Hand. Die Zeichnungen saßen einfach nicht. Die Silhouetten wirkten unmodern, die Materialien in der Komposition nicht stimmig. Die Gesamtkonzeption der Kollektion war diffus. Die Ideen, die ihr sonst nur so zuzufliegen schienen, blieben aus. Oft verließ sie abends ergebnislos die Firma. Die Zeit drängte und je mehr sie drängte, desto mehr blieben die Ideen aus. Sie hatte sich Luis anvertraut, der etwas von einer „Schaffenskrise" gemurmelt hatte und ihr deshalb Berge von Modezeitschriften ins Büro brachte. Natürlich wusste Hanna, dass die Kombination aus Kreativität und harter Arbeit die Lösung sein würden, um in dem begrenzten Zeitraum die komplette Kollektion zu entwerfen. Aber je härter sie arbeitete, desto weniger schien es ihr zu gelingen. Wo war ihre Fantasie? Wo war ihre spielerische Leichtigkeit, mit der sie bisher stilsicher Materialien und Formen kombiniert hatte? Sie war enttäuscht von sich selbst, was sie kaum verbergen konnte. Die montäglichen Telefonate waren eine willkommene Abwechslung. Und nicht nur das. Hanna musste sich eigentlich eingestehen, dass die Gespräche für sie eine Flucht bedeuteten, eine Flucht vor ihren eigenen Problemen.

Marianne hatte es sich ihrerseits in Paris in ihrer Wohnung mit einem Tee gemütlich gemacht. Von unten aus der Restaurantküche war das Klappern von Messern, Töpfen und Deckeln zu hören. Die Küchenbrigade war an diesem Tag schon zu Gange, denn es galt, eine außerordentliche Bestellung vorzubereiten. Prinzipiell bedurften Außer-Haus Lieferungen immer einer besonderen Vorbereitungszeit. Dieser Auftrag hatte es in sich. Er war außergewöhnlich komplex und schwierig. Karl Lagerfeld wollte seine Freunde mit einem Picknick in den eigenen vier Wänden überraschen. Marianne hatte eine Besprechung vor Ort angeregt. Der große Salon mit der Spiegelwand in der sechshundert Quadratmeter Etagenwohnung aus der Belle Epoque war da schon leergeräumt. Die Möbel standen bestens verpackt in einem Nebenzimmer. Marianne hatte keine Schwierigkeiten sich alles möbliert vorzustellen. Ein Prunk sondergleichen. Als sie den Salon betrat, war Lagerfeld höchstpersönlich dabei, die Dekoration mit Moosen, Farnen und Rollrasen zu überwachen. Überall standen schon goldene Bodenvasen mit üppigem Blumenschmuck. Die Speisen sollten noch eine Hommage an den Sommer sein. Lagerfeld hatte dann bei der Vorbesprechung mit Marianne leichte Salate, frische Dressings, appetitliche Kleinigkeiten wie Pasteten und Terrinen vorgeschlagen. Ein bisschen Perlhuhn, ein wenig Kaviar, vielleicht eine Fischplatte, natürlich mit Fisch in Sushiqualität. Auf jeden Fall wäre ein besonderes Augenmerk auf die Dekoration zu legen. Gesalzene Butter war ausschließlich auf großen Kieselsteinen zu reichen. Er könnte sich auch Käse auf moosbelegten Tabletts vorstellen. Etwas frischer Obstsalat wäre schön. Natürlich in ausgehöhlten Babyananas oder Mini-Melonen. Vor allem wünsche er sich Berge von kleinen Petit Fours, überzogen mit pinkfarbener und cremeweißer Glasur. Aber bitte keine gewöhnlichen, quadratischen Petits Fours. Kugelförmig sollten es sein, an die legendären Perlen von Coco Chanel erinnern. Ganz wichtig: Er liebe es üppig. Und auf keinen Fall wolle er schon wieder Macerons von Ladurée anbieten, hatte Lagerfeld mit aller Deutlichkeit und dem ihm eigenen Tonfall klargemacht und dabei nervös an seiner dunklen Brille gezupft. Die gewünschten Extravaganzen waren in Mariannes Augen schon ziemlich übertrieben. Aber sie blieb wie immer professionell und hatte keine Miene verzogen.

Marianne gestattete sich mit einem Blick auf die Uhr genau dreißig Minuten für das Telefonat mit Hanna. Mehr war einfach nicht drin. Es sei denn, sie würde Karl Lagerfeld bei der Landpartie in seiner bourgeoisen Wohnung mit Kartoffeln und Quark überraschen. Sie sah im Geiste schon, wie die Flügeltüren sich öffneten und eine Kellnerschar in Strümpfen mit silbernen Schüsseln voll dampfender Kartoffeln über den Rollrasen schlich. Was dann wohl passieren würde?

Als sie Hanna am Telefon von dieser Phantasterei für das Picknick beim großen Karl erzählte, mussten beide herzlich lachen. Hanna hatte gestanden, auch ein wahrer Fan von Kartoffeln zu sein. Sie liebte die Küche ihrer Großmutter, einfach und schlicht und mit guten Zutaten. Marianne ging es ja eigentlich ähnlich. Je mehr der Wahnsinn in der Sterneküche zugenommen hatte, desto mehr sehnte sie sich nach den unprätentiösen Rezepten ihrer Kindheit.

Während des weiteren Telefonates sprach man über dies und das und kleine Belanglosigkeiten. Hanna berichtete, dass der Chef entschieden habe, zwei weitere Zwischenkollektionen einzuschieben, sogenannte Resort-Kollektionen. Damit seien es insgesamt sechs Kollektionen pro Jahr, die Hanna entwerfen müsse. Immer neue Themen, immer neue Trends. Sie habe das Gefühl, nur noch zu zeichnen. Es sei mühsamer als sonst. Ihre Kreativität sei irgendwie ins Stocken geraten. Sie verwerfe viele ihrer Entwürfe. Der Leistungsdruck sei enorm. Von einer Gehaltserhöhung sei auch immer noch nicht die Rede. Privat? Da liefe es so lala. Der verheißungsvolle Flirt mit dem Bild von einem Kerl aus dem Sportgeschäft sei schon wieder beendet. Der gemeinsame Ausflug in die Berge habe zwar dessen Bergsteigerkompetenz offenbart, aber sie habe seinen Schweißgeruch einfach nicht ertragen. Auf jeden Fall freue sie sich über dieses montägliche Telefonat.

Marianne Cotinaud hatte Hannas Redeschwall mit keiner Silbe unterbrochen und währenddessen ihren Blick durch das Zimmer schweifen lassen. Und war am eigenen Spiegelbild hängengeblieben. Der barocke Spiegel mit dem Goldrahmen zeigte eine Frau, an deren Anblick sie sich erst noch würde gewöhnen müssen. Sie begann unvermittelt zu lachen und erzählte Hanna von ihrem Besuch bei Gérard und ihrer plötzlichen Typverwandlung.

Man kannte Marianne entweder mit schwarzem Zopf oder mit Kochhaube. Vor einem Monat dann hatte sie sich unvermittelt die Haarpracht abschneiden lassen. Aus einem spontanen Impuls heraus, den sie sich immer noch nicht genau erklären konnte. Vielleicht, weil sie als Mädchen die Haare ein Jahr kurz getragen hatte. Sie hatte damals eine

Wette verloren. Ihr Favorit beim Petanque Turnier war nicht zum Sieger gekrönt worden, weil er mit einer manipulierten Kugel gespielt hatte. Unter Tränen hatte sie sich von ihrer langen Mähne trennen müssen. Man hielt sein Wort, daran hatten die Eltern keinen Zweifel gelassen. Danach hatte sie die Haare nur noch lang getragen.

Und nun waren nach all den Jahren die Haare ab.

„Sie sehen jünger aus“, hatte der Getränkelieferant festgestellt. Und nicht nur der. Der Kurzhaarschnitt jedenfalls betonte ihre hohen Wangenknochen und die blauen Augen sehr vorteilhaft.

„Und es sind so viele silbergraue Haare zum Vorschein gekommen, Hanna, das können Sie sich garnicht vorstellen“, sagte Marianne. Gleichzeitig mit dem neuen Schnitt hatte sie nämlich auch das Färben der Haare eingestellt. Der Haaransatz war schnell und deutlich rausgewachsen. Ihr Oberkopf war dadurch in zwei stark kontrastierende Flächen von Grau und Schwarz eingeteilt.

„Wissen Sie, Hanna, das hat etwas ausgesprochen konstruktivistisches.“

Es erinnerte weniger an die Farbflächen von Marc Rothko, als vielmehr an die geometrischen Aufteilungen von Mondrian. Den würde Hanna doch kennen, nicht wahr? Aufgeteilte, farbige Flächen. Bei Marianne seien es eben Flächen in Schwarz und Grau. Sie hätte einfach genug gehabt von allen möglichen Colorationstechniken. „Ich habe keine Lust mehr, gegen den natürlichen Farbwechsel anzukämpfen“, sagte Marianne.

Hanna kannte diese Diskussion, denn es gab tatsächlich auch in ihrem Freundeskreis die eine oder andere Freundin, die schon silbergraue Strähnen vorzuweisen hatte. Ihre eigenen Haare dagegen waren blond, natürlich blond. Grau wäre da später bestimmt weniger ein Problem.

Gérard

Wer würde nicht gerne Glückssträhnen beim Stylisten in Auftrag geben?

Zesna Cosiz

Marianne würde der fassungslose Blick ihres Stylisten Gérard für immer und ewig in Erinnerung bleiben. Auch nach längerer Diskussion mit ihm hatte sie an ihrem Entschluss festgehalten: Die Haare kamen ab. Außerdem wollte sie zukünftig auf Chemie im Haar verzichten. Ihre Typverwandlung bedeutete für Gérard eine nicht unerhebliche finanzielle Einbusse. Das Haarefärben brachte ihm eine schöne Einnahme. Für Marianne war es immer eine teure Angelegenheit gewesen. Vor allem aber war die Prozedur langwierig und lästig. Wie erniedrigend hatte sie immer diese mit Vaseline getränkte Wurst aus Watte empfunden, die rund um den Haaransatz geklebt wurde. Jedesmal hoffte sie inbrünstig, dass niemand sie durch die große Scheibe entdecken würde. Da saß sie dann unter einer Art Trockenhelm. Die mit Farbe eingeschmierten Haare steckten unter einer seltsam gemusterten Gummihaube. Sie durfte sich nicht bewegen.

„Damit alles schön durchfärbt“, rief Gérard. Er hatte jedesmal Schwierigkeiten, sich gegen den Lärm der Heizhaube verständlich zu machen.

Im Nachhinein hatte sie sich gefragt, warum sie überhaupt an den langen Haaren all die Jahre festgehalten hatte. Wahrscheinlich war es auch eine Reminiszenz an die Jugend. Irgendwann hatte sie dann auch noch mit der Färberei begonnen, weil es angeblich frischer und jünger wirkte. Dabei musste sie die Haare vor allem aus Gründen der gesetzlich verordneten „Hygienevorschriften für den Gastronomiebetrieb“ in der Küche immer unter einer gestärkten Kochhaube verstecken. Mit dem Kurzhaarschnitt war das Aufsetzen der weißen Krone, wie die Kochmütze auch genannte wurde, um ein vielfaches unkomplizierter.

„Liebe Hanna, ich kann Ihnen wirklich nicht erklären, warum ich nach den vielen Jahren diesen Schritt getan habe und was genau der Auslöser gewesen ist. Vielleicht der Wunsch nach Veränderung? Die Sehnsucht zurück zum Natürlichen und Ursprünglichen? Der Wunsch, meine unbekümmerte Kindheit wieder aufleben zu lassen? Ich weiß es wirklich nicht. Ich werde darüber nachdenken müssen.“

Dafür wusste Hanna in ihrer Küche definitiv, dass ein solcher Schritt für sie nicht in Frage kommen würde. Ihre langen blonden Haare abschneiden zu lassen, das konnte sie sich einfach nicht vorstellen. Sie liebte die zahlreichen Möglichkeiten, Frisuren zu gestalten. Die blonde Mähne empfand sie als Ausdruck ihrer Weiblichkeit. Allein die vielen Flechtmöglichkeiten. Sie wollte nicht darauf verzichten, immer wieder eine andere Frisur zu kreieren. Im Moment waren die Haare allerdings stumpf und formlos, was wahrscheinlich mit Ihrem Arbeitsstress zu tun hatte. Sie verzichtete deshalb darauf, das Haar offen zu tragen und trug häufiger Zopf oder Pferdeschwanz. Luis fand, sie sehe manchmal aus wie Bibi Blocksberg nur mit Brille.

„Sie hatten richtig lange Haare und haben die wirklich richtig kurz schneiden lassen?“, fragte Hanna nochmals in ungläubigem Ton.

„Ja“, sagte Marianne. „Der alte Zopf ist ab. Im wahrsten Sinne des Wortes.“

Fast schien es Marianne Cotinaud, als sei sie durch den neuen Haarschnitt zu einer anderen Person mutiert. Statt den Zopf aufzuheben, wie Camille es ihr geraten hatte, hatte sie das prachtvolle Exemplar komplett an die Organisation „Zöpfe für Tainan“ gespendet. In ihren Entscheidungen war Marianne immer konsequent. Gérard hatte beharrlich versichert, dass aus ihren Haaren ganz sicher Perücken für Krebspatienten angefertigt würden. Und der Erlös aus den Haarteilen würde an die besagte asiatische Frauenhilfe gehen. Das Geld würde älteren und jüngeren Frauen im Norden Chinas zu Gute kommen, damit diese sich nicht immer wieder aus Geldnot von ihren prachtvollen Haaren trennen mussten. Da eine hüftlange Haarpracht dort als Statussymbol galt, aber auch fast ein halbes Jahr das Überleben von einer achtköpfigen Familien sicherte, opferten viele Frauen in ihrer Verzweiflung ihren Kopfschmuck. Was statt Anerkennung zu Ächtung in der Gemeinschaft führte. Es war Marianne deshalb als eine gute Idee erschienen, hier einen kleinen Beitrag zu leisten. Und sie hatte auch beschlossen, daran zu glauben, dass das Geld nicht bei der Organisation versandete, sondern wirklich bei den armen Frauen ankam. Jedenfalls war sie froh, dass sie in einer Kultur lebte, in der sie selbst entscheiden konnte, wie sie die Haare tragen wollte, ohne dass das nennenswerten Einfluss auf ihren Ruf als Spitzenköchin oder Mitglied der Gesellschaft hatte.

Marianne Cotinaud hatte das Gefühl, als sei dieser Besuch bei Gérard nur der Anfang vom Anfang gewesen.

„Diesen Stylisten Gérard habe ich vor einigen Jahren per Zufall entdeckt. Er hat seinen kleinen Laden in einer Seitenstraße ganz in der Nähe des „Le Ciel Bleu“. Sollten Sie doch einmal nach Paris kommen, es lohnt sich bei ihm vorbeizuschauen.“

Genauer gesagt, Mariannes Perle Camille hatte den Stylisten entdeckt. Denn auf dem Weg zur Post hatte Camilles eigenwilliger Hund gezielt die Laterne neben dem Laden „Le Style“ für sein alltägliches Geschäft auserkoren. Und da Camille an diesem Morgen nicht auf ein solches Geschäft vorbereitet war, musste sie kleinlaut in dem Laden um eine Plastiktüte für die Hinterlassenschaft des Schoßhündchens bitten. Hinter der großen Schaufensterscheibe hatte ein schlaksiger junger Mann gestikulierte und mit Schere und Kamm herumhantiert. Camille fand das Ergebnis auf dem Kopf der Blondine auf dem Figarostuhl sehr ansehnlich. Die gesamte Situation hinter der Glasscheibe wirkte so Vertrauen erweckend, dass die Frage nach einer Plastiktüte für das Geschäft des Schoßhündchens keine echte Schwierigkeit darstellte. Der junge Stylist — er verbat sich das profane Wort Friseur — war so unglaublich reizend zu Camille, dass sie in Erwägung gezogen hatte, einen Fanclub für Gérard zu gründen. Jedenfalls überzeugte sie Marianne Cotinaud davon, das umständliche Haarewaschen im Waschbecken aufzugeben und sich einmal — quasi als Dankeschön für die Tütenaktion — den Händen von Gérard anzuvertrauen. Warum Camille selbst ihrem alten Friseur treu bleiben wollte, behielt sie für sich.

Und von da an ließ sich Marianne Cotinaud regelmäßig für eine erkleckliche Summe ihre hüftlangen Haare von Gérard pflegen. Erst kam das ausgiebig Waschen der Haarpracht kombiniert mit einer sanften Kopfmassage. Nach dem Shampoonieren folgte dann eine Spülung, danach das Kneten der Haare sowie das Föhnen und schlussendlich das Flechten der Haare zu dem imposanten Zopf, ihrem Markenzeichen. Gerard war ein reizender Mensch, sanft und einfühlsam. Als er vor 20 Jahren mit wenig Geld in der Tasche nach Paris gekommen war, hatte er eigentlich Architekt werden wollen. Dann wurde er Friseur. Und nicht nur Marianne Cotinaud war ob dieser Entwicklung überglücklich. Im Laufe der Zeit mutierte Gerard neben seiner Tätigkeit als Stylist zum geduldigen und verständnisvollen Berater und Psychologen seiner Kunden. Auch Mariannes anfängliche Zurückhaltung wich recht schnell und es entwickelte sich zwischen ihnen ein vertrauensvolles, ja beinahe freundschaftliches Verhältnis. Der karge Raum mit der weißlackierten Spiegelkommode und dem schwarzen Ledersessel war zu einer Art Rückzugsort von Marianne geworden. Im Hintergrund spielte immer eine undefinierbare psychedelische Musik. So stellte sich Marianne die Musik auf Goa vor, bei Hippitreffen unter Palmen mit Drogenpfeiffchen. In einer Ecke des Ladens hatte Gérard eine Art Altar aufgebaut, auf dem Figuren aller Art um Schalen mit Wasser, Blüten und Reis versammelt waren. Die Duftstäbchen waren so intensiv, dass Marianne jedesmal einen heftigen Niesreiz bekam und selbst Gérard einsah, dass er ihr dieses Martyrium ersparen musste. Denn es war sein täglicher Ansporn, den höchsten Grad an Zufriedenheit bei seinen Kunden zu erreichen. Wenn er Marianne Cotinaud zum Beispiel die Haare wusch, dann bettete er ihren Kopf erst rückwärts auf den Rand des Beckens, wenn er zuvor eine dreifache Lage weichgespülter Handtücher und einen kleinen Pelzkragen seiner verstorbenen Mutter darauf platziert hatte. Zusätzlich dämmte er jedes Mal das Licht, damit Marianne nicht von den zugegebenermaßen wirklich unangenehm flackernden Deckenlichtern irritiert wurde.

Marianne genoß die Termine bei Gérard. Und gab Dinge preis, die sie noch niemandem vorher anvertraut hatte. Sicherheitshalber buchte sie jedesmal zwei Stunden bei ihm, denn bei diesen Besuchen gab es doch immer mehr als ausreichenden Gesprächsstoff. Gérard kannte die Geschichten ihrer Kindheit im Süden Frankreichs, ihre Sehnsucht nach Lavendelfeldern, Kastanienwäldern und den Küchendüften des Restaurants ihrer Großmutter. Er kannte die Geschichte ihrer Kochausbildung, das Scheitern ihrer Ehe und den harten Weg zur Spitzengastronomin gegen alle Widrigkeiten in dieser männerdominierten Szene. Marianne Cotinaud erzählte von Personalproblemen, Lieferengpässen, unverschämten Journalisten und überpeniblen Gästen. Und vor allem von schlaflosen Nächten, von denen selbst Camille nichts wusste. Sie berichtet ungeschönt, dass sie eigentlich physisch und psychisch nicht mehr in der Lage war, jeden Tag spitzengastronomische Leistungen für den Gast zu realisieren. Sie hatte jahrelang mit unglaublicher Liebe und Hingabe alle Details der Kochkunst erforscht und sehnte sich nach den Experimenten in der Molekular- und Fusionsküche nun nach einer naturnahen Küche. Was aber würde eine „Kochkunst ohne Sterne" bedeuten?

Gérard war feinfühlig genug, die Kopfmassagen zu verlängern, wenn ein Thema dies erforderte. Und seinen in Opium von Yves Saint Laurent eingehüllten Freund schickte er genauso feinfühlig zum erneuten Kaffee holen, nur damit Marianne den letzten Alptraum in aller Ausführlichkeit schildern konnte.

Gérard war der perfekte Zuhörer, inspirierte Marianne zu neuem Porzellan und außergewöhnlichen Kreationen auf Tisch und Tellern, wobei sie sich immer auf sein ästhetisches Empfinden verlassen konnte.

Nur ihren Entschluss, das Haar abzuschneiden konnte Gérard nicht nachvollziehen. Er verspürte einen Kloß im Hals, als er den langen, schwarzen

Zopf in die türkisfarbene Glasschale legte.

Hanna konnte Mariannes Stylisten nur zu gut verstehen.

„Schaffen Sie das Wochenende ohne mich?"

Tage nach dem langen Telefonat mit Hanna läutete Marianne Cotinaud die nächste Veränderung ein. Ihre Frage stand im Raum wie ein drohendes Unwetter. Zumindest, wenn Marianne in die Augen der Mitglieder der Küchenbrigade und des Restaurantteams blickte. Sie wiederholte sich und ließ keinen Zweifel daran, dass dies eher ein Befehl war, als eine Frage, die nach einer Antwort verlangte. Jeder Tisch war Samstag und Sonntag zweimal belegt und das neue Gericht im 5-Gang-Menü mit den Jakobsmuscheln war ausgesprochen anspruchsvoll in der Zubereitung.

„Natürlich schaffen Sie das. Alain, sie übernehmen", sagte Marianne in ruhigem Ton zu ihrem zweiten Küchenchef.

Alains plötzliche, rote Gesichtsfärbung kontrastierte wenig vorteilhaft mit der Farbe seines Hemdes. Was Marianne Cotinaud aber nicht mehr sehen konnte. Sie hatte sich auf dem Absatz umgedreht, bevor sie ihren Entschluss wieder rückgängig machen konnte. Das Picknick bei Lagerfeld war überstanden und gut gelaufen. Sie hatte es sich allerdings nicht verkneifen können, gänzlich gegen die Absprache eine Schüssel mit schlichtem Kartoffelsalat zu kredenzen, der reißenden Absatz gefunden hatte. Die einfachen Dinge machen wahrhaft glücklich, hatte sie gegenüber Lagerfeld bemerkt, der sie wortlos angestarrt hatte. Marianne war der Meinung, sie habe sich ein freies Wochenende verdient.

Sie buchte ein Ticket nach Montpellier und informierte Camille über ihre Ankunftszeit.

Das Telefon klingelte. Es war kurz nach acht Uhr, Montagfrüh. Hanna hatte schon die Jacke an, eine sehr geschickte Variation des klassischen Burberrymusters auf imprägniertem Stoff, geeignet für Wind und Wetter. Denn es war scheußlich draußen. Sie war im Begriff, die Bäckerei aufzusuchen für den obligatorischen Kauf der montäglichen Croissants. Sie zögerte ganz kurz, ob sie das Telefonat annehmen sollte. Überraschenderweise war es Marianne Cotinaud.

„Meine Liebe, leider fällt unser Montagstelefonat heute aus, denn ich bin auf dem Sprung in den Süden Frankreichs. Nur für ein paar Tage. Diesen spontanen Entschluss habe ich gefasst, als Sie mich bei einem unserer Telefonate gefragt haben, wann ich das letzte Mal zu Hause gewesen wäre. Ein Zuhause, wie Sie es wahrscheinlich kennen, gibt es für mich schon eine Weile nicht mehr. Ich lebe schon so lange in Paris."

Ihre Vorfahren kamen ursprünglich aus der Provence. Marianne selbst war großgeworden in einem Tal in den Cevennen. Ihre Eltern hatten dort ein kleines Haus, genauso wie die Großeltern und Urgroßeltern und die Tanten und Onkel auch.

„Es war ein Leben, wie man es heute nur noch aus Filmen kennt. Großfamilie mit allen positiven und negativen Aspekten. In völliger Freiheit. Wir Kinder liefen den ganzen Tag barfuß herum. Sagten Sie nicht auch, dass Sie das auch so lieben? Wir spielten mit allem, was wir in der Natur fanden, waren zufrieden mit Steinen und Stöcken, bauten Baumhäuser und Höhlen aus Moos. Wir angelten in unbekannten Bächen, brieten die Forellen auf offenem Feuer und trugen eimerweise wilde Himbeeren- und Brombeeren nach Hause."

Hanna kamen diese Schilderungen so bekannt vor. Sie hatte eine ähnliche Kindheit verbracht. Die abrupt endete als sie zehn Jahre alt war und die Familie vom Land in die Stadt zog. Die Liebe zur Natur hatte Hanna nie losgelassen. Vielleicht versuchte sie deshalb in ihren Modekollektionen auch immer den Naturaspekt herauszustellen und sehnte sie sich nach den Bergen. Wann immer möglich flüchtete Hanna an den Wochenenden aus der Stadt und hoffte die Stunden in freier Natur würden Lösungen für ihre beruflichen wie privaten Belange herbeizaubern. Bisher allerdings vergeblich.

Marianne erzählte kurz von ihrer Mutter, die von morgens bis abends für Haus, Hof und den Gemüsegarten gesorgt hatte.

„Mein Vater war Arzt und fuhr mit seinem klapprigen Renault durch die Täler und machte Hausbesuche. Meine Großmutter führte ein kleines, beliebtes Restaurant, in dem sie eine naturnahe Küche pflegte. Wie gut erinnere ich mich an die großen, polierten Töpfe, die Kräuterdüfte aus der Küche und den akkuraten Gemüsegarten. Sie sehen, in meinem Leben ging es schon immer um Kochkünste!"

Jedenfalls wolle sie sich das alles jetzt endlich einmal wieder anschauen. Die ganze Gegend, das Tal. Sie vermisse die Menschen dort, die Gerüche und die klare Luft, die ihresgleichen suchte. Das sei ihr inzwischen so deutlich geworden, besonders bei dem letzten gemeinsamen Telefonat.

Die beiden Frauen verabredeten sich für einen anderen Montag. Es war Hanna ganz recht so, denn sie hatte mehr als genug zu tun. Eigentlich hatte sie auch keinen wirklichen Hunger auf Croissants. Sie hängte ihre Jacke wieder an den Haken, fütterte den maunzenden Kater und machte sich dann zwei kross gebratene Spiegeleier und ein Käsebrot.

Marianne

Widme Dich der Liebe und dem Kochen
mit ganzem Herzen
Dalai Lama

„Chère Claire,

Wenn Sie diese Zeilen lesen, bin ich schon im Süden Frankreichs. Da Sie ja gerne kochen, wie ich inzwischen weiß, habe ich Ihnen noch schnell das Kochbuch von Jean-Baptiste Reboul geschickt, von dem wir vor meiner Abreise gesprochen kurz hatten. Statt mit mir zu telefonieren, lesen Sie zur Abwechslung halt mal ein bisschen und können auch dadurch Ihr Vokabular erweitern. Vielleicht haben Sie ja auch Lust, das eine oder andere Rezept nach zu kochen. Das Buch gehörte meiner Urgroßmutter Nathalie, die ursprünglich in der Provence beheimatet war. Wenn Sie Lust haben, dann können Sie ja einige der Rezepte nachkochen. Bitte behandeln Sie den „Reboul" gut, es ist eine Leihgabe. Das Buch ist bejahrt, vielgelesen und viel geliebt. Es handelt sich um die 6. Auflage aus dem Jahr 1910. Ein Kleinod also. Auf der zweiten Seite finden Sie sogar das ex libris meiner Urgroßmutter. Passen Sie also gut darauf auf. Das Kochbuch heißt „La cuisinière provencale". Folgende Rezepte lege ich Ihnen besonders ans Herz: Unter Nummer 276 finden Sie „brochette des escargots a ma facon" (Spießchen von Schnecken nach meiner Art), unter Nummer 630 „Ratatouille Nicoise" und unter Nummer 631 „Courgettes farcies" (überbackene und gefüllte Zucchini). Das sind nur drei von über 30 Originalrezepten meiner Urgroßmutter Nathalie, die in dieses umfangreichen Kochbuch Eingang gefunden haben.

Grand-Grand-Mère Nathalie war nämlich befreundet mit Reboul. Vielleicht war es auch etwas mehr. So genau wissen wir das nicht. Er war deutlich älter, als sie, als sie sich kennenlernten. Aber Nathalie schwärmte wohl für ihn, den viel gereisten Küchenchef. Jedenfalls pendelte er zwischen Hotels in Montreux in der Schweiz und der Provence. Und das in den damaligen Zeiten! Irgendwann ist er dann seßhaft geworden und hat nur noch für die Familie Noilly Prat als Küchenchef gearbeitet. In dieser Zeit muss er Nathalie kennengelernt haben. Die beiden haben in ihrer Freizeit gemeinsam mit unglaublicher Liebe fast 1200 Rezepte der provenzalischen Küche zusammengetragen. Und natürlich ihre eigenen Rezepte dazu beigesteuert. Eines Tages hat Reboul dann unerwartet geehelicht und den Treffen mit Nathalie ein

Ende gesetzt. Der Anstand, sie verstehen. Nathalie muss das schwer getroffen haben, denn sie verließ von einem auf den anderen Tag das Dorf und fand Arbeit in den Cevennen. Zu dieser Zeit gab es dort große Plantagen mit Maulbeerbäumen und die Seidenraupen waren dort beheimatet. Urgroßmutter Nathalie hat sich zur Seidenspinnerin ausbilden lassen. Und ab und zu hat sie Rezepte aus ihrer provenzalischen Heimat gekocht, wenn das Heimweh gar zu groß war. In der neuen Heimat hat sie dann meinen Urgroßvater getroffen, der eine große Maulbeerplantage hatte. Die beiden waren sehr glücklich, zumindest bezeugen das zahlreiche Briefe und Kärtchen, die Grand-Grand-Mère Nathalie aufgehoben hat. Sie hatten sechs Kinder, eines davon war meine Großmutter Jeanne. Sie hat bis zu ihrem Tod immer wieder von dem Tag erzählt, als ein dickes Paket mit der Post kam. Es war von Reboul. Und enthielt zwei druckfrische Kochbücher beachtlichen Umfangs. Eines mit persönlicher Widmung. Dieses Exemplar gebe ich nicht aus der Hand, das werden Sie verstehen. Etwas mehr als 1200 Rezepte sind in dem Kochbuch darin, alle in Kurzform, knapp und übersichtlich geordnet. Auch alle Rezepte von Urgroßmutter sind darin verewigt. Grand-Grand-Mère war an diesem Tag ziemlich still. Und fing von da an wieder an Rezepte zu sammeln. Diesmal natürlich aus der Re-

gion der Cevennen. Sie hat dieses Kochbuch, den Reboul 2, wie sie es liebevoll nannte, allerdings nie fertiggestellt. Denn sie starb völlig unerwartet bei der Apfelernte. Ihr Herz blieb einfach stehen. Es war ein schrecklicher Verlust für uns alle, besonders für meinen Urgroßvater. Ihre Begeisterung fürs Kochen hat sie an meine Großmutter weitergegeben, die in ihrem kleinen Resto die dortige Landesküche gepflegt hat.

Sie sehen also, wo meine Leidenschaft für´s Kochen ihren Ursprung hat!

Es ist wirklich jedesmal angenehm mit Ihnen zu plaudern.

Vielleicht haben Sie Lust in meiner Abwesenheit stattdessen die Nummer anzurufen, die ich Ihnen auf dem kleinen roten Zettel notiert habe? Dann müssen Sie nicht wieder wahllos mit diesen Computerlisten herumexperimentieren. Ach ja, lassen Sie sich überraschen. Eine nette Person erwartete Sie am anderen Ende der Leitung in Paris.

Das Leben ist schön, prägen Sie sich das ein!

Ihre Marianne Cotinaud

p.s. Die Wasabi-Baisers sind großartig gelungen. Schade, dass die Idee nicht von mir war.

Was Marianne Cotinaud für sich behalten hatte, war die Tatsache, dass sie nicht den blassesten Schimmer hatte, wer hinter der Nummer steckte. Sie hatte den Zettel mit Namen und Telefonnummer auf ihrer Kommode gefunden. Dabei hatte sie sofort die große, klare Handschrift von Henry erkannt. Er hatte mit der breiten Feder eines Füllfederhalter geschrieben. Wann immer möglich pflegte Henry diesen aufwendigen Stil, ganz bewusst als Gegenpol zu den zahlreichen Mails, die zu versenden waren. Und um ein Zeichen zu setzen gegen die unerträgliche Wegwerfgesellschaft mit ihren weit verbreiteten Tintenrollern und Plastikkugelschreibern, die, einmal entleert, einfach komplett entsorgt wurden. Das Schreiben mit einer Feder, egal ob aus Stahl oder Gold, war komplex und erforderte feinmotorisches Geschick und Gespür für den richtigen Druck. Glitt die Feder über das Papier und strömte die Tinte gleichmässig aus derselben, war das Gefühl nicht zu beschreiben. Anzunehmenderweise hatte Henry mit dem Füllfederhalter geschrieben, der ihn seit dem Ende der Schulzeit begleitete: ein Montblanc, den Marianne ihm zum Schulabschluss geschenkt hatte.

Auf dem kleinen Zettel hatte kein Name gestanden, sondern nur eine Zahlenkombination. Die allerdings eindeutig keine Kontonummer sondern eine Telefonnummer war. Von der Endziffer her war es auf jeden Fall eine Telefonnummer in einem Pariser Arrondissement. Marianne vermutete, dass es sich um eine Freundin von Henry handelte. Wahrscheinlich hatte der den Zettel verloren, als er die Menükarten für das Diner des Golfclubs oder das Briefpapier vorbeigebracht hatte. Was sie wahrscheinlich bald nicht mehr benötigte. Aber zum Zeitpunkt der Auftragserteilung der Briefbögen und Umschläge in der Druckerei Gotimard war ja noch alles in gewohnten Bahnen gelaufen. Jedenfalls freute sich Marianne diebisch über den Schachzug mit der Telefonnummer und wäre nur zu gerne dabei, wenn Hanna den Anruf tätigen würde.

Was Marianne Cotinaud nicht wissen konnte: Tatsächlich hatte Henry Durant den Zettel verloren. Aber es handelte sich nicht etwa um die Telefonnummer einer neuen Geliebten. Der alten Flamme hatte er nach drei Jahren und vier Monaten gerade den Laufpass gegeben und erfreute sich seines Junggesellenlebens in vollen Zügen. Im Moment verspürte er keinerlei Ambitionen, seine spärliche Freizeit mit einem neuen weiblichen Drachen zu teilen.

Hanna saß in ihrem Büro mit dem Umschlag von Marianne Cotinaud und las den Brief zum zweiten Mal. Urlaub in Südfrankreich, wie wundervoll. Sie seufzte leise. Ihre Arbeitswoche war fast vorbei. Einige Kollegen hatten den Feiertag für einen verlängerten Urlaub genutzt und die Stimmung im „Ditale-Gebäude“ war gedämpft und angenehm. Luis war mit seiner neuen Flamme zu einer Bergwanderung aufgebrochen. Er wollte sie mal in Sachen Ausdauer testen, hatte er augenzwinkernd erklärt und Hanna außerdem nach Restauranttipps gefragt. Das gemeinsame Kaffeetrinken am Automaten fiel also für den letzten Tag der Woche aus. Hanna blickte auf den Umschlag, der im Adressfeld in Großbuchstaben ihr Montagspseudonym enthielt: „Claire“. In einer aufrechten, akkuraten Schrift, die zur ganzen Art von Marianne Cotinaud gut passte. Hanna griff erneut in den Umschlag. Mit der gebotenen Vorsicht wegen des angekündigten Rebouls. Wenig später lag der weitere Inhalt des Briefes vor ihr auf dem überfüllten Schreibtisch: ein leicht vergilbtes Kochbuch und ein kleiner roter Zettel mit einer Pariser Telefonnummer. Das war es also, das sagenumwobene Kochbuch, dachte Hanna. Was für eine nette Idee, ausgerechnet ihr dieses Wunderwerk französischer Kochkunst zu schicken.

Und natürlich würde sie die Telefonempfehlung von Marianne anrufen. Sie war regelrecht erleichtert, dass sie nicht selbst wieder eine Entscheidung bezüglich einer Telefonpartnerin treffen musste. Wie gewöhnlich würde sie die Nummer an ihrem französischen Montag wählen, also in drei Tagen.

Bis dahin müsste sie sich gedulden. Hanna hatte sich inzwischen extra Kopfhörer mit einem hübschen Bezug gekauft, damit sie gleichzeitig telefonieren und etwas anderes tun konnte. Zum Beispiel Gemüseschneiden, den Kater füttern oder bügeln.

Eine freundliche Kollegin, die zur Zeit eine Schwangerschaftsvertretung in der Firma übernommen hatte, hatte erst kürzlich offenbart, an Homeoffice-Tagen den ganzen Tag nur in Jogginghosen herumzulaufen. Und bügeln? Kam nicht in Frage. Dazu war die Zeit einfach zu schade.

Für Hanna undenkbar. Schon immer wurde zu Hause bei Hannas Familie und nun auch in ihren eigenen vier Wänden alles gebügelt. Uneingeschränkt alles. Blusen, Hemden, Hosen, Geschirrtücher, Taschentücher, Bettwäsche, Kissenbezüge aller Art, T-Shirts. Selbst die Socken wurden mit einem schnellen Husch geglättet. Für das Bügeln der Taschentücher konnte sich Hanna heute noch begeistern. Jedes Mal, wenn sie das heiße Eisen über die mehr oder weniger gemusterten Stoffquadrate gleiten ließ, tauchten Erinnerungen an ihre Mutter auf, die sie schon als kleines Mädchen in die Kunst des Bügelns von Taschentüchern eingeweiht hatte. Zuerst wurden die handrollierten Tücher - gab es so etwas heute noch zu kaufen? - in Form gezogen und dann mit Wasser aus einer bauchigen Plastikflasche mit einem roten, gelöcherten Plastikdeckel behutsam eingesprüht. Die Taschentücher wurden anschließend alle aufeinander gestapelt und zu einer festen Rolle aufgewickelt. Später dann durfte Hanna ein Taschentuch nach dem anderen langsam und mit Druck glatt bügeln. Immer schön mit der Spitze des Bügeleisens in die Ecken, immer die Form im Augen behaltend. Mit ihren kleinen Kinderfingern legte sie dann sorgfältig Ecke auf Ecke, bis ein Quadrat entstand. In der unteren rechten Spitze war dann immer das väterliche Monogramm zu sehen. Ein Stapel frisch gebügelter Stofftaschentücher war immer schon ein erhabenes Gefühl gewesen.

Es war ihr deshalb auch unverständlich, wie man sich abends in ein faltig, verknittertes Bettzeug fallen lassen konnte. Nils Avancen waren deshalb schlagartig an ihr abgeprallt, als sie an dem weinseligen Abend bei ihm einen kurzen Blick auf seine Bettwäsche hatte werfen können. Für sie war frisch gebügelte Bettwäsche ein selbstverständlicher und notwendiger Luxus, auf den sie unter keinen Umständen verzichten wollte.

Deborah

Hoch ist der Liebe süßer Traum,
erhaben über Zeit und Raum
Wilhelm Busch (1832-1908)

Montagmorgen setzte sich Hanna die neuen Kopfhörer auf, nahm den kleinen roten Zettel von Marianne zur Hand und wählte zügig die Telefonnummer in Paris. Sie würde wieder in die Rolle der Claire schlüpfen. Während es in der Leitung krachte griff sie nach einem Taschentuch aus dem Bügelkorb und war bereit für ihren Satz:

„Bonjour, bonjour! Nennen Sie mich Claire."

Aber es kam völlig anders. Bevor Hanna auch nur eine Silbe sagen konnte, schluchzte eine Frau zornig ins Telefon:

„Ich verlasse dich!"

Die junge Frau hieß Deborah und in ihrer Wut bemerkte sie zu spät, dass sie versehentlich eine bügelnde junge Frau namens Hanna an deren französischem Montag in der Leitung hatte. Was sie dann aber keineswegs daran hinderte, dieser fremden Frau in epischer Breite ihr Herz auszuschütten.

Deborah war Bilanzbuchhalterin in einer großen Steuerberatungsgesellschaft und seit etwas mehr als zwei Jahren mit Olivier Rouen liiert. Dieser arbeitet bei einem großen Elektronikkonzern in leitender Stellung und war für elektrische Bahnhofsuhren, Flughafenelektronik und Digitalelektronik von U-Bahnen zuständig. Eine schrecklich langweilige Angelegenheiten, wie Deborah fand. Ihre Arbeit als Bilanzbuchhalterin dagegen stellte eine deutlich komplexere Aufgabe dar. Sie liebte Zahlen und Systematik. Die immer nachprüfbaren Ergebnisse gaben Halt und Ordnung.

Leider war Olivier Rouen verheiratet und hatte drei Kinder. Sie hatten sich in der Kanzlei, in der Deborah arbeitete, kennengelernt, als sie ihm die Zahlen des letzten Bilanzjahres näher erläutern sollte. Schon eine Stunde später hatten sie sich trotz des Aktenbergs, den Deborah unter dem Arm klemmen hatte, leidenschaftlich im Aufzug geküsst. Es war wie Magie. Und es folgte eine feurige und gleichzeitig sensible Beziehung. Ständig mussten sie Vorsicht walten lassen, um nicht gemeinsam gesehen zu werden. Sicherheitshalber hatte Deborah in der Firma beantragt, den Montag zu Hause arbeiten zu dürfen. Da „Home-office" im Trend lag und auch ihre Firma mit der Zeit gehen wollte, schöpfte niemand Verdacht. Doch statt die Montage in ihrer Wohnung mit Arbeit zu verbringen, wartete sie mit einem gepackten Täschchen auf Oliviers Anruf oder seine Kurznachricht. Kaum hatte sie die Hoteladresse, flog sie förmlich die fünf Stockwerke hinunter auf die Straße. Mit Bus, Bahn, Taxi oder auch mal mit ihrem kleinen blauen Auto eilte sie dem Geliebten entgegen. Meistens erreichte sie als Erste das Hotel. Der Zimmerschlüssel war immer auf den Namen Madame Habibati hinterlegt, was aus dem arabischen kam und „Geliebte" hieß. Während sie auf den Schlüssel wartete, legte sie immer demonstrativ die rechte Hand auf den Tresen, an der ein Ehering glänzte, den sie sich extra für die montäglichen Rendezvous gekauft hatte. Dann wartete sie im Zimmer des Hotels, las die letzten ungelesenen Artikel aus dem Figaro oder manikürte sich die Finger. Manchmal ordnete sie die Zeitschriften auf den Tischchen und zupfte die schweren Vorhänge in gleichmässige Falten. Irgendwann erschien Olivier und der Himmel hing voller Geigen.

Hin und wieder hatte sie von solch einem Hotelbett aus auch schon mal einem Mandanten telefonisch Auskunft über Bilanzkonstrukte und Zahlen geben müssen, während Olivier neben ihr den tiefen Schlaf des erschöpften Liebhabers schlief. Eine urkomische Situation, wie sie fand. Anfänglich gefiel Deborah dieses Versteckspielen, es war reizvoll und aufregend. Wenn sie wieder einmal zu einem Hotel in eine andere Stadt fuhr, dann erheiterte sie der Gedanke, dass niemand, aber auch niemand etwas von ihrer Liaison wusste. Wie hätten ihre Arbeitskollegen gestaunt, dass sie zu einer leidenschaftlichen Geliebten mutiert war? Im Büro hatte man sie aufgrund ihres Alters und ihres Habitus schon längst als ewigen Single abgestempelt, was sie leidvoll beim Belauschen von Kollegengesprächen in der Kaffeeküche erfahren hatte. Und nun? Hatte niemand ihre neue Jugendlichkeit und Dynamik gemerkt? Oder den verwegenen, kleinen Hut auf dem Kopf, der ihrer Erscheinung eine ganz neue Leichtigkeit verlieh, fernab von Zahlenanalysen und muffigen Aktenbergen. Und das neue, elegante Parfüm? Sie selbst fühlte sich so weiblich und verführerisch wie nie zuvor. Die Sonne schien ununterbrochen.

Nach einigen Wochen hätte sie nur zu gerne unter den Arbeitskolleginnen ein paar Details ihrer Eroberung lanciert. Dass sie in schöner Regelmäßigkeit einen äußerst attraktiven Mann in gehobener Stellung traf, der über die Mittel verfügte, das Abendmenü samt Champagner in hochglanzpoliertem Silberkübel auf einem Rollwägelchen aufs Hotelzimmer bringen zu lassen.

Doch Deborah konnte und durfte nichts von alledem erzählen, Olivier hatte ihr das Versprechen abgenommen. Er war immerhin verheiratet, ein erfolgreicher und angesehener Mann in seiner Firma. Auch über sein Quartier hinaus war sein Bekanntheitsgrad enorm, weil er sich aktiv einsetzte für verschiedene karitative Einrichtungen und sich deshalb auf wichtigen Veranstaltungen immer wieder dem Blitzlichtgewitter der Presse stellen musste. Ein guter Ruf war da substanziell.

„Lass dich scheiden, Olivier! Lass uns an einer gemeinsamen Zukunft arbeiten“, hatte Deborah nach einem Jahr zum ersten Mal gesagt. Ja, natürlich. Auch er wollte nur sie, Deborah. Sie würden immer und ewig zusammenleben. So etwas wie mit ihr habe er noch nie verspürt. Sie seien zweifellos Seelenverwandte. Je mehr Deborah auf eine Lösung drängte, desto mehr ließ Olivier sich zu unvorsichtigen Liebesschwüren hinreissen. Um sie hinzuhalten, wie er sich feige eingestehen musste.

„Gib mir Zeit“, war seit geraumer Zeit der wichtigste Satz, der an Montagen mit Deborah über seine Lippen kam.

„Immerhin geht es um 10 Jahre Ehe, da will man doch so wenig Porzellan wie möglich zerschlagen. Ist das etwa zu viel verlangt?“, sagte er immer mit leicht verletztem Unterton, wenn das Thema wieder einmal auf eine Trennung von seiner Frau zu sprechen kam. Deborah lenkte dann schnell ein und kuschelte sich an ihn.

Olivier brauchte Zeit. Zeit alles zu regeln, es seiner Frau schonend beizubringen, sich eine Lösung für seine drei Jungs zu überlegen.

Dass er auch an den ungünstigen Ehevertrag dachte, die drohende Verarmung und die zu erwartenden endlosen und vor allem tränenreichen Diskussionen mit seiner Frau fürchtete, denen er sich nicht wirklich gewachsen fühlte, dass sagte Olivier nicht.

Deborah musste sich weiter zufriedengeben mit den heimlichen Nachrichten, den versteckten telefonischen Andeutungen und den wöchentlichen Treffen in immer anderen Hotels.

Deborah wartete geduldig, wie es sich für eine Liebende gehört. Seine spärlichen Liebesbezeugungen interpretierte sie als über jeden Zweifel erhaben. Seine Geschichten über die „Entfremdung in der Ehe“ und seine trostlose Situation neben einer Ehefrau, die nur noch Mutter war, klangen glaubwürdig und aufrichtig.

„Ich brauche Zeit“, hatte er auch am zurückliegenden Montag gesagt und zärtlich an Deborahs Ohrläppchen geknabbert, was sie besonders mochte.

„Und ich gebe dich nicht wieder her!“, hatte Deborah wie jedesmal gemurmelt, während sie an seiner Brust lag und an den borstigen Brusthaaren zwirbelte.

Ja. Sie war gewillt, zu warten. Blieb ihr denn etwas anders übrig? Und so lange, nahm sie sich fest vor, wollte sie ohne triste Gedankenspiralen die heimlichen Stelldicheins genießen.

Deborah weinte erneut ins Telefon und Hanna zuckte zusammen.

„Es sind jetzt genau zwei Jahre, zwanzig Tage und acht Stunden, dass ich diesen aufregenden, attraktiven Mann kenne. Und? Unsere Beziehung beschränkt sich auf heimliche Treffen in Hotels mit Abendmenüs auf Rollwägelchen. Alles, wovon ich träume bleibt unerreichbar. Ein Spaziergang Hand in Hand an der Seine, ein Mittagessen zu zweit im Café Flore, Diskussionen über den Vornamen unseres ersten Kindes."

Hanna kam diese Geschichte so bekannt vor. Ihre Cousine hatte sich gerade einen dieser attraktiven, älteren Männer mit Ehe- und Frauenerfahrung geangelt. Sie zahle nun einen hohen Preis dafür, hatte die Cousine berichtet. Es wäre fast unmöglich, den Geliebten zu treffen, im Büro zu erreichen oder anzurufen. Alles müsste im Geheimen stattfinden, Nachrichten auf dem Handy müsse sie sofort löschen. Hanna musste immer wieder als Ausrede herhalten, wenn diese Cousine den angeblich unglücklich verheirateten Geliebten heimlich irgendwo treffen wollte. Deborah berichtete fast dasselbe. Olivier habe sich irgendwann sogar extra ein zweites Handy gekauft, damit sie sich kleine Liebesnachrichten und heimliche Botschaften schicken konnten. Jeder Handyton wurde für sie zum Hoffnungsschimmer am Horizont.

Deborah liebte die leidenschaftlichen Momente mit Olivier in zerwühlten Betten, die zehrende Sehnsucht nach seinem Männerparfüm und die grau melierten Haare auf seiner Brust. Die Gespräche mit ihm waren tiefsinnig und kultiviert. Er kannte die neusten Rezensionen der Oper- und Theateraufführungen, wusste über Politik zu erzählen und hatte eine eigene, sehr solide und konservative Ansicht. Er war belesen und kannte sich in der Welt der Schönen und Reichen aus. Sein Humor war umwerfend und sein Charme entwaffnend. Ja, Olivier war genau der Mann, nach dem sie sich immer gesehnt hatte. Sie waren füreinander geschaffen, daran gab es keinen Zweifel. Was er ihr auch bei jedem Stelldichein ins Ohr flüsterte. Und nur deshalb übte sich Deborah weiter in Geduld. Die Ehe war für sie doch schon zum Greifen nah.

Doch am letzten Donnerstag war es dann zu einem fatalen Ereignis gekommen. Deborah war mit ihrer Singlegruppe in der Oper, man gab Otello in einer grauslich modernen Inszenierung. In der Pause stand sie etwas verloren in dem großen Foyer abseits der Gruppe und nippte an einem warmen Prosecco. Da glaubte sie, Olivier zu erkennen und wollte schon beglückt auf ihn zulaufen, als sie mitten im Lauf erstarrte. Es war tatsächlich Olivier, aber zu ihrem Erschrecken befand er sich in Begleitung einer zarten Brünetten, die er liebevoll umschlungen hielt. Deborah versteckte sich blitzschnell hinter einem Pfeiler und hielt den Atem an. Hoffentlich würde er sie nicht entdecken. Wie versteinert schaute sie den beiden hinterher. Die Mitglieder ihrer Singlegruppe fanden ihr Verhalten, wie sie sich da an den Pfeiler presste und blassgesichtig mal auf den Boden und dann wieder in die Luft starrte, mehr als seltsam. Ob ihr nicht gut sei, wurde sie mehrfach besorgt gefragt und Deborah murmelte schnell etwas von „niedriger Blutdruck" und „wird schon wieder", um nicht als komplette Idiotin dazustehen. Sie atmete tief durch und schlich verstohlen zurück zu ihrem Platz in der 15. Reihe Mitte und drückte sich tief in den Sessel. Nur gut, dass sie das auffällige rote Kleid nicht angezogen hatte. Im Zweiten und dritten Akt hätte sie dann fast ein Halsproblem bekommen, so oft hatte sie das Bedürfnis gehabt sich zur Loge umzudrehen. Die Zusammengehörigkeit der beiden war nicht zu übersehen, das warme Band der Gefühle wirkte beängstigend echt. Deborah war regelrecht schlecht vor Empörung. Und so entging ihr beinahe völlig, dass Otello in der Mordszene mit Desdemona eindeutig patzte. Erst als das Publikum den Tenor leise ausbuhte, erinnerte sie sich, wo sie war.

„Sowohl Shakespeare als auch Verdi sind entsetzt", flüsterte eines der Mitglieder des Singleclubs erbost.

Deborah war es auch, nur aus anderen Gründen. Sie hatte nur Augen für das Paar in der Loge. Und war froh, als das Spektakel zu Ende war. Es blieb ihr allerdings an dem Abend nichts erspart und sie musste auch noch mitansehen, wie Olivier seiner weiblichen Begleitung liebevoll den schwarzen Nerz um die Schultern legte und ihr galant beim Einsteigen ins Taxi half. Die Brünette strahlte Olivier an.

Nachts erwachte Deborah plötzlich schweißgebadet aus einem rachedurstigen Alptraum: Mit schwarzgefärbtem Gesicht hatte sie verführerisch auf einem überdimensionierten Bett gelegen. Alles um sie herum war rot: ein komplett dunkelrot ausgekleidetes Zimmer. Tapeten, Teppiche, Vorhänge, Lampen, Bett, Kissen, sogar der Champagnerkübel: alles blutrot. Auch beim Abendmenü auf dem natürlich roten Rollwägelchen dominierte die Farbe Rot: Rote Beete, Erdbeeren, Paprikasalat, Berge von Tomaten und zwei blutrot triefende Entrecôtes.

Plötzlich betrat Olivier den Raum, gekleidet in ein weißes, langes Gewand, wie die Araber es trugen. Um ihn herum putzige Elfen und kleine, seltsame Schoßhündchen in rot weiß gestreiften Hundejacken. Die mopsartigen Hündchen wirkten, als seien sie einer Eisreklame aus den 60 iger Jahren entsprungen. „Habibati“ kicherten die Elfen in einem fort und knabberten sich gegenseitig an den spitzen Öhrchen. Um seinen Kopf trug Olivier eine Kufyia, dieses quadratische Tuch mit Quastenrand, gehalten von einer Kordel aus echtem Gold.

„Du hast die Chance meine dauerhafte Zweitfrau zu werden!“, sagte er zu ihr und winkte mit einer Art Kreditkarte. „Das ist die ‚Single-Happiness-Card‘, die Eintrittskarte für one-night-stand-Hotels, für Single-Parties und Single-Börsen. Und natürlich für gehobene Singles, die sich für den Weg der geduldigen Zweitfrauen entscheiden. Die Frauen, die die hoffnungslose Hoffnung auf den Ring als Erstfrau nicht aufgeben.“

Damit deutete er auf einen gleißenden goldenen Ring an seiner rechten Hand, auf dem ein großer Buchstabe leuchtete. Deborah hatte wie von Geisterhand ein rotes Opernglas in der Hand und richtet den Blick auf den Ring. Ein Schrei entriss sich ihren Lippen: Es war ein A! Ein A wie Amelie oder Arianne oder Anne. Hieß seine Frau nicht so oder so ähnlich? Jedenfalls eines war eindeutig: Es war kein „D“.

Deborah hatte wie aus dem Nichts plötzlich einen bluttriefenden Dolch in der Hand. Als Olivier lachend im roten Türrahmen stand und mit einem Flugticket der Karibik-Airlines winkte, war Deborah aufgewacht.

Deborah wechselte den Pyjama und machte sich eine heiße Schokolade. Sie würde niemandem von ihrem Traum erzählen können. Vielleicht sollte sie sicherheitshalber einen Psychoanalytiker aufsuchen? Die Vorstellung, eventuell starr auf einer abgewetzten Samtcouch liegen zu müssen und einer fremden Person Einblick in die Abgründe ihrer Seele zu gestatten, empfand sie allerdings schnell als einen abschreckenden Gedanken. Noch abschreckender aber waren sicherlich die Stundensätze für diese extravaganten Sitzungen, die Deborah wegen der hohen Selbstbeteiligung sicher aus eigener Kasse würde bestreiten müssen. Auch missfiel ihr der Gedanke, dass dann diese Therapie für immer und ewig in den Krankenkassenakten gespeichert war und der Nachwelt erhalten blieb. Sie würde sich etwas anders ausdenken müssen.

Am nächsten Morgen waren das folgenschwere Ereignis in der Oper und der Alptraum schon deutlich verblasst. Sicherheitshalber meldete sich Deborah trotzdem zu einer sechswöchigen Maltheraphie an. Diese würde etwas außerhalb von Paris bei einer gewissen Madame Elodie stattfinden. Die Gefahr, Bekannte in diesem Kurs zu treffen, war aufgrund der Adresse so gut wie ausgeschlossen und würde einem Lottotreffer gleichkommen. Madame Elodie hieß Deborah freundlich willkommen, reichte ihr eine warme kleine Hand als Begrüßung und stellte keine einzige Frage. Ihre Augen sprachen allerdings

Bände, als Deborah loslegte und in einer Stunde acht große, wuchtige Bilder malte. Alle in roter Farbe. Nichts als blutrot.

Beim nächsten Schäferstündchen in dem schäbigen Bahnhofshotel in Saint-Denis platzte es aus Deborah hinaus.

„Wer war das in der Loge?“

Olivier hatte seufzend gestanden, dass die zierliche Person seine Frau gewesen war. Es war nicht seine Idee gewesen. Sie hatten die Karten von den Schwiegereltern geschenkt bekommen und er musste deshalb in die Oper gehen. Und natürlich seien sie nett zueinander, immerhin sei sie ja die Mutter seiner Kinder. Seine Stimme wurde zum ersten mal laut und ungeduldig. Und wie gesagt, er brauchte Zeit. Und in Deborah keimten jedoch erste Zweifel an der Ernsthaftigkeit seiner Trennungsabsichten. Aber sie biß sich auf die Lippen. Sie würde ihm keine weiteren Vorwürfe mehr machen. Sie hatte sich eine größere Menge von Beziehungsratgebern kommen lassen und diese über das Wochenende durchgearbeitet. „Die Titel waren spektakulär und versprachen Hilfe bei ihrem Problem.

„Die Kunst, den Mann fürs Leben zu finden“, „Männer verstehen, verführen und erobern“, „Mr. Right und ich“, „Frösche küssen“ und „Der Mann für immer“. Natürlich waren die Bücher von Frauen geschrieben. Da wurde empfohlen sich rar zu machen. Es gab genaue Anweisungen, wann und wie man auf SMS reagieren sollte. In dem Buch mit dem Froschtitel wurde die dringende Empfehlung ausgesprochen, mit dem ersten Kuss mindestens ein halbes Jahr zu warten. Dieses Buch hatte Deborah umgehend in das Retourenpaket gelegt und sich voller Zärtlichkeit und Sentimentalität an die rauschende Kussszene im Aufzug unter Einbeziehung der Stopp-Taste erinnert. Quasi eine Annäherung in Rekordzeit nach genau 53 Minuten, musste sie schmunzelnd denken.

In jedem der Bücher machten die jeweiligen Autorinnen die gleichen Anmerkungen zu attraktiver bis züchtiger Bekleidung, dezenten Blickkontakten und leider unbedingt notwendigen Absagen von eigentlich verführerischen Einladungen, um die Spannung beim männlichen Gegenüber zu erhöhen. Deborah legte weitere Bücher ordentlich nebeneinander zurück in das Retourenpaket. Sie war ja nach diesem Turbo-Kuss-Ereignis im Aufzug der Steuerkanzlei und nach mehr als zwei Jahren Kurtisanenerfahrung schon weit über eine Anbahnungsphase hinaus. Wirklich wertvolle Tipps schienen die lichtvollen Buchtitel für sie nicht bereit zu halten. Aber eine Idee wollte sie verinnerlichen: Alle Bücher beschrieben den intensiven Wunsch offensichtlich jeden Mannes: Er hasste Vorwürfe, Schuldzuweisungen und Tränen.

Deborah nahm sich fest vor, das zu beherzigen. Sie würde das Intermezzo in der Oper totschweigen und Olivier stattdessen umgarnen und betören, um dann irgendwann den geliebten Mann ganz für sich zu haben.

Zweifel nagten trotzdem an ihr. Die Situation war ja nur zu komfortabel für ihn. Eine Frau zu Hause, die sich um alle häuslichen Belange kümmerte, Elternabende absolvierte, den Gärtner beaufsichtigte und für gedeckte Tische und schmackhafte Mahlzeiten sorgte. Mit der attraktiven kleinen Person konnte er sich öffentlich zeigen, war ein gern gesehener Gast bei privaten Feiern oder berufsbedingten Diners. Und gleichzeitig hielt sich Olivier eine Geliebte mit Namen Deborah. In immer wechselnden Käfigen in der Nähe von Flughäfen, Bahnhöfen oder Geschäftsterminen, wartete Deborah auf wenige Stunden Gemeinsamkeit. Und schenkte ihm völlige Aufmerksamkeit und Hingabe, in der Hoffnung, die Trennung auf diese Art und Weise zu beschleunigen, um dann in absehbarer Zeit dann endlich die Frau an seiner Seite in einer Opernloge zu sein.

„Verstehen Sie, es ist aussichtslos!", weinte Deborah ins Telefon, während Hanna am anderen Ende vor einem beeindruckenden Berg frisch gebügelter Wäsche stand. Irgendwie stieg in ihr das Gefühl auf, dass sie nun genug mit Paris telefoniert hatte. Der Kater strich um ihre Beine und wollte eindeutig nach draußen.

„Und das schlimmste kommt noch! Wissen Sie, was für ein Tag heute ist?“, wimmerte Deborah durchs Telefon.

„Es ist Montag“, sagte Hanna und nahm einen Schluck Tee, weil ihr das Kaffeepulver für den Milchkaffe ausgegangen war. Das Croissant schmeckte leider nicht so besonders dazu.

„Ja, ein Montag von diesen vielen Montagen im Jahr, an dem mich fälschlicherweise jedermann zu Hause wähnt, gebeugt über Zahlenkolonnen und Briefen an das Finanzamt und sonstige Steuerbehörden. Einer dieser Montage, die ich aber normalerweise heimlich mit Olivier in einem unauffälligen Hotel in oder um Paris verbringe. Und was sagt Ihnen die Tatsache, dass ich stattdessen jetzt an einem solchen Montag mit Ihnen telefoniere?“

„Dass Sie den heutigen Montag ausnahmsweise zu Hause verbringen, weil...“, Hanna ließ den Satz unvollendet.

„...weil Olivier mit seiner Frau für eine Woche in die Karibik geflogen ist. Ohne Kinder und ohne Schwiegereltern.“

„Oh!“, sagte Hanna nur. Bezeichnenderweise verschwand in diesem Moment der Kater durch die Klappe nach draußen.

Deborah ließ ein lautes Schluchzen ertönen.

Hanna zuckte zusammen und regelte umgehend die Lautstärke ihrer Kopfhörer nach unten.

„Oh", sagte sie noch einmal.

„Und der Mistkerl war so feige, mir das erst heute morgen in einem kurzen Telefonat mitzuteilen. An unserem Montag! Vom Flughafen Orly aus, wenige Minuten vor dem Abflug, aus der Männertoilette. Ist das nicht eine bodenlose Gemeinheit?"

Hanna musste zustimmend nicken, während sie weiter bügelte. Das war wahrlich ein herber Schlag an einem Wochenanfang, dachte sie.

„Wissen Sie was so eine Karibikwoche bedeutet? Das ist ein Liebesurlaub unter Eheleuten! Jawohl! Oder würden Sie annehmen, dass ein Ehemann eine ganze Woche mit der ungeliebten Ehefrau in einem karibischen Luxushotel mit exorbitanten Preisen verbringt?"

Hanna schaute kurz auf sie Uhr. Seit ca. einer Stunde war sie nun Kummertante für diese Deborah, die nicht einmal eine einzige Frage an Hanna gerichtet hatte.

„Ja, eine bedauernswerte Situation", sagte Hanna mit deutlichen Ermüdungserscheinungen, weil auch das Zuhören anstrengend war.

Deborah schluchzte erneut.

„Junge Männer kann man doch gänzlich vergessen. Niemand will heute Verantwortung übernehmen.

Sie gehen keine Beziehungen ein, sind nur an Liebschaften interessiert.“

Jetzt habe sie einen älteren Mann erwischt, der ja durch eine bestehende Ehe den Beweis erbracht hatte, dass er in der Lage war, eine Familie ernähren zu können und Verantwortung übernehmen zu wollen. Und nun sah es so aus, als bliebe sie schlussendlich auf leeren Versprechungen sitzen.

Hanna wusste genau, wovon Deborah sprach. War die Jagd des Mannes in Summe zahlreicher Schäferstündchen erfolgreich, nahmen seine leidenschaftlichen Liebesbekenntnisse an Zahl und Intensität ab. Es war ein bitterer Lernprozess, den diese Deborah in Paris noch nicht wirklich wahrhaben wollte. Ihr favorisierter Olivier war zwar willens zu rauschenden Liebesstunden. Aber je länger die Affäre dauerte, desto größer wurde seine Bequemlichkeit, die eingespielten Familienbande aufzulösen. Warum sollte er auch? Er hatte ja alles auf einmal, Geliebte und Familie, dachte Hanna.

„Sie sitzen wirklich in der Falle“, bemerkte sie laut. Daraufhin begann Deborah von neuem zu schluchzen.

„Olivier hat offenbar eine starke Bindung an seine Frau und Familie. Hoffentlich können Sie ihn da herausholen.” Deborah schniefte.

„Ich dachte vorhin, dass wäre ein zweiter Anruf von Olivier vom Flughafen. Ich hätte dann heute sofort Schluß gemacht, aber dann waren ja Sie in der Leitung. Nun gut. Sobald er aus der Karibik zurück ist, ist er dran", sagte Deborah etwas halbherzig und fügte kaum hörbar hinzu:

„Wenn ich den Mut dazu habe."

„Natürlich haben Sie den Mut dazu! Das schaffen sie schon. Au revoir und alles Gute", sagte Hanna bestimmt. Sowohl Formulierung und auch Tonfall hatte sie so gewählt, dass dies unmissverständlich das Ende des Telefonates bedeutete. Ihre Ohren glühten und klebten unter den neuen Kopfhörern. Ob Marianne Cotinaud ihr vielleicht mit Absicht diese Deborah als Gesprächspartnerin empfohlen hatte? Dieses an Theatralik kaum zu überbietende Gespräch musste man erst mal aushalten.

Hannas französisches Vokabular hatte jedenfalls in Sachen Liebe, Beziehung, Scheidung und Trennung in den letzten anderthalb Stunden deutlich an Umfang gewonnen. Manche Worte, die Deborah verwendet hatte, waren neu für sie. Manche hatte sie nicht wirklich verstanden und andere wollte sie sich definitiv nicht merken.

Es ertönte ein leises „Pling". Der Kater, der es sich nach einem kurzen Spaziergang außer Haus wieder im Ablagefach bequem gemacht hatte, hob kurz den Kopf. Hanna setzte ihre Brille auf und öffnete die Nachrichten auf ihrem Computer. Deborah hatte ein Foto geschickt. Darauf stand sie in einem etwas zu knappen Kleid und flachen Sandalen neben einem Friseurladen. Deborah hatte beneidenswert kräftige Haare, die offensichtlich frisch geföhnt waren und in einer perfekten Welle über die Schulter fielen. Ihre braunen Augen standen etwas weit auseinander und für Hannas Geschmack waren Deborahs Lippen zu schmal. Dadurch strahlte der Mund eine ungewöhnliche Härte aus. Die typisch frustrierte Pariserin, mit gutem Job und schickem Auto, die sich viel leisten kann, aber dauerhaft einfach niemanden an die Angel bekommt, dachte Hanna. Deborah winkte freundlich in die Kamera. Rechts neben ihr stand ein schlaksiger Mann, in blau-weiß gestreifter Hose und offenem weißen Hemd. Um den Hals baumelte eine schwere, goldglänzende Panzerkette mit einem Panther als Anhänger. Er lächelte fast schüchtern. Der Mann an Deborahs Seite sah so ganz anders aus, als das Bild, dass Hanna sich von Deborahs Geliebten gemacht hatte. Sie beschloss, später ein Foto von sich zurückzuschicken und überflog schnell die Zeilen von Deborah:

„Chère Claire, ein Foto von mir, damit Sie wissen, mit wem Sie telefoniert haben. Danke fürs Zuhören. Tous le bon Debbi

PS1 Ihr Französisch ist großartig.

PS2 Der Mann an meiner Seite auf dem Foto ist

Gérard, der Geheimtipp unter den Stylisten von Paris, der sich leider nur für Männer interessiert. Ausgesprochen schade, ein wirklich süßer Kerl. Von Olivier habe ich kein Foto.

PS3 Ich habe keine Lust mehr, eine Zweitfrau zu sein. Meine Situation ist doch wirklich hoffnungslos, oder was denken Sie?

Aha, dachte Hanna. Jeder in Paris schien diesen Gérard zu konsultieren. Wahrscheinlich hatte er goldene Hände. Marianne hatte auch schon so von dem Stylisten geschwärmt. Dass der Mann auf dem Foto nicht Olivier sein konnte, hätte sie sich eigentlich denken können. Der Mann hatte einen komplett blondierten und dadurch unnatürlich wirkenden Schopf. Olivier aber hatte in Deborahs Erzählungen immer grau melierte Haare.

Was Deborah allerdings verschwiegen hatte: Es existierte natürlich doch ein Foto von Olivier. Deborah hatte es eines Tages in aller Heimlichkeit gemacht. Olivier auf dem Bett in diesem kleinen Hotel in der Normandie. Mit zerzauster Frisur, selig schlafend nach einem innigen Beisammensein. Auf dem Foto sah er jünger aus als er war. Seine Brust war zu erkennen, ein Teil seines himmelblauen Hemdes, das er nicht für nötig erachtet hatte auszuziehen, so groß war seine Sehnsucht nach ihr, Deborah, gewesen. Seine feinen, glatten Gesichtszüge wirkten entspannt und die rechte Hand mit dem schmalen Handgelenk lag auf dem weißen Laken. Deborah hütete das Foto wie ihren Schatz. Und trotz ihrer maßlosen Wut auf ihren Geliebten holte sie das Foto immer wieder und wieder aus ihrem Portemonnaie und musste es anschauen.

Luis

Freunde sind Gottes Entschuldigung für Verwandte

George Bernhard Shaw

Luis kippelte mit dem Stuhl. Hanna saß ihm gegenüber in der Büroküche der Firma im Erdgeschoß mit Blick auf die belebte Straße. Der Lärm war durch die geöffneten Fenster unüberhörbar. Auch der Automief kroch beharrlich in den Raum. Irgendjemand erbarmte sich und schloß die Fenster. Hanna klappte ihre Lunchbox auf und merkte, dass sie eigentlich keinen Appetit auf kaltes Rührei hatte, obwohl sie morgens bei der Zubereitung ganz fest davon überzeugt gewesen dass sie die Eierspeise mittags mögen würde.

„Komm schon, erzähl“, sagte Luis mit vollem Mund. Er hatte ein Brot mit Schinkenbelag und eines mit cremigem Käse vor sich liegen, von denen Hanna letzteres gerne gegen das trockene Rührei eingetauscht hätte.

„Sie hat geschrieben mein Französisch sei großartig“.

Hanna zitierte stolz den originalen Satz aus Deborahs Mail. Luis wiederholte wieder und wieder die französischen Worte und grinste von einem Ohr zum anderen, bis Hanna ihn unter dem Tisch trat.

„Ich wusste garnicht, dass du französisch kannst“, sagte sie.

„Au!“, zischte Luis und verzog übertrieben sein Gesicht.

„Das habe ich ja nun wirklich nicht verdient. Die Idee war doch großartig. Sicher hast du in den letzten Wochen mehr französisch gesprochen, als in den letzten vier Jahren!“

In den neunzig Minuten mit Deborah habe sie kaum ein Wort dazwischen bekommen, erklärte sie Luis. Der fragte, ob sie denn alles verstanden habe, was Deborah gesagt hatte.

Als Hanna nickte sagte Luis nur lapidar:

„Na also, dann hast du wenigstens deinen passiven Wortschatz erweitert!“

Hanna verzog das Gesicht. Sie versuchte ihm begreiflich zu machen, warum bei dem Telefonat einfach kein wirkliches Paris-Gefühl hatte aufkommen wollen. Es war ausschließlich um Deborahs Partnerschaftsprobleme gegangen. Probleme, die Hanna nur zu gut selbst kannte und die nun wirklich nicht etwas mit Paris zu tun hatten, außer, dass sie in französischer Sprache vorgetragen worden waren.

Luis beugte sich zu Hanna.

„Da wird Onkel Luis wohl nochmal eine neue Idee in den Ring werfen müssen.“

Hanna konnte sich ein Lächeln kaum verkneifen. Eigentlich war er wirklich süß, aber leider einfach zu klein. Sie überlegte kurz, ob sie sich nicht doch damit würde abfinden können, mit einem deutlich kleineren Mann an der Seite durchs Leben zu gehen. Jacky Kennedy, Grace Kelly oder die schöne Königin Noor aus Jordanien waren in der Beziehung mit bestem Bespiel vorangegangen. Deren Männer waren um eine ganze Kopfgröße kleiner gewesen. Und die Damen hatten trotzdem nicht auf Pumps verzichtet. Mit Luis war das Problem allerdings auch noch anders gelagert: Bei zwei so großen Egos wie dem von Luis und dem ihren würde ein dauerndes Ungleichgewicht herrschen. Außerdem war es fraglich, ob sie mit der Sprunghaftigkeit von Luis und seiner Unzuverlässigkeit dauerhaft klarkommen würde. Es war deshalb gut so, dass Luis sich diese hübsche und liebe Kristina aus dem Männermodeladen angelacht hatte. Diese Verbindung hatte in Hannas Augen möglicherweise Aussicht auf Erfolg. Und die Bergtour war ja angeblich schon ganz vielversprechend gelaufen.

Luis strahlte Hanna an.

„Vergiss Croissants und Milchkaffee, meine Liebe. Du trinkst doch sowieso lieber Grüntee. Was hältst du von meinem neuen Vorschlag: Du rufst nicht morgens, sondern abends in Paris an. Kuschel dich auf deine schöne Couch und gönn' dir zur Abwechslung ein gutes Glas Wein, ein bisschen Baguette und Camembert. Dein Kater wird sich über Gesellschaft auf dem Sofa freuen. Na, was meinst du?“

Hanna konnte zum Zeichen der Zustimmung nur nicken, weil sie sich gerade den Mund mit Rührei vollgestopft hatte. Sie riss außerdem die Augen weit auf und zog die Augenbrauen nach oben.

„Du meinst, wen du anrufen sollst?“

Hanna nickte nochmals heftig. Ein Klumpen Rührei steckte irgendwo im Hals fest und hinderte sie am Sprechen.

Luis deutete ihre Kopfbewegungen richtig. Er schlug vor, sie solle zur Abwechslung einen Mann aus der langen Telefonliste von Paris auswählen. Vielleicht einen Alain oder David.

„Ich finde auch Jacques oder Pierre ganz großartig. Oliviers solltest du vielleicht meiden. Nicht, dass du noch an den ehemaligen Geliebten von Deborah gerätst. Das wäre dir nämlich glatt zuzutrauen, bei deinem sicheren Griff nach falschen Typen.“

Luis duckte sich blitzschnell und entging einem Kaffeelöffel.

„Männer kommen nicht in Frage“, sagte Hanna mit messerscharfem Unterton. Den Klumpen Rührei hatte sie runtergeschluckt.

„Dann eben nicht, war ja nur ein gut gemeinter Vorschlag“, beschwichtige Luis.

„Ich finde, du solltest bei deinem Kontostand auch ein bisschen deine Telefonrechnung im Auge behalten. Gespräche mit Männern sind nun mal per se kürzer."

„Nein, kein Mann".

Hanna blieb stur.

Luis schenkte ihr ungefragt eine Tasse Kaffee ein.

„Dir wird schon was einfallen, da mache ich mir keine Sorge", meinte er im Brustton der Überzeugung. Er legte Hanna als versöhnliche Geste ein kleines Schokoladentäfelchen neben die Kaffeetasse.

„Und denk daran, nicht zu spät abends anrufen. Da sitzt der Franzose immer, ich sage dir wirklich immer, beim Abendessen. Das hat er garnicht gerne, wenn er bei „la bouffe" gestört wird."

Der Reboul

The secret ingredient is always love

Am gleichen Abend nahm Hanna in gespannter Erwartung das Kochbuch in die Hand. Auf dem Einband aus beigefarbenem Papier stand in Großbuchstaben „J.-B. Reboul“ und darunter, ebenfalls in Großbuchstaben: „La cuisinière provencale“. Den größten Teil des Umschlags zierte eine Frau in langem Kleid mit heller Schürze und dunkler Haube. Beim genaueren Hinsehen entdeckte Hanna, dass diese Dame nicht nur ein sanftes Lächeln trug, sondern in der linken Hand auch ein Tablett mit Krustentieren und Fischen. Der Daumen ihrer rechten Hand war nach oben gestreckt. Also war die Dame entweder glücklich oder mit ihrer Leistung höchst zufrieden, überlegte Hanna. Was sie von sich an diesem Tag nicht behaupten konnte. Auf Seite drei im Kochbuch wiederholte sich die Zeichnung mit dem Hinweis: Zeichnung vom Autor. Ein begabter Kerl, dieser Reboul, dachte Hanna anerkennend. Wie exakt der Rock gezeichnet war mit dem schön schraffierten Faltenwurf. Die Dame lächelte ein bisschen wie die Mona Lisa. Ob sie vielleicht die Urgroßmutter von Marianne Cotinaud war? Wen hatte

Reboul da wohl verewigt? Die Bildunterschrift verwies auf Rezept Nr. 99, die Bouillabaise. Hanna schlug die entsprechende Seite auf. Der Hinweis, man solle diese traditionelle Fischsuppe unbedingt in größeren Mengen anfertigen, war fett unterstrichen. Die Suppe erforderte eine unvorstellbare Vielfalt an Fischen. Da war von Langusten die Rede, vom Drachenkopf, Saint-Pierre, Knurrhahn, Drachenfisch, Seeteufel, Meeraal, Merlan und von Krebsen. Hanna musste fast jedes französische Wort für eine Übersetzung nachschlagen und wusste mit den meisten Namen auch sonst kaum etwas anzufangen. Sie bezweifelte, ob sie all diese Fischsorten überhaupt würde käuflich in einem hiesigen Geschäft erwerben können. Zugegebenermaßen war eine echte Bouillabaisse ein Hochgenuss, besonders mit dieser roten, scharfen Knoblauchsauce als Krönung, der Rouille.

Hanna bestrich ein Stück Baguette mit feiner Salzbutter und legte ein dickes Stück Camembert obendrauf. Wenn schon, denn schon, dachte sie lächelnd und biß hinein. Dann trank sie einen Schluck vom gut temperierten Rotwein. Vive la France! Sie prostete sich selber zu und stieß einen zufriedenen Seufzer aus, bevor sie sich weiteren Rezepten im Reboul widmete. Im Wohnzimmer trällerte France Gall in dezenter Lautstärke.

Dieses französische Kochbuch war so überraschend anders, als die Kochbücher, die Hanna kannte. Ihr fiel auf, dass jegliche Mengenangaben fehlten. Es gab auch keine Zutatenliste. Tabellen zum Umrechnen von Deziliter auf Zentiliter oder Kilogramm in Pound suchte man vergeblich. Jedes Rezept war in knappen Sätzen beschrieben, das Kürzeste in vier Zeilen, das Längste über eine halbe Seite. Das waren Rezepte für erfahrene Köche, ohne Zweifel. Das Kochbuch erzählte die Geschichte der Provence, spiegelte die Kulturgeschichte der Menschen und ihrer Ernährungsgewohnheiten wider. Da ging es um Heimatverbundenheit, Geschmackskompositionen durch das Zusammenspiel von Zutaten als solches und nicht um genaueste Mengenangaben. Der Reboul war eher ein Psychogramm seiner Zeit.

Hanna erinnerte sich, dass es auch bei ihr zu Hause so ein Zeitzeugnis gegeben hatte, ein Relikt aus Zeiten ihrer Großmutter. Ein broschiertes Kochbuch mit dem plakativen Titel Dr. Oetker —Schulkochbuch. Auf einem gepunkteten Untergrund waren eine Platte mit sonderbar rotem Fleisch, Schokoladenpudding mit Sahnetupfern in einer typischen Kompottschale aus den sechziger Jahren und eine Biskuitrolle mit roter Marmeladenfüllung abgebildet. In der weißen Resopal—Küche hatte Hannas Mutter mit angestrengtem Gesicht immer wieder die Verwirklichung vieler Rezepte aus diesem Buch angestrebt, was ihr auch fast ausnahmslos gelungen war. Bis auf die eine oder andere Buttercreme, die misslang und von der betreffenden Torte in Strömen herunter floss, statt fest zu werden. In der großen Familie, Hanna hatte vier Brüder, waren alle dankbare Esser. Das Sonntagsessen war immer eine besondere Attraktion, wenn drei knusprige Hähnchen auf den Tisch getragen wurden und dampfender Curryreis verziert mit Mandarinchen. Hanna hatte immer nur von der Hähnchenbrust genommen, die Brüder hatten sich auf die knusprigen Schenkel gestürzt.

„Nicht mal probieren?“, hatte der Vater freundlich gefragt.

Aber Hanna liebte damals nur das trockene weiße Fleisch und hatte immer mit einem entschiedenen „Nö“ geantwortet.

An die Kochkünste ihrer Mutter kam Hanna nicht heran. Es mangelte ihr aber einfach auch an der Zeit, um sich darin zu üben. Den Reboul fand sie daher sehr praktisch, weil dieses ganze Abwiegen und Abmessen von Zutaten sowieso nicht ihr Ding war. Sie betrachtete Rezepte eher als Inspiration und Anregung und handhabte gerade die Mengenverhältnisse von Zutaten eher großzügig. Das funktionierte fast immer, nur nicht bei komplizierten Rezepten. Deshalb liebte sie auch einfache Tassenrezepte. Der Reboul kam ihr also wirklich gelegen.

Hanna suchte das Rezept für gefüllte Zucchiniblüten, welches sie mit Madame Perissier in Cannes zubereitet hatte. Die Idee, dieses Rezept nachzukochen kam ihr sentimental vor. Aber so war sie nun mal. Sie erinnerte sich gerne daran, wie sie gemeinsam mit der Madame in dieser lang gestreckten Küche mit Meerblick nicht nur dieses eine provenzalische Gericht zubereitet hatten. Im Reboul fingen die Rezepte für Zucchini gleich hinter den Rezepten mit den Auberginen an und belegten die Nr. 631 bis Nr. 639. Es gab Anleitungen für gratinierte Zucchinis, mit Fleisch oder Fisch gefüllte, püriert als Suppe oder gegrillt und in Olivenöl eingelegt. Nur das Rezept mit gefüllten Zucchiniblüten kam nirgends vor. Während Hanna vor – und zurück blätterte, fiel plötzlich etwas aus dem Kochbuch und trudelte Richtung Boden.

Bevor der Kater sich darauf stürzen konnte, kam ihm Hanna zuvor und bückte sich.

„Du bemerkenswerter, kleiner Jäger“, sagte sie und der Kater verschwand beleidigt in der Küche. Hanna hielt eine kleine Karte in der Hand. Genauer gesagt, eine Visitenkarte. In der typischen Größe, die in die neumodischen Kartenboxen passte, die inzwischen jedermann bei sich trug, um eifrig seine Kontaktdaten unter die Leute zu bringen. Sie hatte schon lange keine so hübsche Visitenkarte mehr in der Hand gehabt. Die Karte schimmerte in einem warmen Grünton. Am oberen Rand war eine stilisierte Blüte abgebildet. In der Mitte der Karte stand nur das Wort „Nathalie". Hanna unterzog die Karte einer genaueren Betrachtung. Auf der Rückseite der Karte standen eine Adresse und eine Telefonnummer. Nicht gerade die Mitte von Paris, dachte Hanna mit geschultem Blick. Aber egal.

„Wirklich hübsch", sagte sie laut und betrachtete den Fund der Visitenkarte als Wink des Schicksals. So also würde ihre neue Telefonpartnerin heißen, Nathalie. Mit einem Anruf würde sie allerdings nicht bis Montag warten. Hanna griff zum Telefon.

Nathalie

Hinfallen, aufstehen, Krone richten, weitergehen.

„Bonsoir, bonsoir. Nennen Sie mich Claire."

„Keine Zeit, keine Zeit", flötete eine Stimme durchs Telefon. „Vingts minutes?"

Nett, dachte Hanna leise. Laut sagte sie: „mais oui" und legte wieder auf. Bei einer so reizenden Visitenkarte war es eigentlich naheliegend gewesen, dass auch eine reizende Stimme dahinter steckte.

Knapp eine Stunde später war diese Stimme, die tatsächlich Nathalie von der kleinen grünen Karte gehörte, bereits mit Hanna in ein Gespräch vertieft.

Es war Sonntagabend. Hanna hatte sich genau an die Empfehlungen von Luis gehalten, was Uhrzeit und auch ihre persönliche Ausrüstung anging: Sie hatte es sich auf ihrer Couch unter der Kashmir Decke gemütlich gemacht. Ihre Füße steckten zusätzlich in warmen Socken. Der Kater schnurrte neben ihr laut und vernehmlich und schmiegte sich an sie. Auf einem Tischchen stand ein Glas Côte du Rhone von einem Weingut namens Perrin, ein kleiner weißer Diskus lauwarmen Camemberts, der im Begriff war vom Holzbrett zu fließen und ein Stück

Baguette. Luis hatte recht gehabt. Es schien ein wunderbarer, französischer Abend zu werden.

Weit entfernt in einem Stadtteil von Paris hatte sich ihrerseits Nathalie in die Kissen einer großen Couch gekuschelt, in der Hand eine Tasse heiße Schokolade und vor sich eine Packung kleiner Kekse aus Mürbeteig mit zartem Orangengeschmack.

Genau zu diesem Zeitpunkt leuchtete der gleiche Mond in diese zwei Zimmer, die mehr als 700 km auseinander lagen.

In der Rue Marechal in Paris stand der lange Holztisch noch voller Geschirr und Gläser. Die Kuchen- und Gebäckteller waren abgegrast und es lagen nur hier und da einsame Krümel herum. Nathalie sah den klebrigen Rand eines Glases im Schein der Tischlampe und auch eine Saftpfütze, die eines der Kinder hinterlassen hatte. Sie waren einfach drollig, diese kleinen Mädchen und Jungen ihrer Freunde. Eigentlich hatte man sich im Anschluss an das Seifenkistenrennen in der Straße nur wirklich kurz bei ihr zusammensetzen wollen. Daraus war dann, ganz typisch, ein wunderbarer langer Nachmittag unter Freunden geworden.

Nathalie war dankbar dafür. Und dankbar für diese Freunde, sonst hätte sie sich wahrscheinlich wieder durch einen einsamen Sonntag gequält. Sie hasste Sonntage im Allgemeinen. Sie hasste Sonntage aber auch im Besonderen, weil an einem Sonntag ihr Hund von einem Raser mit silbernem Sportwagen direkt vor ihrer Haustüre in den Hundehimmel befördert worden war. Sie hatte sich die Augen aus dem Kopf geweint. Schou-Schou lag seitdem hinter den Rhododendronbüschen begraben, auch wenn das offiziell nach der Gartensatzung der Gemeinde strikt verboten war. Wie üblich bei einem Ereignis dieser Tragweite, war ihr Göttergatte natürlich außerhalb von Paris gewesen. Er war immer bei allen wichtigen Ereignissen außerhalb von Paris gewesen: bei den Geburten der Kinder, ihrem Auffahrunfall in der Rue Vaugirard und dem Kurzschluss mit anschließendem Brand im Gartenhaus. So hatte sich Nathalie nach dem schrecklichen Hundetod von Schou-Schou nachts bei tiefer Dunkelheit alleine in den Garten gewagt. Da die Gartenhandschuhe nicht aufzutreiben waren, hatte sie sich bei den geheimen Erdarbeiten unbemerkt zwei dicke Blasen geschaufelt, die sie noch wochenlang malträtierten. Zwei dunkle Verfärbungen waren zurückgeblieben, zur ewigen Erinnerung.

Der zweite schreckliche Sonntag war der, an dem ihre Tochter aus dem großen Haus ausgezogen war, um den Rest der Schulzeit im Internat zu verbringen. Vorangegangen waren Tage unsäglichen Streits über Nichtigkeiten, die die Beziehung schon früher an die Grenzen der Belastbarkeit gebracht hatten.

Nathalie musste sich eingestehen, dass sie nicht ganz unschuldig war an den permanenten Eskalationen, aber es fehlte ihr einfach an Geduld und Autorität. Ihre Tochter hatte eine fatale Ähnlichkeit mit ihrem Großvater, Nathalies Schwiegervater, entwickelt. Allerdings nicht nur im positiven Sinne, wie Nathalie feststellen musste. Gut, er hatte seinen Sinn für Zahlen und seine Leidenschaft für Mathematik und Finanzen an seine Enkelin weitergegeben. Die Tatsache, dass er Schubladen sammelte und sich deshalb auch eines Tages Schubladen aller Art im Zimmer seiner Enkeltochter stapelten, war auch kein wirklich großes Übel. Schlimmer war, dass sich sein Hang zu cholerischen Ausbrüchen, seine mangelnde Wahrheitsliebe und der prägnante Egoismus gepaart mit Egozentrik vererbt hatten. Was hatte die Wissenschaft in Studien belegt? Die Genetik nahm im Laufe eines menschlichen Lebens den größeren Stellenwert ein als eine liebevolle Erziehung oder Umwelteinflüsse. Nathalie konnte bestätigen, dass trotz überbordender Liebe im Laufe der Jahre bei Kindern tatsächlich die unverwechselbaren Eigenschaften von Familienmitgliedern zum Vorschein kommen konnten. In diesem Falle waren es ausgerechnet die weniger erfreulichen Anlagen des ungeliebten Schwiegervaters, die immer deutlicher bei ihrer Tochter zu Tage traten. Und je mehr Nathalie einige der Eigenarten dieses garstigen

Mannes in deutlicher oder weniger deutlicher Form an der eigenen Tochter feststellte, desto mehr reagierte sie mit Härte darauf.

Nathalies Psychoanalyse hatte ergeben, dass sie das aus zweierlei Gründen tat: um noch zu verhindern, was zu verhindern war in der Entwicklung der Tochter. Und um den Schwiegervater zu bestrafen, den Mann, der mit Sicherheit auch an ihrem, Nathalies persönlichem Unglück schuld war.

Dieser Schwiegervater war das Alphatier in der Familie Durant. Mit über 1.90 m war er ein stattlicher Mann, auch deshalb, weil er zusätzlich zu seiner Größe auch noch zur Fülle neigte. Er dominierte die Familie, seine Frau und seine Firma, mit einer unantastbaren Selbstverständlichkeit. Seine äußerst zartgliedrige Frau hatte längst aufgegeben, als Nathalie zur Familie stieß. Diese Schwiegermutter wirkte wie ein Schatten ihrer selbst. Auf Geheiß ihres Mannes vermied sie jede Art von Make-Up und mied Friseure. Zumindest die, die sie zum Haarefärben oder zu modischen Schnitten überreden wollten. Sie war früh ergraut, zog sich grau an und hatte etwas von einer Spitzmaus an sich, die verängstigt durch die Gegend huschte. Sie hielt sich immer still im Hintergrund und eigentlich wusste man nie so genau, ob sie nun anwesend war oder nicht.

Vater und Sohn gingen durch dick und dünn.

Eine echte Männerfreundschaft. Die Beziehung war so eng, dass Nathalie schon früh leise Zweifel gehabt hatte, ob eine Hochzeit die richtige Idee war. Hätte sie überhaupt die Chance auf eine Ehe bei dieser ungewöhnlich intensiven Bindung zwischen Vater und Sohn? Keine Hochwildjagd, keine Safari, kein Segeltörn und keine Lagerfeuerrunde, ohne dass die beiden zusammen auftauchten. Ständig waren sie dabei ihre Vater-Sohn-Beziehung durch ausgefallene Ausflüge fest zu zementieren. Was der Schwiegervater anfing, wurde vom Sohn kopiert. Aber Nathalie hatte sich Hals über Kopf in den starken, attraktiven Raoul Durant verliebt. Und er sich in sie. In die zarte Brünette mit den großen Augen. Nathalie ließ das Studium Studium sein und erklärte ihren Eltern, dass sie nicht wieder nach Brest ziehen würde, sondern einen wohlhabenden Pariser Geschäftsmann ehelichen wollte.

Die Hochzeit war ein Traum in Weiss, die Hochzeitsnacht ein Desaster. Was angeblich nicht unüblich war, weil frisch vermählte Ehemänner auf der eigenen Hochzeit fast immer zu tief ins Glas schauten. Nathalie gewöhnte sich auffallend schnell an ihre neue Rolle als Vorzeige-Ehefrau und Vorzeige-Mutter. Erst kam Henry auf die Welt, mit fünf Jahren Verspätung dann ein Mädchen. Nathalie begann schon nach der ersten Geburt ein Faible für Pumps zu entwickeln und trug Chanel Jäckchen in allen

Farben. Nathalie entwickelte als Gastgeberin außergewöhnliche Talente. Ihre Einladungen waren berühmt und begehrt. Die Familie war mit ihr zufrieden, besonders die Herren des Hauses, Vater und Sohn. Ein aufmerksamer und allzeit bereiter Chauffeur holte die Kinder von der Schule ab und eine devote Köchin kümmerte sich um Küche und Speisekammer. Eine perfekte Sauce Bernaise, ein Gateaux aux chocolat mit flüssigem Schokoladenkern und andere Leckereien? Wurde alles umgehend zubereitet. Nathalie verbrachte ihre Zeit damit, kleine Einladungskärtchen zu entwerfen, neue Nagelstudios auszuprobieren, wöchentlich eine Stylistin aufzusuchen und die Änderungsschneiderin sowie die Masseurin ins Haus kommen zu lassen.

Die Ferien wurden im Kreis der Großfamilie am Meer verbracht. Auch in Antibes war das Anwesen herrschaftlich mit acht Badezimmern, dem Tennisplatz und einem großem Pool.

Ihre eigenen Eltern waren regelmäßig nicht dabei. Die beiden rechtschaffenen Leute aus Brest und die kultivierte Pariser Familie, das passte einfach nicht. Schon die Hochzeit war nicht ganz einfach gewesen, denn man hatte auf beiden Seiten zu wenig Gesprächsstoff. Nathalies Leben verlief geradezu wie am Schnürchen. Irgendwann waren die Kinder alt genug, sodass man das Kindermädchen aus der Schweiz mit dem treffenden Namen Heidi von heute auf morgen entlassen konnte. Die Tränen ihres Sohnes konnte sie zu dem damaligen Zeitpunkt und auch später nur schlecht begreifen. Wie ihr überhaupt die Kinder weitgehend ein Rätsel blieben. Vielleicht hätte sie sich mehr persönlich kümmern müssen, jedenfalls hatte sie immer für alles gesorgt. Trotzdem hatte sie ein beklemmendes Gefühl, als ihre Tochter an einem Sonntag auszog, auch wenn sie sich nicht wirklich erklären konnte, warum.

Raoul war ein charmanter Ehemann. Er war höflich und zuvorkommend. Er respektierte ihre Kopfschmerzen, die sich immer häufiger bemerkbar machten. Er überließ ihr alle häuslichen Belange, ohne sich in Einladungen, Gästelisten oder Menüfolgen einzumischen. Nie vergaß er zur rechten Zeit und zum richtigen Anlass ein großzügiges Geschenk oder einen üppigen Blumenstrauß. Er war ein gerne gesehener Gast und ein geschätzter Geschäftsmann. Auch wenn Nathalie nie so recht wusste, mit welcher Tätigkeit man in der Familie Durant eigentlich das Geld verdiente. Zumindest gab es davon reichlich und die schwarze Kreditkarte eines Bankinstitutes war natürlich Bestandteil ihrer ansehnlichen Kreditkartenausstattung im Louis Vuitton Portemonnaie.

Nathalie hatte sich notgedrungen daran gewöhnt, dass Raoul oft außerhalb von Paris unterwegs war. Angeblich immer mit seinem Vater, ihrem Schwiegervater. Umso erfreuter war sie, als er einen Kurzurlaub in Deauville am Meer in Aussicht stellte. Nur sie beide ganz allein. Er würde einen Tag früher vorfahren und auf dem Weg noch einen Geschäftstermin wahrnehmen. Sie verabschiedeten sich wie immer mit einem freundlichen Kuss. Als Nathalie am Tag darauf die Stylistin verließ, da ereignete sich das Unfassbare. Auf der gegenüberliegenden Straßenseite schlenderte Raoul entlang. Raoul, der doch schon auf dem Weg nach Deauville sein sollte. Raoul, eng umschlungen mit einer jungen, hübschen Frau. Die Vertrautheit war unübersehbar, die verstohlen leidenschaftlichen Küsse nicht zu leugnen, die Berührungen nicht miss zu interpretieren. Nathalie starrte ungläubig in das Café, in das die Verliebten verschwunden waren. Im völligen Liebestaumel saßen die beiden sogar direkt und unübersehbar am Fenster. Die beiden verzehrten sich mit den Augen, hielten sich an den Händen und fütterten sich gegenseitig selig lächelnd mit Kuchen und Sahne.

Nathalie fiel von jenem Moment an in eine tiefe Depression.

Wochenlang verweigerte sie wortlos das Essen, bis Raoul sie in eine Klinik einweisen ließ. Nathalie stellte jede Kommunikation mit ihm ein, sprach mit niemandem ein Wort. Die Kinder standen zu den seltenen Besuchszeiten ratlos und schweigend an ihrem Bett. Nathalie war innerlich taub und leer. Sie zog sich völlig in sich selbst zurück. Nur einmal überkam sie der Anflug einer Emotion, als die mausgraue Schwiegermutter mit besorgter Miene das Krankenzimmer betrat. Nathalie hatte das unbestimmte Gefühl sich ausgerechnet dieser Frau anvertrauen zu müssen. Was sie dann aber aus einem genauso unerfindlichen Grund doch nicht tat. Mit großer Wahrscheinlichkeit war die Frau in einer ähnlichen Situation. Ein Frauenleben in geregelten Bahnen, in einem goldenen Käfig, aber in totaler, emotionaler Isolation. Wer wusste, was das Vater-Sohn-Gespann immer trieb, wenn „man mal wieder außerhalb von Paris“ gewesen war?

Trotz ihrer Abwesenheit lief in dem großen Familienanwesen alles wie am Schnürchen. Die Köchin und der Chauffeur änderten nichts an den Abläufen. Und hätte Nathalie ihre Kinder fragen können, diese hätten bestätigt, dass es keine Defizite zu beklagen gab. Sie wurde nicht vermisst. Alles war wie immer, mit dem Unterschied, dass keine Einladungskärtchen geschrieben wurden, niemand Tischdekorationen arrangierte oder mit der Köchin Menüvorschläge durchsprach.

In dieser Zeit begann Nathalie auf Anraten eines jungen Klinikarztes irgendwann zur Psychoanalyse zu gehen. Die Sitzungen waren teuer, das Sofa mit dem roten Samtbezug etwas liederlich, aber die Therapie zeigte Wirkungen. Nathalie erlebte Phasen der Wut, der Reue, der Trauer und der Verzweiflung. Es gab Tage, an denen sie am liebsten das Rad zurückgedreht hätte und Tage, in denen sie in Erwägung zog den häuslichen Waffenschrank aufzubrechen. Die Stunden auf dem Sofa waren lang und erkenntnisreich. Sie erkannte, was sie wollte und was nicht. Sie lernte sich selber zu verstehen, sich zu verzeihen und vor allem Visionen für ihr zukünftiges Leben zu entwickeln.

Schlussendlich entschied sie sich für den Weg eines freudvollen Lebens und war zutiefst dankbar für die Hilfe der erfahrenen Therapeutin. Aus einem inneren Impuls heraus ließ sie ihr Karten für die hochbejubelte, dramatische Aufführung von „Schwanensee“ zukommen. Dieses Ballett schien ihr passend gewählt, denn auch die Therapeutin machte hin und wieder den Anschein, als fühle sie sich als Schwan, der durch die wahre Liebe eines Prinzen erlöst werden wollte.

Nathalie wiederum fühlte sich nach den Monaten mit basischen Speisen, Therapeutengesprächen und leichten Sportübungen wieder wohlauf und gesundet. Aber sie war nicht mehr die Gleiche.

Nathalie startete ihren persönlichen Rachefeldzug. An eine Weiterführung der Ehe war nicht zu denken, das stand fest. Nathalie reichte die Scheidung ein. Ein bitterer Schlag für Raoul, der zu der Sorte Männer gehörte, die bereit waren, ohne Skrupel Ehefrau und Geliebte nebeneinander zu halten. Auch wenn Raoul vermeintlich großzügig und als eine Art der Wiedergutmachung Nathalie das Haus überlassen wollte, das genügte ihr nicht. Sie wollte allerdings ihre gute und aufrechte Erziehung ungern dieser Krise opfern. Sie würde ihren Ex-Mann nicht erpressen. Oh nein. Aber das Wissen um die Tatsache, dass sie ihn in der Hand hatte, war beruhigend. Sie hatte rechtzeitig Unterlagen kopiert: von seinen Konten in der Schweiz und in Luxemburg, seinem Schließfach bei der Bank und seinen heimlichen Aufzeichnungen über die verschiedenen Projekte und den Fluß der nicht verbuchten Geldbeträge. Sie hatte deshalb dezent, äußerst dezent, anklingen lassen, dass sie neben dem Haus auch von einer monatlich adäquaten Zahlung ausginge, die ihr den gewohnten Lebensstand weiterhin ermöglichen würde. Dass sie den ehemaligen Lebenswandel mit Kosmetik, Boutiquen und anderem Trallala aufgeben würde, hatte sie zu diesem Zeitpunkt nur schwach geahnt. Fest stand, sie hatte ihr Studium, ihre persönliche Entwicklung geopfert, um dem großen Geschäftsmann in aller Ausschließlichkeit Ehefrau und Mutter seiner Kinder zu sein. Eine Frau, die seine Bemühungen unterstützte, fette

Geschäfte zu machen. Damit er seinen Geschäftspartnern vor einem derart Vertrauen erweckenden Familienhintergrund à la „pleasant ville“ in nicht unerheblichem Umfang das Geld aus der Tasche ziehen konnte. Nathalies endlose Jahre der Treue, der Zuwendung und des Verzichts hatten einfach ihren Preis. Und die unwiederbringlichen Zeiten, die sie statt mit den Kindern bei Diners und Empfängen, in Boutiquen und bei Stylisten verbracht hatte, die waren ohnehin nicht mit Geld aufzuwiegen. Auch dies war eine bittere, tränenreiche Erkenntnis vieler Stunden Therapie. Mit dem errungenen Scheidungsgeld wollte sie jetzt wenigstens die Verwirklichung ihres eigenen, kleinen Traumes angehen. Sie wollte ihr Leben neu ordnen und gestalten. Diese Veränderung in ihrem Leben hatte sie ebenfalls in endlosen Stunden auf der Couch der aufmerksamen und weitgehend stummen Psychoanalytikerin entwickelt. Raoul kam jedenfalls nicht in dem neuen Lebensplan vor. Neben der Routine des Hausfrauendaseins, den ärztlichen Betreuungsmaßnahmen und Therapiesitzungen hatte Nathalie inzwischen eine völlig neue Ausbildung begonnen und stand kurz vor deren Abschluss.

Das samtige Grün und die kleine Blüte auf der Visitenkarte waren nicht ihre Idee gewesen, hätten aber von ihr sein können. Nathalies Sohn hatte die Idee entwickelt. Eine derartige Kombination würde gut zu ihr passen. Auf seine Äußerungen konnte sie ohne Wenn und Aber vertrauen. Die kleine Karte war ganz entzückend geworden. Rechtzeitig zum Termin in der Bank waren die Kärtchen dann alle gedruckt.

In dem grauen Gebäude der „Banque Supérieure" hatte man Nathalie verblüfft angeschaut, als sie eines Tages um einen Termin gebeten hatte. Ihr war nichts anderes übrig geblieben. Ihr Ehevertrag hatte sich nämlich als furchterregend herausgestellt. Rein theoretisch musste Raoul ihr nichts, aber auch nicht den kleinsten Penny zahlen. Ein erniedrigendes Ergebnis nach all den Ehejahren.

Zu der 11.15 Uhr Verabredung eine Woche später hatten sich dann der Direktor, der Vizedirektor und zwei Mitarbeiter aus der Privatkunden Abteilung eingefunden. Die Herren saßen mit unbewegten Gesichtern in einer Reihe hinter einem langen Tisch und Nathalie hatte das Gefühl vor ein Straftribunal zu treten. Da stand sie, etwas verloren in diesem blassblauen Sitzungszimmer der Bank. Kein Wunder, dass diese Herren alle so unterkühlt waren! Noch nicht einmal ein kleines Blümchen stand irgendwo herum, geschweige denn eine der neuen

Hydrokulturpflanzen, die inzwischen eigentlich in jedem Büro zum Standard gehörten. Auch deshalb, weil sie den Sekretärinnen ein sorgenfreies Leben in grüner Umgebung gewährleisteten, denn diese Kübel waren unzerstörbar, unverwüstlich und ausgesprochen praktisch. Aber das würde Nathalie den Herren ein anderes Mal erklären.

Einen Moment war sie irritiert, dass man wirklich nicht die Absicht hatte, ihr einen Stuhl anzubieten und von ihr erwartete, wie ein Schulmädchen ihr Anliegen im Stehen vorzutragen. Es kam ihr antiquiert und auch ein wenig bösartig vor. Was allerdings zum Gesamtbild der Bank passte.

Nun gut. Sie ließ sich nichts anmerken. Noch nicht einmal das leichte Unbehagen, weil einer der Herren ihr immer wieder ganz offensichtlich auf die Beine starrte. Dabei war sie sich sicher, dass der Rock für einen Banktermin die angemessene Länge hatte. Die dunklen Schuhe waren nicht zu hoch und die Bluse hatte sie noch schnell im Toilettenbereich der Bank vollständig zugeknöpft, auch wenn ihr Spiegelbild dadurch einen ungewohnt gouvernantenhaften Anblick bot. Nein, an ihrem Aufzug gab es sicher nichts zu bemäkeln.

Sie stand aufrecht und erinnerte sich an jedes Wort der Gymnastiklehrerin. Schultern nach hinten, eine leichte Beuge im Kreuz, die Beine ein wenig auseinander und die Füße mit den Ballen in den Parkettboden pressen. Während sie das Bild einer grünen Wiese visualisierte, schaute sie, ein leichtes Lächeln um die Lippen, die Herren einzeln in aller Intensität an. Nachdem Nathalie dann unmerklich Luft geholt hatte, begann sie mit klarer Stimme ihr Anliegen vorzutragen. Die Herren blieben regungslos. Alle Blicke waren auf sie gerichtet.

„Meine Herren, bonjour, ich bin Nathalie Durant. Ich werde einen Floristikladen eröffnen. Und zwar mit Ihrer finanziellen Unterstützung."

Im Raum war nichts als Schweigen. Nur der Direktor hatte einen Moment der Schwäche gezeigt und Nathalies Visitenkarte zu Boden fallen lassen. Das leise Quietschen seines Stuhls, als er sich nach rechts beugte, um die kleine grüne Karte wieder aufzuheben, war das einzige Geräusch im ganzen Raum. Die anderen Herren starrten sie mit offenen Mündern an. Bisher kannten sie Nathalie nur als die stille, hübsche Frau des Bankkunden Monsieur Durant. Schon der Termin an sich mit der Eintragung „Madame Nathalie Durant ohne Begleitung" hatte in den langen Fluren des Bankhauses zu angeregten Spekulationen geführt. Ganz zu schweigen von der Aufregung, als der Direktor verkündete, den Termin sogar persönlich leiten zu wollen.

Nathalie schilderte so knapp wie möglich und so ausführlich wie nötig die Vision ihrer Zukunft. Selbstsicher stellte sie ihre Forderung nach einem zinsgünstigen Kredit, zahlbar ohne jegliche Belastung auf das private Haus. Man würde ihr das doch zutrauen, oder? Einen kleinen, hübschen Laden in der Rue Rosé, unweit vom Krankenhaus und vom Friedhof. Ein gutes Geschäft und ein einschlagender Erfolg wären in der Lage quasi vorprogrammiert. Bei ihrem Bekanntheitsgrad und ihren Beziehungen würde es nur eine Frage der Zeit sein, bis die stadtbekannten Persönlichkeiten zu ihren Stammkunden zählen würden. Ganz besonders natürlich auch die, die hinter die Fassade der Notwendigkeit ihrer Geschäftseröffnung blicken würden. Sie habe sich das alles sehr genau überlegt und auch ein paar Berechnungen angestellt.

Nathalie verteilte im Anschluss Papiere mit ihrer Finanzplanung und erläuterte die wenigen Zahlen auf dem DIN A4 Blatt Punkt für Punkt mit der ihr eigenen Überschwänglichkeit.

Als sie dazu überging von der misslichen Lage einer verlassenen Ehefrau zu berichten, räusperte sich einer der Bankherren deutlich. Nathalie meinte sich zu erinnern, dass Raoul genau von diesem Herrn in Sachen ehelicher Treue nichts Gutes zu berichten gewusst hatte. Als Nathalie einen Punkt 9 mit der ausführlichen Thematisierung der Bereiche Schliessfächer und Auslandsbankkonten untreuer Ehemänner andeutete, wurde sie vom Direktor kurzerhand unterbrochen.

„Ihre Ausführungen waren brillant, Madame Durant. Das Projekt ist ohne Zweifel zukunftsträchtig. Ich schlage vor, dass wir alles weitere in einem kleinen persönlichen Gespräch klären, was meinen sie, Madame?“

Nathalie nickte wortlos und ohne eine Miene zu verziehen. Die Herren hinter dem Tisch versuchten, teils vergeblich, ihre Verblüffung zu verbergen. Mit kurzem Kopfnicken wurden sie vom Bankdirektor verabschiedet und stellten beim Verlassen des Sitzungsraumes unübersehbar ihre enttäuschten Mienen zur Schau, weil sie natürlich gerne am weiteren Gesprächsverlauf teilgenommen hätten. Was sollten sie jetzt in ihren Büros auch Interessantes erzählen können, wo alle pikanten Details ausschließlich dem Direktor vorbehalten blieben?

Nathalie ließ ein paar Augenblicke verstreichen und nahm dann ungefragt dem Direktor gegenüber Platz. Lächelnd schaute sie ihn an und wischte unbemerkt unter dem Tisch zum wiederholten Male die verschwitzten Hände an ihrem Rock ab. Drei Wochen vorher noch war sie nur die unscheinbare Ehefrau eines angesehenen Geschäftspartners dieses Bankdirektors gewesen. Bei gemeinsamen Treffen verdammt zur schweigenden Begleiterin. Nichts als „bonjour“ und „au revoir“ und die eine oder andere Belanglosigkeit waren über ihre Lippen gekommen. Nur keinen Fehler machen, immer verbindlich bleiben, unerträglich langweilige Konversation betreiben. Und nun saß sie hier in diesem biederen Raum und stellte Forderungen ohne Wenn und Aber. Sie fühlte sich außerordentlich selbstsicher, was auch mit dem knisternden Papier in der linken Rocktasche zu tun hatte. Dieses enthielt die Auflistung aller Nummernkonten von Raoul in der Schweiz, welche dem Bankdirektor mit Sicherheit nicht unbekannt waren. Während dieser mal nervös an seinem Schnurrbart zwirbelte und mal genauso nervös auf seinem Taschenrechner herum zu tippen, schickte Nathalie einen Dank ins Universum.

Sie gratulierte sich für ihren Auftritt, fühlte sich befreit und leicht. Urplötzlich überkam sie der Wunsch, der Geliebten ihres Ex-Mannes ein Bouquet Nelken zu schicken.

Genau eine Stunde später verließ Nathalie Durant mit einem Ordner unter dem Arm hoch erhobenen Hauptes die Bank. Der ansehnliche Kredit war unterzeichnet. Ihre rechte Hand klebte. Diesmal aufgrund der Tatsache, dass der Bankdirektor mit einem erstaunlichen Eifer ausdauernd ihre Hand geschüttelt hatte. Er hatte es sich nicht nehmen lassen, sie persönlich zu Tür zu begleiten.

„Danke“, murmelte er und senkte die Augen. Nathalie war sich sicher, dass mit diesem Danke auch die Verheimlichung des Papiers in ihrer rechten Rocktasche honoriert wurde.

„Großes Kino, Nathalie," sagte sie leise zu sich selbst und schritt zu ihrem Auto.

An ihrem Laden angekommen, fand Nathalie direkt davor einen Parkplatz. Das geliebte kleine grüne Auto hatte inzwischen einem größeren Kastenwagen in gleicher Farbe Platz machen müssen, um all die Schätze zwischen Großmarkt und Geschäft hin-und her transportieren zu können. Stolz warf Nathalie einen Blick auf ihr hübsches Logo auf der Heckklappe, dass sich auch auf der Ladentür wiederfand. Sie hatte es geschafft.

In sechs Wochen hatte sie den kleinen Laden zu einem Schmuckstück umgebaut. Es hatte sich schnell herumgesprochen, dass Nathalie Durant seit neustem ihr Geld selbst verdienen würde. „Der Laden ist prächtig renoviert". „Sogar die Sprossenfenster hat sie aufarbeiten lassen." „Die Blumenauswahl ist fantastisch und geschmackvoll." „Vor allem die Art der Präsentation. Eine echte „Nouveauté", eine Neuheit."

Derartige Sätze machten in dem Arrondissement die Runde. Und das kleine Geschäft lief gut. Das hatte Nathalie einerseits den mitfühlenden Frauen zu verdanken, die entweder gleiches durchgemacht hatten wie sie oder aber Ähnliches oder Schlimmeres befürchteten. Andererseits kamen auch die Herren der Schöpfung in Scharen. Einige von ihnen, um einen Blick auf die wieder am Markt verfügbare Nathalie zu werfen. Eine attraktive Frau mit Eheerfahrung war ja für den einen oder anderen Singlemann eine wirkliche Option. Was niemand von diesen potentiellen Freiern ahnen konnte: Nathalie war von dem Gedanken an Ehe und männliche Begleitung meilenweit entfernt. Sie selbst war sich sicher: Ihre neugewonnene Freiheit war mit nichts aufzuwiegen. Zweimal schon war sie Raoul zusammen mit seiner neuen Liaison über den Weg gelaufen. Die offensichtlich schon deutlich länger sein Leben versüßte, als sie es wusste. Man schob inzwischen sogar schon einen sportlichen Kinderwagen, dessen Preiskategorie aufgrund des omnipräsenten Markenaufklebers ein offenes Geheimnis war. Nathalie hatte bei diesem Anblick des vermeintlich trauten Familienglücks nichts anderes als Bedauern verspürt. Bedauern mit Raoul, der bei dieser jungen Frau neben seinem originären Job ganz sicher auch zu Nachtwache und Windelwechseln herangezogen würde. Bedauern mit dem neuen kleinen Durant, dem Chauffeur, Nanny und Köchin ebenfalls nicht erspart bleiben würden. Und tiefes Bedauern über das unwiderruflich versäumte Erleben ihrer eigenen Kinder.

Nathalie hatte einen, wie sie fand, vorteilhaften Mietvertrag abgeschlossen und sich im Gegenzug verpflichtet, die Zwischenwand des Ladens auf eigene Kosten abzubrechen. So war ein schöner großer Raum entstanden, den sie mit einer dunklen Theke und großen und kleinen Tischen bestückt hatte. In einer Nische hatte sie einen Wandbrunnen anbringen lassen, der leise vor sich hin plätscherte. Auf den unterschiedlichen Tischen standen große und kleine Gefäße mit Anturien, Rosen, Lilien, Allium in allen Farben, Callas, Bromelien und vielen anderen Sorten und Arten. Nathalie hatte sich dazu entschieden die Blumen immer nach Farben zu arrangieren. Die Farbe Gelb tauchte in dem Laden allerdings nirgendwo auf. Nicht einmal das kleinste Blümchen in diesem Farbton erlaubte sie im Angebot. Nathalie hatte die Farbe Gelb aus ihrem Leben verbannt. Als sie den Ehebruch von Raoul entdeckte, hatte die junge Frau an Raouls Seite ein Kleid in leuchtendem Gelb getragen.

Die flimmernde Neonröhre an der Ladendecke hatte der freundliche Elektriker vom Nachbargeschäft gegen den Kronleuchter aus dem ehemals ehelichen Schlafzimmer ausgetauscht. Nathalie hatte das monströse Teil mit den fast 300 Kristallen nie gemocht und ständig in Angst gelebt, eines Tages davon erschlagen zu werden. Immer wenn sie im Ehebett gelegen hatte und ihr Blick an die Decke wanderte, hatte Nathalie das Gefühl gehabt unter tausend gläsernen Speerspitzen zu liegen, die nur darauf warteten sie aufzuspießen und einen jämmerlichen Tod sterben zu lassen. Deshalb hatte sie zu Ehezeiten mehrfach im Jahr die Befestigung überprüft, um einem derart hässlichen Tod zu entgehen. Nun hing das Monster in ihrem Blumenladen und hatte eine wunderbare Verwandlung durchgemacht. In dem neuen Umfeld war der Kronleuchter auf einmal beeindruckend dekorativ. Ja, er wirkte freundlich und einladend. Wahrscheinlich lag es daran, dass der Lüster einfach das sein durfte, was er war: ein unfassbares Meisterwerk aus hunderten funkelnder Glaselemente, in mühevoller Handarbeit einzeln geschliffen. Jedesmal, wenn die Ladentür sich öffnete oder ein leiser Luftzug durch den Raum zog, gerieten die Kristalle in sanfte Bewegung, schaukelten, klirrten leise aneinander und zauberten einen warmen Lichtschein. Es befand sich ein weiteres Prachtstück in Nathalies Laden: ein Sofa. Nicht irgendein Sofa, sondern ein dreisitziges Sofa auf hübsch geschwungenen Beinen aus Walnussholz. Nathalie war zu dem Entschluss gelangt, dass ein solches Sofa nicht nur bei ihrer Psychoanalytikerin eine Berechtigung hatte. Da auch der Aufenthalt in einem Blumenladen heilende Wirkung haben konnte - davon war Nathalie aus eigener Erfahrung ganz fest überzeugt - wollte sie ihren

Kunden ebenfalls die Möglichkeit bieten in einen derartigen Genuss zu kommen.

Auf dem Flohmarkt in Clignancourt hatte sie eines Tages dieses Sofa aus der Biedermeierzeit entdeckt. Es stand verloren in einer Ecke und schien auf sie gewartet zu haben. Der gut gelaunte Verkäufer hatte ihr überraschend schnell die Lieferkosten erlassen und so waren sie sich handelseinig geworden. Auch wenn sie latent das Gefühl gehabt hatte, eventuell zu viel gezahlt zu haben. Die Form war klassisch schön. Den Bezug fand Nathalie zu altmodisch und unterzog das Sofa erst einmal einer ausgefallenen Veränderung. Sie ließ das Möbelstück mit einem neuen Stoff beziehen. Der Stoff war von dem gleichen Grün, wie ihre Visitenkarte und über und über mit den kleinen stilisierten Blüten ihres Logos bestickt.

Sie war sich nicht ganz sicher, ob der monatlich steigende Umsatz mit diesem Schmuckstück zu tun hatte. Jedenfalls warteten dort geduldig, mit den Füßen baumelnd, Kinder auf ihre Väter oder Mütter. Männer machten es sich dort bequem und schauten ihren Frauen entspannt bei deren Auswahl von Sträußen und Bouquets zu. Oder umgekehrt Frauen ihren Männern. Während Nathalie hinter der dunkel gebeizten Theke ihre Blumenarrangements kreierte.

Der Auszug des Ehemannes und die Eröffnung des Ladens waren nicht die einzigen Veränderungen in Nathalies Leben. Ihre neuen Freundinnen hatten sie in der Idee bekräftigt, die Haare wieder wachsen zu lassen. Schon nach mehreren Wochen kringelten sich hübsche Locken auf Schulterhöhe. Und zu einer Coloration hatte sie sich auch überreden lassen. Die Friseurin hatte zu einem warmen Rotton geraten und Nathalie hatte es nicht bereut. Jahrelang hatte sie den aparten Haarschnitt getragen, der auch Twiggy in eine Art modernes Bübchen verwandelt hatte. Ein bisschen streng hatte sie damit immer gewirkt. Nathalies ebenmäßige Gesichtszüge und der lange Hals waren prädestiniert für diese Art von Kurzhaarschnitt. Und er war auch so praktisch gewesen, wie sie nachträglich immer noch fand. Die neue Haarpracht dagegen war weicher und weiblicher. Die Locken unter dem Gartenhut, den sie grundsätzlich trug, harmonierten mit ihrem neuen, freundlich entspannten Ich. Nathalie stellte beim Blick auf ein Familienfoto fest, dass die Ähnlichkeit mit ihren Kindern verblüffend war.

Henry hatte sie in den Arm genommen und gelächelt.

„Steht dir sehr gut, Maman. Nicht wiederzuerkennen, so jung“, hatte er gesagt. Er war ein auffällig gut aussehender Mann geworden, hatte Nathalie festgestellt. Die Scheidung hatte sie einander näher gebracht. Auch wenn nicht alle Wunden geheilt waren.

Hanna hatte irgendwann während des ausgedehnten Telefonats angeregt, dass man sich gegenseitig ein Foto schicken sollte. Nathalie hatte ein Farbfoto neueren Datums übermittelt, was in gewisser Weise der Vorstellung entsprach, die Hanna sich von ihr gemacht hatte. Nathalie war hübsch und wirkte wie eine Frau mittleren Alters, obwohl sie wahrscheinlich älter war. Sie trug einen großen Hut mit breiter Krempe auf dem leicht gelockten Rotschopf. Soweit das zu erkennen war, hatte Nathalie ein kleines Grübchen im Kinn. Die strahlenden Augen und die Sommersprossen passten vortrefflich zu der Stimme der Floristin.

Nathalie wiederum blickte auf ein schwarz-weiss Foto, das eine Gruppe junger Menschen zeigte. Es schien ein Zeitungsfoto zu sein, denn es stand ein Text in fremder Sprache darunter, den sie leider nicht verstand. Nathalie schätzte, dass vermutlich alle auf dem Foto um die dreißig Jahre alt waren, modern gekleidet und offensichtlich guter Laune. Mitten drin eine schlanke, junge Frau mit langen, glatten Haaren in einem hellen Blond. Das war tatsächlich „Nennen Sie mich Claire“. Und rechts neben dieser jungen Frau lächelte ein großer, junger Mann in die Kamera. Nathalie war völlig perplex. Der junge Mann war ihr Sohn, Henry.

Paris actuelle

Es gibt keinen bequemen Weg, der von der Erde zu den Sternen führt.

Seneca

Marianne Cotinaud hatte zum zweiten Mal die französische Post bemüht und Hanna einen Brief geschickt. Sie hatte einen Zeitungsausschnitt kopiert und zwei Zettel daran befestigt. Ein weißes Blatt Papier enthielt eine kurze Notiz.

In den kommenden Wochen werde ich leider keine Zeit für eine Wiederholung unserer Telefonate haben. Ich füge Ihnen hier schnell einen Ausschnitt aus der Tageszeitung vom Donnerstag bei. Dann werden Sie verstehen warum. Die Gespräche mit Ihnen haben mich doch sehr bestärkt in meinem Tun.

Und auf einen roten Zettel hatte sie ein Zitat von Henry Ford geschrieben.

„Wer immer tut, was er schon kann, bleibt immer das, was er schon ist.“ Henry Ford.

Hanna überflog den Zeitungsausschnitt.

Paris actuelle: *„Die geniale Fisch- und Gewürzspezialistin Marianne Cotinaud hat am Donnerstag völlig überraschend ihre drei Sterne an Michelin zurückgegeben. Ihr bemerkenswertes Restaurant „Le Ciel Bleu“ im Marais von Paris, in dem sie seit nun fast 10 Jahren die Dualität der asiatischen und der französischen Küche zelebriert hat, wird mit Ablauf der diesjährigen Saison schließen. Madame Marianne Cotinaud ist bekannt für ihre ausgewählten Gewürzkompositionen, die sensationelle Fleischqualität und die aromatischen Fischgerichte, ausschließlich von tagesfrischem Fisch. Alle Zubereitungen waren von ungeahnter Sensibilität und Finesse. Ihr eigenwilliger Stil im Umgang mit Gewürzen auch aus dem asiatischen Raum sind ein unnachahmliches Meisterwerk ihrer Geschmackssicherheit. Fein und mild, aromatisch und raffiniert. Jeder Gang wurde bei ihr zu einem unvergesslichen Erlebnis. Von Jahr zu Jahr nahm die Leuchtkraft der Michelin Sterne von Marianne Cotinaud zu und die Bewunderung für ihre Sensibilität im Umgang mit außergewöhnlichen Zutaten. Die sensible Spitzengastronomin mit dem legendären Ruf auch international konnte letztendlich dem Druck des Sterne-Verfahrens nicht standhalten. Ein bedauerlicher Schritt und ein großer Verlust für die Gastronomieszene nicht nur in Paris.“*

Als Hanna den Artikel zum zweiten Mal gründlich gelesen hatte, war ihr nach einem starken Kaffee. Sie war fassungslos.

Der Artikel klang fast ein wenig wie ein Nachruf. Weder der Journalist, der diese Zeilen geschrieben hatte, noch die Spitzengastronomin oder Hanna wussten zu diesem Zeitpunkt, dass Marianne Cotinaud nur wenige Wochen später mit einem klapprigen Bus gemütlich Richtung Ardeche fahren würde. Camille hatte dort in ihrem Zwangsurlaub einen beschaulichen Gasthof aufgetan, der förmlich auf Marianne zu warten schien.

„Neben der Einfahrt in das Bergdorf steht ein Menhir, Symbol für Freiheit und Selbstbestimmung!“, hatte Camille geschrieben.

„Du könntest ein echter Bonnard werden, die Nummer 693 dieses Ortes!“

Marianne Cotinauds Herz hatte einen Hüpfer gemacht. Vor Freude. Das wäre die Lösung. Ein Landgasthof. Sie würde endlich wieder naturnah kochen. Gemüse in seiner ursprünglichen Form. Wie es sie quälte immer wieder und wieder das Gemüse pürieren zu müssen, um es dann mit einer Spritztülle in Tupfern auf Tellern anzurichten, wie auf einer Farbpalette. Sie würde ganze Stücke Fleisch anbieten, mit allem drum und dran, mit krachender Schwarte und brauner Kruste, Fleisch am Knochen und mit knusprigem Fett. Nicht nur das Beste vom Besten filetiert, in geometrische Form geschnitten und davon eine mikroskopisch kleine Portion mit einem Hauch von zugegebenermaßen intensivem Fleischjus. Sie würde die Bauern aufsuchen, die Kürbisse selbst einsammeln, vegetarische Gerichte entwickeln. Sie würde nur Produkte aus engster Umgebung verarbeiten. Es wäre Schluß mit dem aufreibenden Warten auf die rechtzeitige Lieferung irgendwelcher exotischer Lebensmittel, nur weil der Gastronmiezirkus all diese Extravaganzen einforderte. Nur der Kräuter- und Gemüsereichtum ihrer Heimat würde ihre Speisekarte bestimmen. Kochen mit Herz.

„Außerdem“, hatte Camille geschrieben, „... pflanzen sie hier in der Gegend wieder Esskastanien an! Ist das nicht wunderbar?“

Marianne Cotinaud war damals fast 5 Jahre alt gewesen, als das große Kastaniensterben in den Wäldern eingesetzt hatte. Nicht nur durch die Erzählungen von Mutter und Großmutter war ihr das in Erinnerung. Als kleines Mädchen war sie ständig in der Natur, liebte die weitläufigen Wälder mit den Esskastanienbäumen, die im sengenden Sommer den ersehnten Schatten spendeten. Die für kindliche Verhältnisse übergroßen Blätter waren für Marianne schützende Hände, die sich allenthalben über sie wölbten. Und die weichen stacheligen Esskastanien erschienen der kleinen Marianne wie ein

Wunder, mit ihren dunklen, lackierten Nüssen in dem weißen, pelzigen Fruchtfleisch.

Regelmäßig im Herbst wurden die Dörfer des Tals mit Bergen von Esskastanien geflutet, die der ganzen Region ein gutes Einkommen beschert hatte. Die Kastanien wurden getrocknet, zu Mus verarbeitet, geröstet oder zu Mehl gemahlen.

Dann, urplötzlich, machte das bedrohliche Wort vom „Kastanienrindenkrebs" die Runde. Die kleine Marianne verstand nicht, warum man diese Tiere nicht einfach einsammeln konnte und hatte sich damals, so erzählte man es noch heute in der entfernten Verwandtschaft, sogar mit einem Körbchen aufgemacht. Um nach dem bösen Krebsen zu suchen, die sich aber nirgends finden ließen. Nur eine seltsame orange Färbung an den Baumstämmen der Esskastanien hatte die kleine Marianne bemerkt. Sie war mit leerem Körbchen und enttäuschtem Kindergesicht nach stundenlanger Suche wieder nach Hause zurückgekehrt. Unaufhaltsam war das Sterben der Bäume. Von diesem Pilz wurden fast alle Kastanienbestände durchseucht. Er führte erst zum kompletten Absterben der Kronen und schlußendlich der ganzen Bäume.

Die meisten Bewohner waren gezwungen, das Tal zu verlassen und einem neuen Broterwerb nachzugehen. Innerhalb einer Saison hatte in der Region die Armut Einzug gehalten. Der „Brotbaum", wie die Kastanien genannt wurden, verschwand völlig aus dem Landschaftsbild. Manch einer versuchte sich mit der Zucht von Wein oder Orangen. Aber vergeblich.

Die Neuanpflanzung von „chataignes“ würde den erfreulichen Sieg über den zerstörerischen Rindenkrebs bedeuten.

Marianne könnte dann auch das Rezept ihrer Großmutter, „gratin de chataignes“ (Gratin aus Esskastanien) auf die Speisekarte setzen - mit Esskastanien aus der Region. Und genau das würde ihr Spaß machen: die alte Traditionen wieder neu zu beleben. Sie sehnte sich nach dem Gelächter und Gelärme von großen und vor allem auch kleinen Gästen an schlicht rotweiß kariert eingedeckten Tischen!

Henry

Was wäre das Leben, hätten wir nicht den Mut,
etwas zu riskieren?
Vincent van Gogh (1853-1890)

Henry knallte die Tür und eilte zu seinem Citroën. Er hätte es sich eigentlich denken können, dass der Abend so enden würde.

Der Chef hatte überraschenderweise einen großen Tisch im „Le Ciel Bleu“ reserviert. Von allen Mitarbeitern wurde erwartet, dass sie dieser Einladung auch Folge leisteten. Henry hatte deshalb wohl oder übel sein Klettertraining abgesagt. Schon auf der Fahrt ins Restaurant durch den stockenden Feierabendverkehr bereute er, nicht sein Fahrrad genommen zu haben. Der Mangel an guter Musik im Autoradio und der Überfluss an schlechten Nachrichten trieben seine Laune Richtung Tiefpunkt. Bereits mit einer ansehnlichen Verspätung im Marais angekommen, erwiesen sich seine Befürchtungen als berechtigt. Alle Schilder trugen den hässlichen Hinweis, dass das Parken nur für Anwohner erlaubt war. Gemeinerweise schienen die Anwohner aber über keine Autos zu verfügen, denn es gab Unmengen freier Parkflächen. Aber eben nicht für einen

Restaurantbesucher wie ihn. Ein Ticket für Falschparken konnte und wollte Henry sich nicht leisten, er hatte einfach schon zu viele gesammelt in letzter Zeit. Henry fuhr mehrfach ums Karree. Nach endlosen 20 Minuten hatte er eine zulässige, allerdings schwierige Parklücke für seine „Göttin", den Citroën DS, ergattert. Beim Einparken war er dann aber zu allem Übel mit der Stoßstange an einem roten Hydranten hängen geblieben, der eine hässliche, kleine Kerbe und eine deutliche Rotspur an seinem Auto hinterließ.

Er fluchte laut und unanständig, zupfte die Krawatte zurecht und fuhr mit der linken Hand nochmal schnell über seine Schuhe, die in dem Laternenlicht auf einmal so verstaubt ausgesehen hatten. Erst in letzter Sekunde hatte er die linke statt die rechte Hand für diese Putzaktion genommen, um mit gutem Gewissen später auch Hände schütteln zu können.

„Na endlich, herein mit Ihnen", wurde er von den bereits Anwesenden begrüßt. Henry knirschte mit den Zähnen. Er war wie gewöhnlich der letzte. Die Kollegen standen bereits grüppchenweise zusammen und hatten sich über das salzige Rosmaringebäck hergemacht, als hätten sie eine Hungersnot hinter sich.

„So kennen wir dich!", sagte der Arbeitskollege mit dem roten Kurzhaarschnitt, der ihm seit ein paar Wochen am Schreibtisch gegenüber saß. Henry hatte immer noch Probleme, sich an dessen äußerst komplizierten Namen zu erinnern und nannte ihn deshalb nur den Irländer. Vielleicht wollte er sich den Namen aber auch einfach nicht merken. Was damit zu tun haben konnte, dass der Rotschopf noch in der Probezeit war, was ja nicht gezwungenermaßen in einer Festanstellung münden musste. Darüberhinaus ging ihm der neue Mann empfindlich auf die Nerven, weil er im Büro ununterbrochen in einer Lautstärke telefonierte, die kreatives Arbeiten für andere fast unmöglich machte. Henry haderte heftig mit dem Platz im Großraumbüro und war deshalb um jeden Außer-Haus-Termin bei einem Kunden dankbar.

Gläser mit Pastis wurden herumgereicht und ein Kellner brachte weiteres Gebäck, diesmal mit einer Dekoration aus Thymian und dicken Salzkrümeln. Henry verschmähte den Anisschnaps, der aufgrund seines hohen Alkoholgehaltes bei ihm regelmäßig zu unüberhörbaren Sprachausfällen führte. Er nahm Rotwein und bestellte sich dazu eine Karaffe Wasser. Darauf würde er immer wieder unauffällig zurückgreifen. Sollten die anderen sich auf Kosten der Agentur betrinken, wie sie es schon mittags in der Kantine beschlossen hatten. Er selbst wollte einen klaren Kopf behalten, man könnte ja nie wissen. Er war auch sonst gegen jede Art von gemeinschaftlichen Trinkgelagen, was ihn schon immer in der Firma in eine Aussenseiterrolle gedrängt hatte. Erfahrungsgemäß führten solche Zechereien nur zu unangenehmen Vertraulichkeiten, die jeder Beteiligte am nächsten Tag schon bitter bereute.

Die Diskussionen waren angeregt und plätscherten dahin. Man setzte sich. Ein Platz blieb frei. Genau der Stuhl zwischen ihm und dem Chef. Henry blickte immer wieder in die Runde, konnte aber nicht sagen, ob jemand aus dem Team und wenn ja wer, noch fehlte. Die ersten Amuse-Gueules erreichten die Tische, stilvoll angerichtete Pasteten in Miniformat gefüllt mit Krabbenmousseline und Curryschaum. Typisch für das Ciel Bleu, dachte Henry. Schon der Gruß aus der Küche war ein kleines Kunstwerk. Er knabberte an einem himmlischen Pistazienkräcker und fragte sich, für wen wohl der leere Stuhl wäre. Der Platz war genauso eingedeckt wie alle.

Der Chef hatte Henrys Blick gesehen.

„Den Stuhl lassen wir frei“, sagte der Chef kurz und schaute auf seine Luxusarmbanduhr. Der leere Platz fühlte sich an wie eine unsichtbare Grenze zwischen Henry und dem Chef. Wahrscheinlich würde dessen Frau noch auftauchen, befürchtete Henry. Wie immer mit Stöckelschuhen und einer kreativen Ausrede für Ihre Verspätung ausgestattet. Dann würde er sich wieder das ausdauernde Geplapper über den neusten Hundesalon für das Hündchen anhören müssen oder aktuelle Klatschnachrichten aus der Welt der Schönen und Reichen in Paris. Der Stuhl blieb vorerst leer.

Während Henry einen aromatischen Pilzsalat löffelte, beschloss er, seine Distanz zum Stuhl des Chefs zu verringern. Unauffällig rückte er seinen Stuhl immer ein Stückchen näher. Das erschien ihm auch angemessen, denn er hatte die letzten Jahre großartige Arbeit geleistet. Etwas weniger Abstand war da durchaus adäquat. Henry trennte sich ganz beiläufig von seinem Schal und platzierte ihn auf dem leeren Stuhl, was sich irgendwie besser anfühlte. Der imaginäre Tischnachbarn war quasi nur aufgestanden, um mit seiner Zigarette den Eingangsbereich zu verqualmen.

Der Chef ließ die Gläser nachschenken und bat dann um Aufmerksamkeit. Er strich sich langsam über den zipfeligen Vollbart, den er seit neustem mit einer Glatze kombinierte. Mehr Bart ging nicht. Henry schaute ihn stumm an. Er konnte diesem Retrostyle nicht wirklich etwas abgewinnen. Das rötlich-schwarze Bartgestrüpp hing wie ein Bienenkorb fast bis auf die Brust hinunter und verkürzte den kaum vorhandenen Hals des Chefs nochmals deutlich. Der eröffnete den anwesenden Agenturmitarbeitern eine erfreuliche Nachricht. Sie hatten den großen Werbeauftrag erhalten. Diesen

Auftrag, den die Mannschaft in wochenlanger Arbeit für einen neuen Markenauftritt entwickelt hatte. Sie würden die europaweite Kampagne steuern.

Es brandete Applaus am Tisch auf und begeisterte Kommentare machten die Runde. Bis der Chef erneut um Aufmerksamkeit bat.

Dies sei wahrlich ein Anlass zum Feiern. Gegen allen Anstand wurde der Chef erneut von lärmenden Beifall seiner Mitarbeiter unterbrochen. Selbst Henry lächelte verstohlen vor Erleichterung. Die Mühen waren also nicht umsonst gewesen. Henry hatte den Chef während der ganzen Rede nicht aus den Augen gelassen. Wie er da stand, gekleidet in schwarz von oben bis unten, die typische Uniformierung der Architekten und Werbeleute. Dieses unerträgliche Understatement, mit dem an allen Kleidungsstücken irgendwelche Markenembleme auffällig unauffällig zur Schau getragen wurden. Das schwarze T-Shirt zierte über der Brusttasche ein Krokodil. Denn das Reptil von Lacoste war nach Jahren der Missachtung im wahrsten Sinne des Wortes wieder aufgetaucht und nun populärer denn je. Die Hose aus feinster Schurwolle von Ermenegildo Zegna: natürlich mit Emblem. Der Blazer war von Dior, mit schwarzem Einstecktuch und unübersehbarem Logo von Dior. Der Schriftzug von Tom Ford zierte die Bügel der Lesebrille auf dem Tisch.

Und die Schuhe? Wer hättet das gedacht: die Guccischnallen in Hufeisenform waren auf Hochglanz poliert, und mit Sicherheit nicht von seiner Ehefrau. Noch auf der Fahrt ins „Le Ciel Bleu“ hatte Henry leicht verbittert darüber nachgedacht, dass er sich aufrieb für die Firma, unbezahlte Überstunden ansammelte und für seinen Chef, diesen Sklaventreiber, keine wirklichen Sympathien hegte. Schon einige Male hatte er überlegt, seinen Job hinzuschmeissen. Der Chef hatte inzwischen erneut das Glas gehoben.

„Und diesen Erfolg, meine Damen und Herren, haben wir in erster Linie den Ideen von Henry Durant zu verdanken.“

Er nickte in Henrys Richtung und der Beifall schwoll schon wieder an. Nur gut, dass sie im Nebenraum saßen, dachte Henry und nickte leicht verlegen. Der Chef lobte seine Kreativität und sein großes Einfühlungsvermögen in die Belange des Kunden. Sein Durchhaltevermögen bei immer wieder neuen Entwürfen oder Änderungen, besonders natürlich auch die Ausführung der Präsentation. Ja, der neue Kunde war ausgesprochen zufrieden gewesen und hatte grenzenloses Vertrauen bezeugt, dass die Kampagne mit dem Film funktionieren würde.

Der Chef ließ erneut die Gläser nachschenken und enthüllte, dass Henry in den nächsten Tagen mit seinem Büro und seinem Team in die 10. Etage umziehen würde. Das Team klatschte begeistert und johlte. Henry hatte das Gefühl, mitten in einem Fußballstadion zu sitzen. Ein Kellner steckte den Kopf in den Raum, um nach dem Rechten zu sehen.

„Großartig", sagte Henry, nippte an seinem Rotwein und konnte seinen eigenen Enthusiasmus nur schwer verbergen. Dann hatten sich die ganze Schufterei und die vielen Wochenendarbeiten doch gelohnt. Er dachte eine Sekunde voller Wehmut an die zahlreichen geplatzten Verabredungen und die ruinierte Beziehung. Aber nur eine Sekunde lang.

„Die Zehnte ist grandios!", sagte die blondhaarige Praktikantin, die zu dem Projekt erstaunlich brauchbare Texte beigesteuert hatte. Henry nickte. „Die Zehnte" war eine unglaubliche Verbesserung. Da würde er auf einer Höhe mit der Terrasse des Kaufhauses Samaritaine sein und mittags immer sehen können, wer was auf seinem Tablett balancierte, während er selbst gemütlich im Bürostuhl sitzen würde mit einem Kaffee, den er sich möglicherweise in die zehnte Etage würde bringen lassen. Jedenfalls würde er dafür sorgen, dass der Ire weit weg in ein Büro sonst wohin kam, mindestens an das Ende des Flures. Henry überlegte, wo er in seinem neuen Büro die kleine Jeff Koons Plastik aus hochglanzpoliertem Edelstahl mit dem modernen Plexiglas Sockel aufstellen sollte und ob vielleicht eine farbige Wand ihm und seiner neuen Position gut zu Gesicht stehen würde. Ein kräftiger Rotton vielleicht, um seine Kraft und Energie zu demonstrieren. Oder würde man ihm das als Überheblichkeit auslegen? Vielleicht sollte er lieber Orange nehmen. Das erinnerte zwar immer an diese tanzenden Bettelmönche in den Fußgängerzonen mit ihrem nervenaufreibenden Klingeln. Aber die Farbe Orange wäre auch Ausdruck seiner Kreativität und Lebensfreude. Die sich mit jeder Minute, die er an das neue Büro dachte, ein Stückchen steigerte. Fast hatte er das Gefühl, dass die Aussicht auf dieses neue Büro einer Wiederbelebungsmaßnahme in dem anstrengenden Job gleich kam. Sehr erfreuliche Aussichten, dachte Henry.

Ein weiterer Gang wurde aufgetragen. Eine schaumige Erbsensuppe mit geräucherten Gänsebrustscheiben.

„Ein Hochgenuss".

Da war man sich einig in der Runde. Die Kellner schenkten unaufgefordert Wein nach und die Gespräche wurden lauter. Es ging um das Tennisspiel im Tennis Club de Paris des zurückliegenden Wochenendes, das wieder der Vorjahressieger gewonnen hatte. Was man allenthalben als langweilige Wiederholung empfand. Der Platz neben Henry blieb weiter leer, was ihn inzwischen aber nicht mehr störte. Er würde in die 10. Etage ziehen. Das war alles, was zählte. Die Tischrunde diskutierte die neuste Rede des Ministerpräsidenten, die einfach der europäischen Situation nicht gerecht wurde. Es wurden Stimmen laut für die Nation, gegen die Einwanderung, für die Flüchtlinge, gegen die horrenden Unterstützungsgelder, gegen die Globalisierung und auf jeden Fall für die Menschenrechte. Die hitzige Diskussion bildete sowohl die Meinungsvielfalt ganz Frankreichs ab, als auch den ganzen politischen Irrsinn innerhalb von Europa. Jedenfalls musste etwas passieren, darin waren sich alle einig. Henry hörte selig zu, versuchte ein interessiertes Gesicht zu zeigen und träumte weiter von seinem Büro in der 10. Etage. René, der Experte für Logoentwicklung, wechselte das Thema und berichtete von seinem Urlaub in der Bretagne und dem Wasserrohrbruch in seinem Ferienhaus. Woraufhin die Praktikantin feststellte, dass sie zur gleichen Zeit ganz in der Nähe gewesen sei. In ihrer Ferienanlage sei es zu massiven Stromausfällen gekommen, man habe noch nicht mal lesen und kochen können. Und nun sei sie schwanger. Eine öffentliche Beichte, die zur allgemeinen Erheiterung beitrug und gleichzeitig ihre Chance auf eine Festanstellung unter Null drückte.

Die Themen wechselten im Viervierteltakt. Es wurde über Mountainbike- und Pilgertouren gefachsimpelt. Es folgten Anekdoten über Einkaufserlebnisse im neuen Baumarkt in la Défense und

Tipps bei Flohbefall im Kindergarten. Henry erfuhr nebenbei, dass Luc, der Mann fürs Layout, tatsächlich schon drei Kinder hatte. Henry hatte davon keine Ahnung gehabt, obwohl sie jetzt schon drei Jahre zusammen arbeiteten. Luc entpuppte sich als Spezialist für Holzspielzeuge und kannte jede Marke und auch jede Serie der Schuko-Autos. Er sammelt tatsächlich Plüschbären, vornehmlich von der Marke Steiff. Das waren die Bären mit dem Knopf im Ohr, was Henry als Kind schon als Körperverletzung verurteilt hatte. Natürlich durften Lucs Kinder nicht mit den Bären spielen, dazu waren die handgenähten Exemplare einfach zu kostbar. Er hatte Unmengen von Plüschbären und seine Frau hatte bereits mit Scheidung gedroht, weil Keller und Dachboden voll mit Bärenkartons waren. Luc erzählte stolz, er habe deshalb begonnen die Bären ohne Pappkarton in blauen Müllsäcken zu horten. Das Gelächter in der Runde ob dieser Vorstellung war groß. Mit Bären kannte sich Luc offensichtlich sehr gut aus. Dafür hatte er noch nie etwas von dem Center Parc an der Grenze zu Belgien gehört, einem Urlaubsparadies für gestresste Familien. Diese Ansammlung von funktionalen Ferienhäusern und Animationsbereichen, die aktives Familienglück und wohlverdienten Luxus gleichzeitig versprachen. In den garnisonartigen Anlagen bot sich die Möglichkeit, die lieben Kleinen in Dauerbetreuungen unterzubringen, um dann als erschöpftes Elternpaar den Tag unter einer Glaskuppel mit Kunstpalmen, auffällig gechlorten Wasserbecken und dem Lärm – immerhin fremder – Kinder zu verbringen. Claude, die Empfangssekretärin, konnte da erstaunlich ausführlich Auskunft gegeben, was offensichtlich der reichen Enkelschar geschuldet war. Luc hatte aufmerksam zugehört und sich viele Notizen in seinem Moleskine gemacht. Vermutlich würde Lucs nächster Urlaub in dem Kinderparadies stattfinden, flüsterte jemand am Tisch und einige kicherten. Henry selbst hatte zu den Themen wie Spielzeug, Schulauswahl, Erziehung des Nachwuchses und Probleme mit den Lehrkräften keine Meinung. Er war zwar in dem Alter und der beruflichen Situation sich ein, vielleicht sogar zwei Kinder leisten zu können. Aber der Umfang seiner beruflichen Tätigkeit und die damit einhergehende abendliche Ermattung hatten bisher nicht zu einer dauerhaften Beziehung mit einer Frau geführt, die die passende Mutter hätte sein oder hätte werden können. Noch fand er diese Situation nicht weiter beunruhigend, denn sein Vorbild in Sachen Familienplanung war ganz klarer Fall Antony Quinn, der im hohen Alter von 82 und 83 noch zweimal zu Vaterfreuden gekommen war. Es gab also keinen Grund zur Panik.

Die Agenturdamen in der rechten Ecke am Fenster diskutierten über die neue Schuh-Kollektion von Louboutin, einen magischen Eyeliner aus dem Lafayette und über die aufregende neue Frisur von Michelle Obama. Wobei nicht ganz klar war, welche der ständig wechselnden Frisuren sie meinten, denn jede der Marketingdamen schien eine andere Illustrierte gelesen zu haben. Man war sich nicht einig, ob die Kurzhaarfrisur oder die Frisur mit dem lackglänzenden Pony nun die neuste Kreation aus dem Hause Obama war. Die Stimmen wurden lauter und die Damen kamen unisono zu dem Schluss, dass die Friseure heute einfach nicht mehr so waren, wie früher. Jede hatte an ihrer Frisur etwas auszusetzen, was Henry auch verstehen konnte. Denn er stand weder auf ausrasierte Frauenschläfen, noch auf pinkgraue Haarsträhnchen oder grauweiße Haaransätze kombiniert mit schwarz gefärbtem Haar. So etwas ähnliches hatte er zu seinem Leidwesen vor wenigen Minuten bei Marianne Cotinaud entdecken müssen, die, zur gleichen Zeit wie er, dem Bedürfnis nach einem Zigarillo nachgegeben hatte und in den Innenhof des Restaurants geflüchtet war.

„Ca va mon cher?“, hatte sie ihn erfreut begrüßt. Die Kochmütze in der linken und das glimmende Nikotinteil in der rechten Hand, stand sie an eine Mülltonne gelehnt. Als Henry sich beugte, um Marianne mit den obligatorischen Begrüßungsküssen zu bedenken, blieb sein Blick auf ihrer kontrastreich abgestuften, neuen Kurzhaarfrisur hängen.

„Oh“, sagte er nur leise, um sie dann formvollendet zu umarmen.

„T´a changé ton style“, meinte er und versuchte es mit einem anerkennenden Blick, der aber misslang.

Marianne nickte. Beide waren müde von der Woche. Man plauderte über dies und das und andere Nichtigkeiten. Wie sie das schon seit vielen Jahren machten und was zu einer entspannten Vertraulichkeit geführt hatte. Immerhin kannten sie einander seit Henrys fünftem Lebensjahr. Er erzählte, dass seine Familie so beschäftigt sei, er die Rede von Sarkozy gut gefunden habe, über die Anschaffung eines Hundes nachdenke und die Küche in seinem Loft renovieren wolle. Marianne berichtete, dass sich ausgerechnet jetzt Camille im Urlaub befände. Man stellte gemeinsam fest, dass Henry ein wundervolles Briefpapier und eine ebenso großartige Menükarte für das Galadiner des Golfclubs entworfen hätte. Sie sprachen über das Menü des Abends und lachten leise ob der verzückten Gesichter der Marketinggruppe über das Amuse Gueule. Die weißen Wölkchen der Zigarillos vernebelten den Blick auf den vollgestellten Hof. Henry stellte fest, dass er Mariannes gelegentliche Zuneigung zum Nikotin bisher nur vage vermutet hatte.

Marianne stellte sich wie immer auf die Zehenspitzen und er beugte sich zu ihr herunter. Damit sie in seinen kurzen Haaren kräftig wuscheln konnte.

„Deine Beförderung ist die Nachricht des Abends", meinte Marianne.

Nach weiteren Belanglosigkeiten verschwand sie in die Küche, um einen Fischgang (Sankt Petersfisch mit Limettensauce und Linsengratin) vorzubereiten und er begab sich wieder zurück zu seiner Gruppe.

Der Geräuschpegel am Tisch der Agenturleute im „Le Ciel Bleu" hatte nochmals zugenommen. Inzwischen war man beim zweiten Hauptgang angelangt. Es gab Brust vom Perlhuhn mit Spinatgnoccis und Salatbouquet. Und man diskutierte an allen Ecken des Tisches über Politik. Die Luxusschuhe waren kein Thema mehr, man echauffierte sich stattdessen auch an den Tischenden über die Prognosen zur anstehenden Kommunalwahl. Henry versteckte die Langeweile mehr recht als schlecht hinter einem interessierten Gesichtsausdruck. Irgendwann stand plötzlich ein Traum von einem Dessertteller lautlos vor ihm. Jetzt fühlte sich Henry mit dem ganzen Abend komplett versöhnt. Auf einem großen Teller waren ein glänzend dunkles Schokoladenmousse, Schokoladenkekse und Schokoladenstückchen zusammen mit einem Sorbet von

Roter Beete zu einem kunstvollen Arrangement aufgetürmt. Er war sich sicher, dass Marianne ihm zuliebe diese Schokoladenvariation entwickelt hatte.

In dem Moment, in dem Henry sein Weinglas ausgetrunken hatte und beschloss, das kunstvolle Dessertarrangement gezwungenermaßen zu demolieren, erhob sich der Chef vom Tisch.

„Und nun habe ich eine weitere Neuigkeit.“

Die Tür öffnete sich und eine junge Frau betrat den Raum.

„Darf ich vorstellen: Mademoiselle Danielle Girard. Heute Abend erst kurzfristig mit dem Zug aus Lyon angereist, deshalb ihre zu entschuldigende Verspätung.“

Henry betrachtet Danielle Girard teilnahmslos und schleckte an seinem Schokoladendessert. Eine hübsche Blonde mit halblangen Haaren. Er schenkte ihr ein kurzes Lächeln, was sie aber nicht zu bemerken schien. Die Blonde war aufgeregt. Was sie wohl hier machte zu später Stunde und warum hatte sie den ganzen Weg von Lyon auf sich genommen?

Der Chef drehte seinen Bart samt Kopf Richtung Henry. „Diese Neuigkeit ist ganz besonders für Sie, lieber Henry. Ja, es handelt sich eigentlich eher um eine Neuerung. Sie sind sicher mit mir einer Meinung, dass Sie bei diesem großen wichtigen Auftrag etwas Hilfe gebrauchen könnten.“

Henry nickte wortlos. Er schob einen weiteren Löffel Schokoladenmousse in seinen Mund.

„Da steht viel Arbeit ins Haus.“

Henry nickte erneut kaum wahrnehmbar. Wahrscheinlich würde er wieder seinen Urlaub verschieben müssen.

„Bei diesem Auftrag geht es um perfekte Koordination, genauestes Timing und vor allem um zügiges, kundenorientiertes Arbeiten. Mademoiselle Danielle Girard hat da sehr viel Erfahrung und wird Ihnen beistehen.“

Henry konnte sein überraschtes Erstaunen kaum verbergen. Der Chef hatte tatsächlich mitgedacht. Henry fand die Idee sofort großartig. Endlich eine Kraft direkt an seiner Seite, die er mit all den kleinen, aber notwendigen Nichtigkeiten und Zusatzarbeiten beschäftigen konnte. Er schaute sie mit etwas mehr Interesse an. Ja, sie sah eigentlich nett aus, die kleine Blonde. Er würde sie die nächsten Tage am besten zu einem Arbeitsfrühstück einladen. Es war auch anzunehmen, dass sie nicht in einem so lautstarken Ton reden würde, wie der Ire. Doch, ein wirklich schöner Abend, befand Henry zufrieden. Er lächelte.

In dem Moment fuhr der Chef fort:

„Lieber Henry, Mademoiselle Danielle Girard ist ab heute Ihre neue Chefin.“

Henry gefror das Lächeln im Gesicht. Er saß wie versteinert da. Er fühlte sich wie ein Torwart nach dem verpatzten Elfmeter. Nein, das traf es nicht genau. Er fühlte sich bis ins Mark gedemütigt. Adieu orangefarbene Wand, adieu Jeff Koons auf dem Mahagonisideboard. Adieu Büro mit Terrassenblick und Einzelbestuhlung. Henrys Blick streifte den Iren, der mit leerem Ausdruck das Rote Beete Sorbet zu Brei rührte. Augenscheinlich war dem Rotschopf Schadenfreude fremd, was ihn schon fast wieder sympathisch machte.

Es herrschte eine Totenstille im Raum. Diese Art von Stille, die alles Vorherige mit einem Schlag vergessen lässt. Die sich klebrig auf die Stimmung legt und ausnahmslos jeden mit einem scheußlichen Gefühl zurücklässt. Offensichtlich nur den Chef nicht.

Der beugte sich über den Stuhl an seiner Seite und reichte mit schneller Hand den gestreiften Schal an Henry zurück. Er bedeutete der jungen, blassen Frau mit einem übercharmanten Lächeln sich auf den freien Stuhl zu setzen. Henry wehte ein Parfüm entgegen, dessen schwere Komposition lebenslang mit diesem abscheulichen Abend verbunden bleiben würde. Außer dem Geräusch des Stuhles, der sich über den Parkettboden schob, war nichts zu hören.

„So eine Frechheit“, zischte die Praktikantin kaum hörbar. Er würde diese Fähigkeit zur Solidarität in ihrem Arbeitszeugnis zum Ausdruck bringen müssen, dachte Henry durch den Nebel, der ihn zu umgeben schien.

Henry räusperte sich und alle starrten ihn an. Er stand langsam auf und spürte wie sich eine Woge der Entrüstung in ihm breit machte. Die Ungerechtigkeit durchflutete seinen Körper wie die Welle eines Tsunamis. Das konnte er sich nicht gefallen lassen. Nein, das durfte er sich einfach nicht gefallen lassen. Er schlang sich schwungvoll den Schal um den Hals und zog bedächtig das Jacket an.

„Und ich, auch ich habe auch eine Neuigkeit", sagte Henry, schenkte sich in aller Seelenruhe ein Glas Wein ein und leerte es auf einen Zug. Gespannte Stille hatte sich am Tisch ausgebreitet. Die Blonde knetete ununterbrochen ihre Hände und schaute hilfesuchend zum Chef. Henry blickte diesen direkt an.

„Leider müssen Sie ab sofort ohne mich auskommen. Hiermit kündige ich."

Galant verbeugte sich Henry mit der Andeutung eines Handkusses in Richtung seiner Ex-Chefin, auf deren Wangen sich ob der äußerst unangenehmen Situation zwei hektische rote Flecken gebildet hatten.

Dann verabschiedete er sich mit einem knappen Kopfnicken in die Runde und steuerte auf die Tür zu. Die Praktikantin strahlte ihn an. Sie hatte spontan die Hände nach oben gerissen. Wahrscheinlich hätte sie am liebsten geklatscht.

Hanna

Sobald du merkst, dass du dich im Kreis drehst, ist es an der Zeit aus der Reihe zu tanzen.

Hannas Büro in der Firma im siebten Stock war ein Spiegelbild ihrer selbst. Sie hatte sich einen Platz geschaffen, der sie inspirierte und mit dem sie sich wohl fühlte. Sie liebte ihr persönliches Chaos aus Zeichnungen, Stoffmustern, Knöpfen, Borten und Litzen. Überall Türme von Material, Seide, Kashmir, Baumwolle und Organza. Kleider an Stangen und auf Tischen, Taschen und Tücher in Kisten und Schuhe auf dem Sofa. Wer sagte denn, dass Ordnung und Symmetrie am Arbeitsplatz auch automatisch auch Ordnung im Geiste bedeutete? Hanna saß an ihrem Schreibtisch aus recyceltem Tropenholz und wirkte wie eine Prinzessin in ihrer Schatzkammer. Sie nahm ihren Skizzenstift und begann zu zeichnen. Um sie herum lagen Blocks mit blütenweißen Blättern, Bleistiftskizzen, dazwischen Fotos von überirdisch schönen Models, Faxe und Briefe mit Interviewanfragen und umfangreiche To-do-Listen. Sie glaubte an die kreative Kraft der Unordnung, zumindest in diesem Büro und in dieser Firma. Hätte jemand in ihrer Wohnung eine

Schranktür geöffnet mit den akkurat gestapelten Stofftaschentüchern und farblich sortierten Shirts und Pullovern, er hätte nicht geglaubt, dass es sich um die gleiche Person handelte.

Luis steckte den Kopf in die Tür.

„Kaffee?“

„Keine Zeit.“

Hanna hatte die Stirn in Falten gelegt und zuckte entschuldigend die Schultern. Sie wippte mit dem Stuhl.

„Habe ich mir gedacht“, sagte Luis und platzierte aus dem Nichts einen Becher mitten ins Chaos ihres Tisches. Verführerische Kaffeedüfte stiegen auf.

„Wo drückt der Schuh?“

Luis hatte sich in entspannter Lässigkeit auf das türkisfarbene Sofa geworfen.

„Alles gut, ein bisschen viel im Moment“, sagte sie knapp. Sie war erschöpft. Aber sie würde ihm jetzt nicht schon wieder von ihrer Müdigkeit, ihrer Schlaflosigkeit und ihrer Ideenlosigkeit vorjammern. Luis war ein unglaublich geduldiger Zuhörer, ein verlässlicher Kamerad in allen Höhen und Tiefen ihrer Welt. Aber sie wollte ihn nicht überstrapazieren.

Hanna spürte Luis’ neugierigen Blick. Vor ihr auf dem Schreibtisch stand ein Paket, das sie im Begriff gewesen war zu öffnen. Hanna hatte die Mehrzahl der Tage des zurückliegenden Jahres an diesem

Tisch verbracht, jede zweite Familienfeier deshalb abgesagt und sich bei den Freunden unerfreulich rar gemacht. Luis war es ähnlich ergangen, was die beiden im Laufe der fast zwei Jahre zusammengeschweisst hatte. Er entwickelte im Haus Werbung in jeder erdenklichen Form: auf Streichholzbriefchen, kleinen Schreibblöcken, Eiskratzern, Puzzleteilen und Kaffeetassen.

„Der Name Jarell muss überall auftauchen", hatte Lehmann als Marschrichtung festgelegt. Luis setzte das zielstrebig um. Selbst der Coffeeshop um die Ecke verteilte inzwischen Zuckerbeutelchen mit einem Jarell Logo. Die Katalog- und Prospektentwürfe für die Modemarke waren immer plakativ und auffällig und immer den Kollektionen angepasst. Verhandlungen mit Textern, Druckereien oder Logistikunternehmen hatten Luis in kürzester Zeit den Nimbus des Marketingspezialisten verschafft. Sein phänomenales Gedächtnis und seine fast pedantische Art Fehler aufzuspüren verblüfften immer wieder. Für die europaweite Jarell-Marketingkampagne fehlte Luis allerdings die nötige Erfahrung und Kompetenz. Und auch die erforderlichen Fremdsprachenkenntnisse, was er sehr bedauerte.

Nicht nur Hannas, sondern auch sein Privatleben kam zu kurz. Nach Jahren ohne feste Partner hatte sich sowohl bei Luis als auch bei Hanna eine gewisse Illusionslosigkeit eingeschlichen. Es entsprach einfach nicht ihrem Ideal einer Lebensgestaltung, allein durchs Leben zu gehen. Luis hatte wenigstens vor ein paar Wochen diese junge Frau kennengelernt, mit der er immer wieder etwas unternahm.

„Ich bin in der Testphase“, hatte er Hanna erzählt. Er wolle die Beziehungsfähigkeit prüfen. Von Hanna hatte er manchmal das Gefühl, dass sie einfach bindungsscheu war.

„Du könntest dich endlich auch mal richtig einlassen.“

Doch bei wem, dachte Hanna und ging gedanklich die zahlreichen Aspiranten durch. Eigentlich fühlte sie sich auch bereit für eine Partnerschaft, sah sich im Geiste schon Windeln kaufen, Kinderwagen schieben, Grießbrei kochen, Fieber messen und fröhliche Familiensonntage auf dem Spielplatz verbringen. Das absolute Kontrastprogramm zu ihrem jetzigen Lebensentwurf. Zumindest vorübergehend konnte sie sich die Rolle der Mutter und Hausfrau vorstellen Aber es passierte einfach nichts in ihrem Leben in Sachen Liebe, so sehr sie sich das auch wünschte. Nicht etwa, dass sie keine Verehrer hatte. Die Männer kamen und gingen. Aber sie stand machtlos der Tatsache gegenüber, dass gerade die gut aussehenden und intelligenten Exemplare Bindungen jeder Art scheuten und dem Zeitgeist entsprechend spätpubertäre Verantwortungsverweigerer waren. Für diese neue Sorte Männer war die Zeit mit Frauen ausschließlich ein kurzfristiger, wenn auch reizvoller Zeitvertreib. Im Zweifel entschied „Mann" sich dann für Bergsteigen oder Tourengehen mit den männlichen Freunden. Nur keine Verantwortung. Nur keine feste Beziehung. Hanna hatte sich deshalb zum glücklichen Single ausgerufen, auch wenn tief in ihrem Inneren die Stimme nach einer Zweierbeziehung einfach nicht verstummen wollte.

Ihre Singlesituation bot natürlich auch Chancen. Hanna hatte innerhalb von nur sechs Wochen zu der Jarell gewechselt und war niemandem darüber Rechenschaft schuldig gewesen. Auch das reduzierte Gehalt war einzig und allein ihr Problem. Sie hatte ja keine anderweitigen Ausgaben für Kinderkrippe, Schulbücher oder sonstige Anschaffungen, die innerhalb von Familien üblich waren. Dass sie aus unerfindlichen Gründen die Ansprüche, die sie an sich selbst stellte, auf einmal nicht mehr erfüllte, damit musste sie aber auch alleine klarkommen. Der Zeitdruck war belastend, das ganze Arbeitspensum unmenschlich. Der Chef schien allerdings mit den Ergebnissen zufrieden zu sein. Vielleicht würde noch ein Designer eingestellt. Dann würde sie wieder mehr Zeit haben für all die anderen, wunderbaren Dinge im Leben, die sie begeisterten. Sie träumte von den Bergen, egal ob mit Schnee oder Sommersonne. Theater spielen, tanzen gehen und Sprachen lernen standen ganz oben auf einer langen Liste von wunderbaren Möglichkeiten. Zu Hause gab es eine Ecke der „ungelesenen Bücher", die von Woche zu Woche größer wurde. Hannas Defizite türmten sich inzwischen meterhoch. Und nur die Tatsache, dass sie jeden Morgen zum Job eilte, bewahrte sie davor, unter dem großen Berg der Defizite zu versinken. Monat für Monat rückten Träume und Wünsche in immer weitere Ferne. Die Arbeit wurde nicht weniger, sondern mehr. Hanna hatte zwar den „himmlischen Montag" zu Hause zur Verfügung. Sie musste sich aber eingestehen, dass sie immer mehr vor der Arbeit flüchtete. Statt zu zeichnen und die Kollektion weiter zu entwickeln, führte sie lieber ausführliche Telefonate nach Paris, um der Illusion eines Urlaubs in Frankreich zu erliegen.

Irgendwie war sie mit diesem Vorhaben allerdings auch in einer Sackgasse angelangt. Marianne Cotinaud hatte ein Kochbuch geschickt und sich als Telefonpartnerin verabschiedet, weil sie die Auflösung ihres Restaurants betreiben musste. Auch Luis hatte es nicht glauben können, dass sie tatsächlich ihre Michelin Sterne zurückgegeben hatte. Wer tut so was, hatte er gefragt. Orden gäbe man ja auch nur in den seltensten Fällen zurück. Die Michelin-Leute hätten der Sterneköchin doch sicher nichts getan.

„Doch", hatte Hanna fast ein wenig zu heftig gesagt. Sie hatte sehr wohl noch im Ohr, wie Marianne von den Gängeleien und Kritiken und dem Druck erzählt hatte.

Und eigentlich geht es mir genauso so, dachte Hanna. Natürlich war ihre Tätigkeit kreativ und abwechslungsreich. Aber dieser Hochgeschwindigkeitsalltag entwickelte sich zu einem Monster, welches jede Minute ihres Lebens mit Beschlag belegte. Vor wenigen Jahren hatte sie das noch nicht so empfunden. Was war nur los mit ihr? Viele Gedanken nagten an Hanna. Die Telefonate mit Deborah hatte sie jedenfalls auf ein Minimum reduziert. Deborah war ja eine nette Person, aber die Achterbahnfahrten und Dramen mit dem verheirateten Olivier hatte Hanna nur schwer ertragen. Sie hatte es deshalb vorgezogen, die Telefonate doch nicht zur Regelmäßigkeit werden zu lassen.

Die Dame von der kleinen grünen Visitenkarte, Floristin Nathalie, hatte leider keine Zeit mehr, weil sie auf verschiedene Pflanzenmessen fahren musste und sich auch auf einen Floristenwettbewerb vorbereiten wollte. Hanna fand Nathalies Geschichte sehr inspirierend. Die hatte es tatsächlich geschafft und hatte sich aus einer unsäglichen Ehe befreit und den treulosen Ehemann abgeschafft. Bewundernswert, fand Hanna. Diese Entschlossenheit, alles abzustreifen.

Mangels Telefonpartner würde sie sich noch überlegen müssen, wen sie am kommenden Montag anrufen könnte. Wahrscheinlich musste sie doch wieder auf das Telefonbuch von Paris zurückgreifen.

Luis warf einen fragenden Blick auf das Postpaket.

„Wieder Post aus Frankreich“, bemerkte er, denn französische Marken fielen in der Firma immer auf.

Das Paket war diesmal im Süden Frankreichs abgestempelt, in einem kleinen Dorf. Luis bemerkte den Namen Claire in der Adresszeile. Und musste schmunzeln. Natürlich wusste er, dass dies Hannas Pseudonym für die Montagstelefonate war.

„Von wem ist das und was ist das?“, fragte er voller Neugier.

„Von Marianne Cotinaud, der Köchin aus Paris“, antwortet Hanna.

„Du scheinst ihr ans Herz gewachsen zu sein“, bemerkte Luis. „Was macht sie wohl außerhalb von Paris?“

Hanna hatte die Handschrift sofort erkannt. So sauber. Jeder Buchstabe so akkurat und aufrecht. Gestochen scharf und mit eindeutigem Wiedererkennungswert. Eine Schrift, die vordergründig gar nicht so richtig zu der Spitzengastronomin passte. Marianne Cotinaud hatte allerdings auch vor der Ausbildung zur Köchin einen anderen Berufsweg eingeschlagen und einige Semester Mathematik in Montpellier studiert. Ein Fach, in dem es besonders auf Akkuratesse und Gründlichkeit ankam, was sich in ihrer Handschrift lebenslang widerspiegeln sollte. Nachdem sie, aufgrund einer unglücklichen Liebschaft durch mehrere Examen gefallen war und damit die Karriere der Mathematikprofessorin, das war immer ihr Ziel gewesen, ausgeträumt war, hatte sie sich voller Verzweiflung entschieden, dem Werben eines anderen Mannes nachzugeben. Was sich allerdings als großer Irrtum herausgestellt hatte. Marianne hatte eines Tages ihre Koffer gepackt und war nach nach Paris gezogen. Sie übernahm kleinere Jobs, auch Tätigkeiten in der Gastronomie. Sie fand Gefallen am Töpfe schleppen, Kräuter schneiden, Gläser polieren und Rezepte kreieren. Es war nur eine Frage der Zeit gewesen und sie legte eine glänzende Karriere hin, die mit der Eröffnung einer kleinen Brasserie im 15. Arrondissement begann und den Höhepunkt erreichte mit den drei Michelinsternen im Restaurant „Le Ciel Bleu“. Es nötigte Hanna eine unglaubliche Bewunderung ab, dass Marianne diese Situation aufgab. Luis fand es unverständlich.

Beim Öffnen des Paketes kam ihnen ein intensiver, aromatischer Duft entgegen. Hanna beobachtete Luis aufmerksam. Er holte viele kleine Sträuße getrockneter Pflanzen aus dem Paket hervor. Die

Stiele der Pflanzen waren alle mit einem weißen Baumwollfaden straff umwickelt. Irgendwie erinnerten die Sträußchen an die Halsringe der Padaung Frauen, so sorgfältig waren die blütenweißen Fäden geschlungen. Bei den Frauen des birmanischen Bergvolkes thronte über dem durch schweren Schmuck verlängerte Hals der Kopf. Bei den Sträußchen waren es getrocknete Blüten und Blättchen, die aus der Baumwollspirale schauten.

„So etwas habe ich noch nie gesehen", meinte Luis stirnrunzelnd.

„Das sind „Bouquets garnis", antwortete Hanna.

„Du hast wirklich Fortschritte in Französisch gemacht", Luis zog eine Grimasse.

„Könntest du bitte näher erläutern, was es mit diesen getrockneten Sträußchen auf sich hat?"

Das Paket von Marianne Cotinaud enthielt Kräutersträußchen aus verschiedenen, getrockneten Kräutern, die so zusammengebunden zum Aromatisieren von Suppen, Eintöpfen oder Schmorgerichten mitgekocht wurden. Hanna griff nach einem der leicht brüchigen Sträußchen und steckte ihre Nase hinein. Dann neigte sie den Kopf zur Seite.

„Petersilie, Thymian und ein Lorbeerblatt."

Ein handgeschriebenes Zettelchen an dem Bouquet bestätigte sie.

„Basilikum, Pimpinelle und Sellerieblätter", analysierte sie beim nächsten Sträußchen.

„Rosmarin, Bohnenkraut, Zitronenschale in Lorbeerblatt“, erkannte sie die nächsten Zutaten.

„Für rote Soßen“, ergänzte Luis, mit Blick auf das zugehörige Kärtchen.

Es waren Kräutersträußchen aller Art in dem kleinen Paket. Auch für Fisch eines aus Dill, Estragon und Zitronenschale.

„Ich habe nicht geahnt, dass du so ein feines Näschen hast“, sagte Luis und musste niesen.

„Lavendel“, sagte er entschuldigend. Er empfand den Duft noch immer als absolut grauenvoll. Er dachte nicht etwa an die blauvioletten Lavendelfelder in der Provence, sondern an alte Damen mit altmodisch gefassten Brillanten an den Händen, die, gerade vom Mittagsschläfchen erwacht, ihre an den Hinterköpfen platten, silbergrauen Frisuren spazieren führten. Der Niesreiz erschien ihm bei dieser Assoziation nur zu folgerichtig. Hanna beobachtete erstaunt, dass er ein handrolliertes Taschentuch benutzte.

„Lavendel mit seinem blumigen Geruch und der leicht herb-bitteren Geschmacksnote hat ein außergewöhnliches Aroma. Besonders für Lammfleisch oder Hähnchen eignet er sich vorzüglich. Dazu ein schöner kühler Sancerre und das Leben ist schön“, dozierte Hanna und seufzte.

„Ich frage mich gerade, was du hier machst“, meinte Luis.

„Das frage ich mich schon lange“, erwiderte Hanna und spielte an ihrem blonden Zopf.

Henry

Lache das Leben an!
Jean-Paul Sartre

Henry fühlte sich großartig. Auch wenn er sich schuldig fühlte, seine Familie, seine Freunde enttäuscht zu haben. Außer Marianne hatte er erst einmal keinem von seiner Kündigung erzählt. Auch nicht seiner Mutter und ganz besonders nicht seinem Vater, der noch nie eine ernsthafte Rolle in seinem Leben gespielt hatte. Man hatte an Henry und seine steile Karriere bei Dupont+Dupont geglaubt. Diese magische, großartige Werbeagentur, die ihre Angestellten zu Hackfleisch machte, wenn sie nicht alles den Firmenzielen und Firmenaufgaben unterordneten. Was er ja die letzten Jahre mit großem Erfolg getan hatte. Schaffenskrisen kannte er nicht. Ohne Unterlass entwickelte er Ideen für die Agentur, war der kreative Kopf hinter ungewöhnlichen und auffälligen Werbekampagnen in den Printmedien, aber auch im Fernsehen. Henry hatte diese großen Kampagnen für die größte Supermarktkette Frankreichs angeschoben, für einen Sportartikelhersteller, einen Radiosender und für mehrere Modelabel. Er hatte eine völlig neue, nie dagewesene Form der Werbung entwickelt. In seinen Kampagnen konnte nicht mehr zwischen Werbung und Inhalt unterschieden werden. Die Werbung wurde zum Inhalt. Ein komplett neuer Ansatz in der Agenturwelt, die sonst ihre Aufgabe darin sah, die jeweiligen Labels und Markenlogos samt Firmengeschichte oder Firmenaussage in den Vordergrund zu drängen. In Henrys Konzepten verschwanden Produkt oder Firmenlogo weitgehend aus der Kampagne. Nichts sollte sich als Werbung anfühlen. Die Emotion war der Dreh-und Angelpunkt. Die Menschen sollten berührt werden. Unabhängig davon, ob sie zur eigentlichen Zielgruppe des Produktes gehörten.

Für das Konzept einer europaweiten Modekampagne hatte er sich etwas Aufsehen erregendes ausgedacht: einen Kurzfilm mit 20 Protagonisten, die sich nicht kannten und die sich küssen sollten. Nichts mehr und nichts weniger. Dezent zurückhaltend würde das Firmenlogo am Anfang und am Ende des Films auftauchen.

Bei der Präsentation in dem schicken Hotel hatte der Inhaber des Labels diese Art der Werbung erst völlig enttäuscht abgelehnt. Dafür hatte man ihn einfliegen lassen? Für einen schwarz-weiß Film, in dem sich fremde Menschen küssten? Man sollte ein kleines Vermögen zahlen für einen Film, der nicht ein einziges Teil der neuen Modekollektion zeigte, geschweige denn das Markenimage in den Vordergrund stellte? Waren es wirklich Fremde in dem Kurzfilm? Vielleicht war alles nur ein Spiel und würde großen Staub aufwirbeln, sollte es sich um die Vorspiegelung falscher Tatsachen handeln?

Henry hatte sich um Kopf und Kragen geredet. Und gerade als er aufgeben wollte und der Meinung war, dass er es einfach nicht schaffen würde, seine Botschaft zu vermitteln, war ihm völlig unvermittelt eine junge Frau aus dem Team von der Modefirma zur Hilfe geeilt. Was zu Folge hatte, dass der Chef der Firma sich tatsächlich überzeugen ließ. Die Kreativchefin hielt ein erstaunlich leidenschaftliches Plädoyer für Henrys Kampagne, die einfach „anders, spektakulär und besonders wäre". Henry hatte sie als blond und schlank in Erinnerung. Irgendwo auf seinem Laptop gab es ein gemeinsames Pressefoto von dem Termin. Jedenfalls hatte einige spannungsgeladenen Wochen später Dupont+Dupont tatsächlich den Auftrag erhalten, was sein Chef an dem Abend im „Le Ciel Bleu" ja verkündet hatte. Inklusive der Ankündigung einer übergeordneten Chefin. Einen außerordentlich interessanten Auftrag mit fettem Budget. Einen Auftrag, den nun andere an seiner Stelle ausführen würden.

Um elf Uhr abends würde Henrys Nachtzug nach Nimes gehen, wo ein Mietauto für ihn bereit stehen sollte. Es waren dann noch fast zwei Stunden bis nach Saint-Paul-le-Jeune. Das war Marianne Cotinauds Idee gewesen. Sie hatte ihn eindringlich gebeten, sich zu erholen. Er solle abschalten und Kraft tanken. Dass sie der Meinung war, er würde in das Dorf Saint-Paul-le-Jeune in der Normandie reisen, war eine der schicksalhaften Begebenheiten, die sich so nur im Leben ereignen können. Henry war im Begriff, eine Reise in ein Dorf gleichen Namens anzutreten. Ein Dorf, was allerdings nicht im Norden, sondern fast tausend Kilometer entfernt im Süden Frankreichs lag.

Henry kannte Marianne seit seinem sechsten Lebensjahr. Zu diesem Zeitpunkt war Marianne bereits Inhaberin einer kleinen Brasserie namens Flo direkt neben seiner Schule. Jeder Schüler kannte Marianne, weil sie im Sommer auch einen Straßenverkauf betrieb und sündhaft leckeres, hausgemachtes Eis verkaufte. So, wie man einige Menschen halt kennt im Leben, mit denen man nur wenige Worte wechselt oder wo ein „Bonjour“ oder ein „ deux fois chocolat“ reichen muss. Henry liebte die Düfte, die aus der Brasserie strömten. Seine Schule lag direkt neben der kleinen Gaststätte. Täglich musste er dort warten, um abgeholt zu werden. Gekleidet wie alle Kinder in einen blauen Anzug mit weißem Hemd, mit Krawatte in den Farben der Schule und Schuhen, die nach acht Stunden Schulaufenthalt vor Staub kaum zu erkennen waren. Er schaute jeden Tag durch die großen Fenster in die Brasserie, in der schwarzbekleidete Kellner dampfende Schüsseln mit pot au feu, knusprig überbackene Zwiebelsuppen, Flammkuchen, Pasteten und Terrinen, Salade Nicoise und andere Köstlichkeiten durch das Lokal balancierten.

Eines Tages hatte er wie immer vor der Schule gewartet und erst bemerkt, als die Lichter in der Brasserie eingeschaltet wurden, dass man ihn offensichtlich vergessen hatte. Wie sich später herausstellen sollte, hatte der Chauffeur in einem der

Stadttunnel einen Auffahrunfall verursacht und war mit einem Schleudertrauma in eine Klinik eingeliefert worden. Unter Tränen hatte er gestanden, bei der Fahrt immer wieder Witze in einem Heftchen gelesen zu haben. Henrys Vater hatte die Geschichte nicht zum Lachen gefunden und den Chauffeur jeden Cent der Reparaturkosten abarbeiten lassen.

Während der Krankenwagen mit dem Chauffeur in einem Affenzahn in ein Hospital raste, stand gleichzeitig der kleine Henry brav vor der Schule und wartete. Anfangs waren sie eine große Truppe von Schülern gewesen, die alle angestrengt die Straße hinauf und hinunter schauten nach einer vertrauten Person, die sie abholen würde. Irgendwann waren fast alle weg, abgeholt von Mamas, Papas, Omas oder Opas. Allerdings niemand von einem Chauffeur. Die verbliebene Truppe war klein und harrte voller Ungeduld aus. Man hänselte sich gegenseitig, zupfte sich an der Jacke oder stahl sich gegenseitig Taschen oder Turnbeutel. Die Luft war kühl geworden, der Verkehrslärm hatte sich beruhigt. Plötzlich stand nur noch Henry alleine vor dem großen, grauen Schulgebäude. Aus Langeweile starrte er immer wieder durch die erleuchteten Fenster in die Brasserie. Er erinnerte sich genau, wie er damals all seinen Mut zusammengenommen hatte und zögerlich die schwere Tür des Restaurants aufgezogen hatte. Lärm und verschiedenste Gerüche brandeten ihm entgegen. Der Raum war voller Menschen. Wie Marianne vor ihm in die Knie ging, ihm freundlich lächelnd zuhörte und ihn dann fürsorglich an der Hand nahm und auf einen der hohen Hocker vor den Tresen setze. Dort hielt er sich an den polierten Messingstangen fest und konnte sein Glück nicht fassen, als Marianne ihm ein Stück Aprikosen Tarte mit einem sagenhaft großen Berg Sahne vorsetzte.

Irgendwann war dann statt des Chauffeurs die Köchin der Durants aufgetaucht und hatte ihn mitgenommen. Seine Mutter sei bei der Massage, der Papa außerhalb von Paris und der Chauffeur habe leider einen Unfall gehabt, hatte sie lautstark in der Brasserie erklärt. Henry war enttäuscht von dem hohen Hocker gerutscht. Er wäre gerne noch da geblieben. Marianne steckte ihm noch ein frisches Madeleine zu. Von da an war Henry immer wieder nach der Schule zu Marianne Cotinaud in die Brasserie Flo gehuscht. Zu Hause murmelte er etwas von „mehr Schulstunden", was im Hause Durant kommentarlos hingenommen wurde.

Er hatte seinen festen Platz hinten rechts an der Marmor-Theke mit dem Messinggeländer gleich neben der Küche. An Henry wurden dampfende Teller, Tiegel und Tassen vorbeigetragen und so lernte er alles über die französische Küche. Ab und zu hatte er das Privileg, dass ein Probiertellerchen vor ihm abgestellt wurde, was er immer erst aufmerksam begutachtete und dann noch aufmerksamer probierte. Es gab Pot-au-feu mit Tafelspitz, Kaninchen in Senfsauce (lapin a la moutarde) oder gebratene Lammschulter mit Knoblauch und Bohnen. Marianne beobachtete, wie er mit Genuss die Jakobsmuscheln oder den Fischeintopf verzehrte und sich über die diversen Kuchen, Tartes und Cremes hermachte. Kapern und Sardellen mochte er nicht, was sich lebenslänglich nicht ändern sollte. Marianne wartete immer geduldig auf sein Urteil. Ihre Kochkünste waren bodenständig. Alles war raffiniert gewürzt und aus besten Zutaten. Nicht zu vergleichen mit dem Essen, das in der Schule aufgetischt wurde. Henry verweigerte darum immer häufiger die Schulverpflegung und wartete stattdessen mit knurrendem Magen auf die Kreationen von Marianne Cotinaud. Obwohl er in alle Küchengeheimnisse eingeweiht war und zu einem leidenschaftlichen Gourmet avancierte: Henry hatte nicht den kleinsten Hauch einer Ambition, ebenfalls Koch zu werden. Auch später, als er erwachsen war, sagte er immer von sich, er sei lieber ein Gourmet als ein Koch. Zum leisen Bedauern von Marianne. Zwischen ihnen bestand die unausgesprochene Abmachung, dass weder Henrys Mutter noch sein Vater etwas von seinen Besuchen bei Marianne wissen sollten.

Marianne war über all die Jahre ein fester Bestandteil seines Lebens geworden. Auch ohne den Besuch eines Analytikers war ihm klar, dass die kinderlose Marianne sich auf diese Art und Weise ein Stück Familie kreierte. Er selbst fühlte sich von ihrer Mütterlichkeit und Herzenswärme angezogen, die ihm seine eigene Mutter durch die ach so bedeutende und zeitintensive Tätigkeit als Ehefrau eines wichtigen Geschäftsmannes nicht hatte geben können oder wollen. Hier wurden unbemerkt Defizite gestillt, die schlußendlich jedem zuträglich waren.

Marianne nahm intensiv an Henrys Leben teil. An seiner schulischen Laufbahn, dem ersten Kuss, der wiederholten Führerscheinprüfung, Henrys beruflichen Aktivitäten und seinen sportlichen Erfolgen.

Die Geschichte seiner Kündigung bei Dupont+Dupont hatte sie sich in aller Ausführlichkeit mehrfach erzählen lassen und ihn auch darin bestärkt, eine längere Auszeit zu nehmen.

„Ich bin nicht krank“, hatte Henry ihr erklärt.

„Doch, ein bisschen“, hatte Marianne geantwortet, was er erst später verstanden hatte. Sie hatte nicht locker gelassen und für entspannte Tage ein hübsches Dorf empfohlen. Er ließ sich überreden. Montagabend also ging sein Zug.

Als Henry hörte, dass seine Mutter wieder einmal „überaus beschäftigt sei“, folgte er seinem Herzen und rief im „Le Ciel Bleu“ an. Er wollte seine Reise mit einem Abschiedsbesuch bei Marianne Cotinaud beginnen. Das „Le Ciel Bleu“ lag ja quasi auf dem Weg zum Bahnhof, hatte er sich eingeredet.

Er bereute seinen Entschluss aus vielerlei Gründen nicht. Auch, weil er in den Genuss außergewöhnlicher Gerichte kam. Tags zuvor hatte der Golfclub von Versailles ganz elitär, dem Anspruch des besten und ältesten Golfclubs in und um Paris entsprechend, seine Jahresversammlung in dem Gourmetrestaurant abgehalten. Unanständigerweise waren drei Mitglieder grundlos der Veranstaltung fern geblieben. Was Marianne allerdings bei der Rechnungsstellung unberücksichtigt lassen würde. Besonders diese drei Personen würden ihr unentschuldigtes Fernbleiben eines Tages mit an Sicherheit grenzender Wahrscheinlichkeit bedauern. Denn was zu diesem Zeitpunkt noch niemand wissen konnte: Die Tage des Sternerestaurants „Le Ciel Bleu“ waren gezählt.

Die Gastronomin hatte sich für den Golfclub nochmals in ihren Kochkünsten selbst übertroffen. Der Salat aus Bachkrebsen mit Passionsfrucht, Anis und Gurke war himmlisch. Sie hatte sich konzentriert und das feine weiße Fleisch nur dezent gewürzt. Von der Anisnote war nur ein flüchtiger

Hauch wahrzunehmen. Es war immer eine Frage der Menge, hatte sie zufrieden festgestellt. Wie immer im Leben. Bei Gänseleber mit Kaninchen, was sie als zweiten Gang kredenzt hatte, war ihr das ebenfalls hervorragend gelungen. Mit absoluter Perfektion hatte sie die richtige Menge Angostura und Nashi Birne gefunden, die dem Gericht die ansprechende Note aus bitter und süß gab. Sie hatte wieder und wieder die Mengenverhältnisse geändert, überprüft und danach abgeschmeckt. Bis die Befürchtung in ihr keimte, dass Enzianwurzel, Bitterorange, Kardamom, Zimt und Chinarinde ihre Geschmacksknopsen im Mund zum Absterben bringen würden.

Der erstaunten Küchenbrigade hatte sie eine ausführliche Erklärung über das hochprozentige Tonikum zuteil werden lassen. Dass ein deutscher Arzt Angostura gegen die Tropenkrankheit entwickelt habe. Und zwar in einer südamerikanischen Stadt gleichen Namens. In der Küche solle man diesen Starkbitter unbedingt zum Aromatisieren verwenden. Sparsam, wohlgemerkt, mahnte Marianne. In der feinen kleinen Menge war das Zusammenspiel mit Kaninchen und Gänseleber tatsächlich ein unvergessliches Erlebnis.

Marianne hatte für das Essen mit Henry im „Le Ciel bleu“ einen gemütlichen Ecktisch mit Kerzenbeleuchtung in der Nähe zur Küche eingedeckt. Der

Rest des Restaurants lag in Dunkelheit, denn es war Ruhetag. Von den Angestellten war niemand im Haus. Sie stellte Wasser und eine Flasche Rotwein auf den Tisch. Henry kam pünktlich zur verabredeten Zeit und gutgelaunt durch die Tür, begrüßte Marianne herzlich und zog seinen Mantel aus. Dann setzte er sich auf die Bank, öffnete die Flaschen und schenkte Wasser und Wein in die jeweiligen Gläser. Sie prosteten sich zu. Die Stimmung war friedlich und entspannt. Marianne war es auch. Sie verschwand in der Küche. Die Sterneköchin bereitete jedes Gericht höchst persönlich zu. Nach jedem Gang ging sie erneut in die Küche, um gleich darauf mit einer neuen Delikatesse wieder herauszukommen.

„Köstlich", murmelte Henry.

Beim letzten Gang folgte ihr Henry Richtung Küche. Er stand mit einem Glas Wein in der Hand im Türrahmen gleich neben der großen Glasscheibe, die jedem Gast den Blick in die makellose, moderne Küche ermöglichte. Marianne richtete die Dessertteller mit der gleichen Gründlichkeit an, die sie auch für jeden anderen Gast hätte walten lassen. Überall standen Edelstahltöpfe mit Cremes, Soufflés und Eis sowie kleine Teller mit kandierten Früchten, frischem Obst und Backwerk mit Schokoladenüberzug.

„Du bist blass", sagte sie, schaute Henry kurz von

der Seite an, um dann auf dem Blutorangensorbet einen grünen Zweig zu platzieren, der sich später als kandiertes Rosmarin entpuppen sollte. Sie zögerte, dann sagte sie:

„Du hast noch nie Bart getragen, damit wirkst du älter."

„Ich finde Bart steht mir", sagte Henry.

Er betrachtete sein verschwommenes Spiegelbild in der Dunstabzugshaube aus Edelstahl und strich sich über die kurzgeschorenen Barthaare. Henry wusste nicht, ob er aus Trotz, Nachlässigkeit oder dem Wunsch nach Veränderung mit dem Rasieren aufgehört hatte. Eigentlich hatte es sich so ergeben. Nach seinem fulminanten Abgang im „Le Ciel Bleu" hatte er sein Büro nicht wieder betreten und seine persönlichen Habseligkeiten Zug und Zug gegen Schlüssel und Tiefgaragenkarte von einer Bekannten austauschen lassen. Und nun? Henry hatte auf einmal unendlich viel Zeit. Viel zu viel Zeit, wie er fand.

So unendlich viel Zeit, dass er sich im Gegensatz zu früher eigentlich in aller Ruhe hätte rasieren können. Die Prozedur wäre dann sicherlich auch ohne Schnittwunden ausgegangen. Die hatte er sich früher immer allmorgendlich eingehandelt, weil die Uhr ihm unerbittlich im Nacken saß. Allerdings war Henry die Lust auf entspannte und gründliche Rasuren erst einmal vergangen. Wozu auch sollte er sich täglich der kräftig neu sprießenden Barthaare entledigen? Die ersten Tage nach der Kündigung hatte er tagsüber in seiner Loftwohnung vertrödelt. Er hatte schon tagsüber vor dem Fernseher herumgelümmelt mit Litern von Kaffee und abends mit Litern von Wein. Alles, was ihn sonst nie interessiert hatte, hatte er urteilslos über die Mattscheibe flimmern lassen. Absurde Talkshows, Monsterfilme und eine Sendung über schwer vermittelbare Landwirte. Er hatte sogar eine Serie mit insgesamt fünfunddreißig Staffeln über den britischen Adel über sich ergehen lassen und Kindertrickfilme angeschaut.

Das Wechseln des gestreiften T-Shirts befand er für überflüssig und trug ausdauernd und mit Vergnügen immer dieselbe Pyjamahose. Er ignorierte sämtliche Anrufe, jegliches Türklingeln und die Post- und Paketboten. Sein Bart hatte schon nach wenigen Tagen ein ansehnliches Volumen erreicht. Henry war allerdings beim Blick in den Spiegel noch verunsichert, ob er sich mit seinem neuen Gesicht würde anfreunden können.

Die Zeitersparnis durch den Wegfall der Rasur, die noch zusätzlich zu seiner neugewonnen Freizeit hinzugekommen war, hatte sich die ersten Tage als ein ernsthaftes Problem für ihn entpuppt. Ihm fehlte jegliche Aufgabe. Er hatte einfach keine Idee, was er mit sich und seiner neugewonnenen Freiheit anfangen sollte, außer den Pizzaboten zu bestellen, die leeren Schachteln zu verräumen und die verstreuten Getränkedosen in der Wohnung einzusammeln. Er irrte ziellose durch die Räume und stand hin und wieder apathisch in seiner Pyjamahose auf der Dachterrasse. Als er dann aber die schwierigsten depressiven Tage überwunden hatte, wieder ans Handy ging, den Anrufbeantworter abhörte und den überquellenden Briefkasten leerte, hatte er sich so an den Bart gewöhnt, dass er beschloss, dieses männliche Attribut sorgfältig zu pflegen, zu stutzen und zum Bestandteil seines neues Ichs werden zu lassen. Eine neue Herausforderung war es, den richtigen Bartstil zu finden. Ein schwieriges Unterfangen, wie er feststellen musste. Zuerst hatte er mit einem „Undone-Look“ für die Bartbehaarung geliebäugelt. Einen Zustand, den er ja ohne Zutun mühelos nach wenigen Tagen automatisch erreicht hatte.

Aber offensichtlich fehlte es ihm an der dafür notwendigen dreieckigen Gesichtsform. Eine Information, die ein affiger Stylist in einer morgendlichen Fernsehsendung näselnd von sich gegeben hatte. Henrys Kopfform entsprach also per se schon nicht den Voraussetzungen für einen Undone-Look, was er ja quasi geahnt hatte. Er fühlte sich auch unwohl mit dem reinen Wildwuchs. Vielleicht würde das Studium diverser Männermagazine Abhilfe schaffen bei der Suche nach dem richtigen Stil. Für die neuen Hipster-Bärte konnte er sich allerdings auch nicht erwärmen. Dann schon eher ein gepflegter Dreitagebart. Schlußendlich hatte sich Henry dann für einen Bart in der Schnittform „Henriquatre“ entschieden, was nicht nur wegen des Namens sehr gut zu ihm passte. Die Form war sexy und männlich, eine Kombination aus Ziegenbart und Schnurrbart. Sein großflächiges Gesicht kam dadurch gut zur Geltung. Und die natürliche Farbe des Bartes brachte seine grünen Augen zum Strahlen. Er war mit seinem neuen Gesicht zufrieden.

Marianne nahm sich vor, den Bart ebenfalls zu mögen. Sie würde sich schon an Henrys Anblick gewöhnen. An ihrem Ecktisch im Le Ciel Bleu saßen sie über weiteren Köstlichkeiten wie Schokoladentörtchen und zartem Mürbegebäck, bis ein Taxifahrer ungeduldig an der Tür zum Restaurant klingelte, um Henry zum Bahnhof zu bringen.

Marianne nahm ihn in die Arme. Ihr Kopf reichte gerade bis zu seinen Schultern. Es sei eine gut Idee gewesen nochmal vorbei zu kommen, sagte sie mit seltsam rauher Stimme. Henry konnte sehen, wie sie behutsam über die Türklinke ihres Restaurants „Le Ciel Bleu“ strich.

Die Tage auf dem Land waren einsam und erholsam. Henrys blasser Hautton wich einer natürlichen Frische. Er hatte sich auferlegt, das Handy nur jeden zweiten Tag anzuschalten und ziellos in den Tag hinein zu leben. Er schlief so lange und so ausgiebig, wie er wollte. Der kleine Landgasthof, in dem er der einzige Gast war, war geradezu ideal für dieses Vorhaben. Er frühstückte jeden Morgen in einem kleinen Café und machte ausgedehnte Spaziergänge. Er verbrachte seine Zeit zwischen Nichtstun, Tagträumen und Zeitungslesen. Ein Rhythmus, der ihm gut tat. Nach einigen Tagen kam seine Unternehmungslust zurück und Henry tourte mit dem Leihwagen durch die Bilderbuchlandschaft. Das Auto hatte sich zu seiner Freude als eine sehr gut erhaltene „Ente", ein Citroën 2CV, entpuppt, mit Polstern im Hahnentritt-Muster und originalen Radkappen aus Chrom. Gemütlich tuckerte das Gefährt durch die Gegend. Mit geöffnetem Verdeck und einem Schal um den Hals war das ein wunderbares Vergnügen. Das Wetter war herbstlich mild.

An einem Mittwoch, er war nun fast schon drei ganze Wochen in Saint-Paul-le-Jeune, beschloss er, in das Bergdorf Banne zu fahren. Der Wirt hatte ihm das empfohlen. Der Markt in Banne sei einen Besuch wert. Es sei eine wirklich lohnende Tour.

Was Henry da noch nicht ahnen konnte war, dass er in Banne nicht ankommen würde.

Da es sonnig war und Henry die Zeitung vom Vortag schon zweimal durchgearbeitet hatte, erschien ihm eine kleine Fahrt in der Ente eine gute Idee. Er verstaute eine Flasche Wein im Kofferraum, man konnte ja nie wissen, packte seine Kamera ein und setzte einen Hut auf, den er in einem hübschen Laden in Paris noch vor seiner Abfahrt erworben hatte. Die schwarzgraue Dachplane des Citroën 2CV war schnell geöffnet. Das Radio dudelte unter einem Dauerrauschen dahin. Henry fuhr durch die fast menschenleere Gegend. Er traf einen Reiter mit Hund, einen Hund ohne Herrn und eine kleine Gruppe von Rennradfahrern, was so typisch war für die Gegend. Aus heiterem Himmel tauchten diese Trupps plötzlich auf, meistens völlig überraschend nach einer Kurve. Es war ratsam, sich vor diesen Radfahrergeschwadern in acht zu nehmen. Sie strampelten teils hintereinander, teils nebeneinander im immer gleichen Takt, mit intensiv roten Köpfen unter bunten Helmen. Ganz gleich wie die Statur war, jeder trug eines dieser körperbetonten, atmungsaktiven Shirts, die Henry vor mehreren Monaten für einen Sportartikelhersteller auf großen Plakaten beworben hatte. Die Radler zeigten ihre haarlosen, Sonnenöl glänzenden Waden, die aus farbenfreudigen Schuhen emporwuchsen. Die Truppe vor Henry bestand aus mindestens 20 Fahrern. Die Herbstsonne blendete. Er traute sich auf der kurvenreichen Strecke nicht, den großen Radlertrupp zu überholen und verlangsamte die Geschwindigkeit. Was sich gut anfühlte. Er hatte ja endlos viel Zeit, wie er erstaunt feststellte. Plötzlich sah er ein großes Holzschild am Straßenrand.

„A vendre". Zu verkaufen. Unmittelbar daneben begann eine große Plantage mit knorrigen Apfelbäumen, deren Äste sich schwer zu Boden neigten unter ihrer Last. Wie schön, dachte Henry, also gab es Äpfel zu kaufen. Er würde welche erwerben! Er trat auf die Bremse und bog direkt neben dem Schild in einen schmalen Feldweg ein. Unter den Bäumen sammelte ein Mann Äpfel und legte sie behutsam in große Körbe.

Henry stieg aus dem Auto und betrachtete fasziniert die Fülle der Äpfel in den Körben. Eigentlich hatte er die Frage „wer sind Sie?" erwartet, aber das schien den Alten nicht zu interessieren. Der polierte in aller Seelenruhe einen der Äpfel.

„Schön, oder? Es sind wundervolle Äpfel. Alte Sorten, wissen Sie."

Der Mann reichte ihm ein großes Exemplar. Henry biss begeistert in das saftige Fruchtfleisch.

„Niemand will die Äpfel, niemand will die Arbeit, niemand will die bäuerliche Tradition."

Der Bauer stemmte beide Hände ins Kreuz:

„Finden sie hier mal Leute, die Äpfel auflesen. Pah!", sagte er. „Alles bleibt an mir hängen."

Henry nahm seinen Hut ab und stellte sich vor. Wenig später saßen die beiden Männer im Schatten eines Apfelbaumes und waren ins Gespräch vertieft.

Eine Fahrradklingel ertönte. Und eine zierliche, junge Frau bog in den Feldweg. Sie schenkte Henry ein kurzes erstauntes Lächeln, was dieser betont ungezwungen erwiderte.

„Salut Grand Père et voila", sagte sie, kam schwungvoll mit dem Rad zum Stehen und schnallte einen Korb ab, der randvoll mit Leckereien gefüllt war. Das Fahrrad war außergewöhnlich. So außergewöhnlich wie Viola selbst, die Enkelin des Apfelbauern Georges Sillon. Das Rad war über und über mit roten und pinkfarbenen Plastikblumen und, wie Henry richtig vermutete, falschem Efeu geschmückt. Viola wirkte in ihrem langen Rock und den flatternden Haaren wie die Fee aus einem Märchenbuch. Henry musste unweigerlich lächeln. Sie und ihr Fahrrad wären perfekt für eine Werbekampagne. Zum Beispiel für französische Bioprodukte wie Butter, Käse oder hausgemachte Marmelade, ging es ihm durch den Kopf. In seinem Kopfkino sah er Viola schon über eine saftige Wiese tanzen, mit diesem Korb und ihrem wirklich unwiderstehlichen Lächeln. Im Hintergrund eine Schafherde, blauer Himmel und natürlich blühende Apfelbäume. Einmal Werbemensch, immer Werbemensch, dachte Henry grinsend.

Kurze Zeit später saßen sie dann zu dritt unter dem Apfelbaum und teilten sich die Brotzeit. Viola zauberte wahre Köstlichkeiten aus dem Korb. Eine feine Pastete aus Entenfleisch, Baguette, einen ganzen Camembert sowie eine halbe Salami. Henry steuerte seine Flasche Rotwein bei, die ganz zufällig vor der Abfahrt Richtung Banne im Kofferraum des Citroën Platz gefunden hatte. Der Apfelbauer Georges schenkte sich erfreut ein Glas ein. Während Henry mit seinem Taschenmesser einige Äpfel in Apfelschnitze verwandelte, begann Georges mit einer Einweisung in den Obstbau und die Gegend. Henry schaute immer wieder diskret zu Viola hinüber.

„Er liebt seine Apfelbäume wie kleine Kinder", sagte sie mit verschwörerischer Miene.

„Einen Obstbaum, den man bei seinem Namen nennt, ist kein anonymer Baum mehr, der einer Kettensäge versprochen ist; das ist vielmehr ein Freund, den man bewahrt", rezitierte Georges.

„Dieses Zitat hat Grand Père auf der Versammlung des Vereins zum Erhalt von Streuobstwiesen für sich entdeckt", murmelte Viola und unterdrückte ein Gähnen.

„Und wieviele Apfelbaumfreunde haben Sie?", fragte Henry und biss in eine weitere Scheibe wirklich knusprigen Baguettes.

Grand Père Georges nahm einen kräftigen

Schluck Rotwein und holte tief Luft.

„Oh nein!“ sagte Viola in gespielter Verzweiflung und sprang auf.

„Grand Père wird Ihnen jetzt alle Sorten runterbeten und Ausführungen über die Sortenvielfalt machen, bzw. was man aus seinen Äpfeln alles großartiges herstellen kann und warum er das Schild aufgestellt hat, etc.etc.etc. Deshalb radle ich wieder nach Hause“, sagte Viola und gab ihrem Großvater drei schnelle Küsse auf dessen stoppelige Wangen. Der lächelte seine Enkelin liebevoll an.

„Salut tous les mondes, aber die Geschichten kenne ich zur Genüge!“

Und schon war sie samt Korb auf ihrem märchenhaften Fahrrad verschwunden. Ihre Vorhersage trat ein. Den Rest des Tages verbrachte Henry nicht etwa in Banne auf dem Markt, sondern bei der Apfelernte im intensiven Gespräch mit Georges Sillon.

„Das Alphabet besteht aus 24 Buchstaben, wissen Sie. Reicht es, wenn ich je eine Apfelsorte pro Buchstabe nenne?“

Und der Apfelbauer begann mit Albertin, Barberiot, Cabarelle, über Demoiselle, Fleurette, Jeannetonne bis Mallières, Ronda, Souris und Versauger und Yeux-Creux.

Henry war sprachlos.

„Das sind alles Apfelsorten?“, fragte er erstaunt,

während er hoch oben auf einer altersschwachen Leiter balancierte und sorgfältig Äpfel in einen Korb legte.

Georges schaute zu ihm hoch:

„Es gibt an die 700 Sorten. Sie kennen wahrscheinlich nur die sechs bis acht Sorten aus dem Supermarkt, nicht wahr?"

Henry nickte. Er stellte fest, dass Apfelsorten bisher keine besondere Rolle in seinem Leben gespielt hatten. Im Supermarkt griff er stets nach denselben Äpfeln. Er mochte entweder die grasgrünen Granny Smith oder Äpfel mit roten Bäckchen, möglichst säuerlich und mit weißem Fruchtfleisch. Bisher hatte er lediglich registriert, dass alle Äpfel immer in Sechser—Packs appetitlich glänzend auf Plastikschalen unter Zellophan verpackt waren.

Georges begann die Geschichte seiner Apfelplantagen zu erzählen und Henry hörte zu. Er hatte das Gefühl, in eine fremde Welt einzutauchen, mit so vielen Informationen und Aspekten, die ihm völlig fremd waren. Er war begeistert und pflückte ununterbrochen weiter, während Georges dankbar war über den interessierten Zuhörer.

„Sehen Sie sich diese Streuobstwiesen an. Das sind alte Apfelsorten, keine neumodischen Züchtungen. Von meinen Vorfahren gepflanzt tragen die Bäume heute noch Früchte."

Georges erklärte, dass Streuobst ohne Pflege

nicht funktioniere. Er war in seinem Element.

„Ist der Baum überlastet mit Obst, geht alle Energie in die Äpfel. Er trägt sich tot, wenn man ihn sich selbst überlässt. Mit dem naturnahen Schnitt atmet der Baum auf. Jedes Jahr wird geschnitten. Die Äpfel sehen die Sonne und deshalb schmecken sie dann auch."

Henry hatte langsam genug vom Apfelpflücken. Er verspürte plötzlich einen Anflug von Kreuzschmerzen. Georges hatte trotz seiner fast 74 Jahre offensichtlich eine unerschöpfliche Energie.

„Ein Verlust der Apfelsorten bedeutet auch einen Verlust an biologischer Vielfalt. Eine Bedrohung für die menschliche Entwicklung. Wir müssen uns kümmern, junger Mann", sagte Georges und biss in einen Apfel.

Henry zog bereits in Erwägung, jährlich in die Apfelplantage zu reisen, um beim Schneiden und später beim Ernten zu helfen. Die einen unterstützen Kaffeebauern in Peru oder Äthiopien. Warum nicht in Südfrankreich die alten Apfelsorten vor dem Aussterben bewahren? In dem Moment sagte Georges:

„Und deshalb suche ich einen verantwortungsvollen Nachfolger. Jemanden, der meine Plantage kauft und weiter pflegt und bewirtschaftet."

Henry musste an das große Schild neben der Plantage denken. Ach so, dachte er. George wollte also nicht Äpfel verkaufen, sondern gleich seine ganze Plantage.

Fünf Stunden und 10 Minuten hatte Henry mit Apfelernte und Apfelwissen verbracht. Er wusste nun, dass die alten Apfelsorten deshalb besonders für Apfelwein geeignet waren, weil sie weniger Fruchtzucker enthielten. Dass es besser war, für die Apfelweinproduktion gelagerte Äpfel zu verwenden, da die das Aroma besser entfalteten, weil sich die Stärke im Apfel in Zucker umwandelt. Das verbesserte die Gärfähigkeit. Er erfuhr alles über Apfelkuchen, Apfelgelee und Apfelmus und hätte aus dem Stand eine großartige Kampagne für den Apfelbauern ausarbeiten können. Aber der wollte ja verkaufen, denn niemand in seiner Familie hatte Interesse an der großen Plantage, die nichts als Arbeit bedeutete und offensichtlich nicht genug abwarf. Georges drei Söhne hatten sich zu seinem Leidwesen für langweilige Bürojobs entschieden, die neben regelmäßigen Lohnzahlungen auch regelmäßige Rückenbeschwerden und Venenleiden vom Sitzen einbrachten. Seine zahlreichen Enkel wollten entweder studieren oder wie Viola in die Welt reisen. Eine Welt, die so viel größer und schöner schien als der Landstrich in den Cevennen im Süden Frankreichs.

„Natürlich kommen sie eines Tages zurück“, weissagte Georges. Aber so lange könne er nicht warten und die Apfelbäume schon gar nicht.

„Schluss für heute!“, hatte Georges auf einmal erklärt und hinter einer Hecke ein rostiges Fahrrad hervorgeholt. Während Georges Sillon in die eine Richtung radelte, fuhr Henry langsam im 2CV in die andere Richtung zurück zum Landgasthof. Er schlief wie ein Stein.

Am nächsten Morgen, gleich nach dem Frühstück, rief Henry bei seiner Bank in Paris an, um seine Kontostände abzufragen. Drei Tage später gab er wehmütig die Ente am Bahnhof zurück und stieg wieder in den Zug nach Paris.

Deborah

Du wirst den Richtigen niemals finden, solange du den Falschen nicht loslässt.

Margrit Somberger

Salut Claire,

ich hoffe, es geht Ihnen gut. Bitte entschuldigen Sie nachträglich meinen Anruf am Montag, vor allem zu so früher Stunde. Sie klangen noch ganz verschlafen. Aber bevor Sie an Ihrem „französischen Montag" wieder unbekannte Menschen anrufen, hatte ich vor, mich erneut für ein Telefonat anzubieten. Es war wirklich kein Problem für mich, dass sie keine Zeit hatten. Aber es gibt so viel zu erzählen, wissen Sie. Bei unserem Telefonat hätten Sie Ihr Vokabular auch nochmals deutlich ausbauen können. Damit das auf jeden Fall passiert, werde ich Ihnen nun die neusten Neuigkeiten schreiben. Warten Sie mit dem Lesen bis zum Abend. Am besten Sie holen sich einen Rotwein dazu, denn mein Schreiben wird lang. Ich empfehle an dieser Stelle ausnahmsweise einen Wein aus unserem Nachbarland Spanien, einen jungen Rioja Alos 1888 Joven. Dieser Rotwein wurde mir ges-

tern Abend in der Brasserie Bofinger zu einem Hirschbraten empfohlen. Dort vertraut man sonst immer nur auf französische Weine. Ich sage Ihnen, der spanische Tropfen war großartig. Nicht zu viel Säure, weiche Tannine und eine wundervolle, dunkelrote Beerenfarbe. Es ist zwar kein Marques de Murietta. Und schon gar kein mit Parkerpunkten überhäufter „Artadi Vina el Pison" von dem Weinmacher Juan Carlos de Lacalle. Aber dieser junge Rioja wird Ihnen gefallen. Er ist in seiner Preiskategorie ein echter Geheimtipp. Denn wenn ich es richtig in Erinnerung habe, dann kann Ihr Portemonnaie zur Zeit sowieso nicht strapaziert werden. Und da wäre der junge Rioja, sowohl was Ihre Finanzen als auch was das Geschmackserlebnis angeht, geradezu perfekt.

Also, sitzen Sie? Stellen Sie sich vor, am letzten Freitagmorgen klingelte das Telefon, während ich im Büro über Bilanzen brütete. Die Luft war stickig. Wahrscheinlich war es sogar dunstig im Büro. Denn anders kann ich es mir nicht erklären, dass ich nicht auf die Telefonnummer geschaut, sondern einfach zum Hörer gegriffen und mich gemeldet habe. Habe ich es schon erwähnt? Wir arbeiten zu zehnt in einem Raum. Das Arbeitspensum leidet. Eine ungeliebte Situation, aber Fakt. Ich greife also zum Hörer, nichtsahnend und automatisiert und melde mich wie immer mit einem kurzen

„Bonjour". Und was hörte ich am anderen Ende der Leitung?

„Bist Du es, ma chérie?"

Es war Olivier! Ich traute meinen Ohren kaum. Er war es tatsächlich, frisch aus dem Karibikurlaub zurück. Er habe sich leider nicht aus der Karibik melden können, die Verbindung sei einfach zu schlecht gewesen und das Hotel liste auch jeden Anruf mit Telefonnummer auf. Da habe er wegen seiner Frau keinen Anruf riskieren können.

Ausrede über Ausrede. Für wie einfältig hält er mich eigentlich? Ein Luxushotel mit einer schlechten Telefonverbindung zur Außenwelt? In der Karibik, in der jeder Quadratzentimeter touristisch und auch sonst erschlossen ist? Außerdem besaß er doch ein Handy?

Ich war sprachlos und stumm wie ein Fisch. In der Büroumgebung hätte ich allerdings sowieso nicht viel erwidern können, auch wenn ich gewollt hätte.

Olivier kam in Fahrt und legte los. In einem leisen, verschwörerischen Ton. Er stehe noch am Flughafen, direkt am Gepäckband, warte dort auf die Koffer. Seine Frau sei, wie alle Frauen nach einem Flug, schnurstracks in den WC-Bereich verschwunden, was ihm ausreichend Zeit gäbe mich, seine wahre und einzige Geliebte, anzurufen. Er vergehe vor Sehnsucht. Nun stehe er also herum, das leere Gepäckband eiere quietschend an ihm vorbei und er halte Ausschau nach den Koffern. Seine Frau habe wieder mal viel zu viel mitgenommen. Und zusätzlich dann auch noch in der Karibik eingekauft. Gehäkelte Hängematten für die Kinder, exotische Gewürze, verschiedene Rumsorten, Gehäuse von Fechterschnecken für die Pooldekoration. Die und die scheußliche, holzgeschnitzte Skulptur eines Liebespaares in eindeutiger Pose müssten zu allem Ärgernis auch noch verzollt werden. Er hätte seiner Frau den Hang zu solch einem Kitsch garnicht zugetraut, bemerkte Olivier mit müder Stimme, als wollte er mein Mitleid erheischen. Er könne es auch kaum erwarten, mich zu sehen. Er habe für das große Wiedersehen ein wirklich exklusives Hotel ausgewählt, das Lutetia. Das Lutetia! Kennen Sie dieses imposante Hotel aus der Belle Epoque? Sündhaft teuer und besonders bei den Arabern ob seiner Opulenz beliebt. Was für ein Eingeständnis seines schlechten Gewissens! Olivier war überschwänglich, euphorisch und wenn ich es anmerken darf auch leidenschaftlich und feurig in seiner Wortwahl, bis er abrupt unterbrechen musste, weil seine Frau am Gepäckband auftauchte.

Ich hatte wortkarg in alles eingewilligt und war völlig verwirrt. Eigentlich hatte ich mir nach den Telefonaten mit Ihnen, liebe Claire, ein Konzept zu-

recht gelegt. Ich hatte nicht ans Handy gehen wollen, hatte auf keine Nachricht reagieren wollen. Ich hatte sogar erwogen meine Telefonnummer zu ändern und eventuell umzuziehen. Aber mit einem Anruf an einem gewöhnlichen Freitag im Büro hatte ich nie und nimmer gerechnet. Aber jetzt... seine Stimme zu hören hatte mich aufgewühlt. Mich beschlichen ernsthafte Zweifel, ob ich diesem wunderbaren Mann würde wirklich dauerhaft böse sein können. Ich spürte wieder diesen Anflug von Magie. Genau ihn, Olivier, wollte ich doch. Nur ihn. Niemanden sonst. Das ganze Wochenende überlegte ich hin und her. Er schrieb mehrere wunderbare Nachrichten. Und ich ertappte mich dabei, dass ich selbst am Samstagabend beim Essen mit Freunden dauernd auf das Handy starrte, bis irgendjemand mein Gerät einfach umdrehte. Sonntag gegen Mitternacht erklang wieder dieser spezielle Klingelton, mit dem sich eine Nachricht von Olivier ankündigte. Es war eine zauberhafte kleine Liebesnachricht. Ich war so unglaublich erfüllt von Sehnsucht nach diesem Mann, der sich ganz offensichtlich auch nach mir verzehrte. Nein, ich würde unsere Liaison nicht beenden können.

Am Montagmorgen stopfte ich Zahnbürste, ein paar Makeupsachen und ein Schlafshirt in eine größere Tasche. Ich war nervös. Denken Sie nur, wir hatten uns ja fast drei Wochen nicht gesehen.

Es regnete leicht. Gegen Mittag nahm ich statt des Autos die Metro und war zügig am Boulevard Raspail im 6. Arrondissement. Ich hatte mein auffälliges Auto lieber in meiner Straße zurückgelassen. Eine meiner Arbeitskolleginnen hat nämlich im 6. Arrondissement Verwandtschaft. Und eine andere trifft sich manchmal im Lutetia mit ihrer Mutter zum Kaffee. Ich wollte unter keinen Umständen erkannt werden oder beim Betreten oder Verlassen dieses Hotels gesehen werden. Was hätte ich sagen sollen? Sicherheitshalber hatte ich deshalb auch eine Brille aufgesetzt, diese dunkle Brille aus der vorletzten Chanelkollektion, mit Gläsern, groß wie Untertassen. Ich sage Ihnen, die perfekte Tarnung. Nicht nur bei Trauerfeiern, sondern auch bei derart delikaten Zusammenkünften.

Es war wie immer. Ich holte den Schlüssel an der Rezeption ab, wie stets hinterlegt für mich auf den Namen „Habibati“. Neben mir stand ein Scheich in langem, weißen Gewand, der mich wortlos und durchdringend anschaute. Ich versichere Ihnen, er hat sofort gewusst, dass es um ein Stelldichein ging. Es war ein hochnot peinlicher Moment für mich. Demonstrativ legte ich die Hand mit dem falschen Ehering auf den Rezeptionstisch. Aber ich hatte das Gefühl der Scheich durchschaute alles. Da ich noch Zeit hatte, drückte ich mich ein wenig im Foyer herum. An niedrigen Tischen saßen verliebte Paare, die sich wieder und wieder mit Champagnerkelchen zuprosteten und selig lächelten. Einige Herren in Anzügen, die sich nur erfolgreiche Geschäftsmänner leisten können, bestellten unauffällig teuren Wein, Austern und Gänseleber in glasierten Keramiktöpfen. Kellner reichten hier und da Häppchen, stellten silberne Tabletts mit Tee, Gebäck und Getränken aller Art auf die Tischchen. Ich griff einfach zu, denn ich war hungrig. Es war ein geschäftiges Treiben, die Stimmung angenehm gedämpft, was auch den voluminösen Teppichen zu verdanken war.

Im Zimmer begrüßte mich romantische Musik und der Fernseher mit dem Schriftzug „Welcome Madame Habibati". Ich hängte meine Jacke auf einen der zahlreichen Mahagonibügel und stellte die Schuhe ordentlich nebeneinander in den Flur. Diese Handlung gibt immer das Gefühl, man sei zu Hause angekommen, finden sie nicht?

Das Hotel Lutetia kümmert sich übrigens hervorragend um seine Gäste. Auf einem Beistelltischchen befanden sich eine silberne Etagere mit Macerons von Ladurée, hochglanzpoliertes Obst, eine Konfektschale mit erlesenen kandierten Früchten von Foucher und natürlich Champagner. Eine große Flasche in einem silbernen Kühler mit Eis. Die Macerons habe ich als erstes farblich sortiert und in einem Quadrat auf dem Glastisch angeord-

net. Das sah unglaublich modern aus. Auf einem anderen Tisch prangte ein überdimensionaler Strauß roter Rosen in einer Kristallvase. Das kleine Kärtchen daneben war nicht vom Management, sondern von Olivier: „Für immer Dein, sehnsuchtsvoll Olivier". Ich freute mich. Keine Frage. Aber irgendetwas schien dem Kärtchen zu fehlen, denn dieser Satz hätte mein Herz noch vor Wochen in die Luft springen lassen. Vielleicht vermisste ich Konfetti oder Luftballons oder eine andere und vor allem deutlich atemberaubendere Liebeserklärung? Alles wirkte wie der Abklatsch unseres ersten Treffens, an das ich mich erinnere, als sei es erst gestern gewesen. Der Text auf dem feinen Kärtchen und sogar die Farbe der Rosen waren genau so gewählt, wie beim ersten Rendezvous. Nur dass wir damals in einem unscheinbaren Hotel in Fontainebleau gewesen sind. Es hatte einen Champagner gegeben. Ich erinnere mich noch genau, einen eleganten Ruinart rosé.

Langweile ich Sie? Ich werde mich kürzer fassen. Im Hotel zeigte ein Blick auf meine Armbanduhr: Die Zeit rückte vor und vor. Ich war leicht schläfrig. Auf der Straße vor dem Hotel konnte ich ein ständiges Kommen und Gehen exklusiver Autos und noch exklusiverer Insassen beobachten. Im Zimmer inspizierte ich aus Langeweile jede Schublade, probierte im Badezimmer die Seifen- und

Cremepröbchen und lag mal auf dem Bett und mal auf der Chaiselongue. Auf dem Flur war das lebhafte Geschwätz der Hausmädchen zu hören, unterbrochen von brummenden Staubsaugern und leise quietschenden Koffertrolleys. Ab- und Anreisen waren in vollem Gange und ich wartete und wartete. Auf meinen Geliebten Olivier. In diesem wundervollen Hotel, der wahren Verkörperung des Art Déco. Im eleganten Zimmer Nummer 307 in der dritten Etage. Die zahlreichen Illustrierten waren irgendwann gelesen, ich kannte den Hausprospekt samt Restaurant- und Spa-Öffnungszeiten fast auswendig. Die Digitaluhr am Fernseher zeigte unerbittlich den Ablauf meiner Wartezeit. Olivier kam tatsächlich mit einer Verspätung von mehr als drei Stunden. Liebe Claire, Sie können sicher verstehen, dass die Flasche Champagner eine derartige Verspätung nicht überlebt hat. Ich habe immer wieder ein bisschen eingeschenkt. Plötzlich war die Flasche leer. Sogar von den Macerons waren auf einmal nur die Papierchen übrig. Und kandierten Früchte habe ich verspeist, denen ich sonst nichts abgewinnen kann. Aber mir fehlte einfach die Dreistigkeit, um den Zimmerservice für ein schönes Omelette zu bemühen. Anständige Erziehung lässt sich offensichtlich auch in kritischen Lebenssituationen nicht verleugnen. Ich war mir jedenfalls auch unter dem Einfluss des Champa-

gners sicher, dass meine Mutter mir davon abgeraten hätte, meinem Geliebten weitere Kosten aufzubürden. Normalerweise habe ich sogar immer eine Wasserflasche bei mir, weil mir die Getränke in der Minibar so unerschwinglich erscheinen.

Jedenfalls war ich in großartiger Form, als es kurz vor 15.00 Uhr an der Zimmertür klopfte. Als ich die Tür öffnete, trat Olivier gewohnt schwungvoll ins Zimmer. Er sah umwerfend aus. Karibik gebräunt, ein Hemd mit himmelblauen Streifen und weißen Manschetten, dunkler Anzug, ein gepflegter Dreitagebart mit vereinzelt grauen Haaren. Seine Zähne strahlten, wie überhaupt der ganze Mann strahlte, als sei nichts gewesen. Ich empfing Olivier in gespielt eisiger Stimmung. Er versuchte, mich zärtlich an sich zu ziehen und zu küssen, doch ich wich zurück.

„Hallo Chérie. Wie habe ich dich vermisst“, sagte er. Ich verzog keine Miene, zog mich etwas weiter zurück in den Raum und stand mit dem Rücken vor dem Tisch. Auf keinen Fall wollte ich, dass er die geleerte Champagnerflasche und die Konfektschale mit den verwaisten Maceronpapierchen sah.

Plötzlich ging Olivier vor mir auf die Knie in gespielter Reue. Ich beobachtete mich und konnte kein echtes Glücksgefühl feststellen. Ein klein bisschen Genugtuung, nun gut. Aber mehr auch nicht. Ich fand es irgendwie überdramatisch, an der

Grenze zur Lächerlichkeit.

„Bitte vergib' mir. Ich liebe nur dich. Es war unverzeihlich diese Urlaubsgeschichte nicht vorher mit dir zu besprechen. Ich muss es einfach zugeben, ich war zu feige dazu. Aber ich verspreche dir, alles wird gut. Gib mir Zeit und ich werde mit meiner Frau reden."

Plötzlich hielt er mir eine geöffnete Samtschachtel entgegen, aus der mir etwas entgegen glitzerte. Ich konnte den Inhalt nicht genau erkennen. Ich fühlte mich wie in einer Achterbahn, denn plötzlich leuchtete ein winziger Hoffnungsschimmer am Horizont. Ich hielt mich krampfhaft am Tischrand fest, um nicht zu schwanken. Lautlos segelten ein paar leere Maceron-Papierchen zu Boden. Wollte er mir tatsächlich einen Antrag machen, einen Liebesbeweis für die Ernsthaftigkeit seiner Worte? Würde ich in naher Zukunft Frau Rouen sein, die offizielle Frau an seiner Seite? Ich starrte Olivier erwartungsvoll an.

„Ich habe dich so vermisst." Es klang wie Glück verheißende Musik in meinen Ohren.

„Ich habe dich so vermisst, meine wunderbare Montagsfrau". Ich traute meinen Ohren nicht. Montagsfrau? Und genau in diesem Moment passierte es. Ich hatte das Gefühl, mir würde eine Maske vom Gesicht gerissen. Montagsfrau. Er hatte es auf den Punkt getroffen. Genau das war

ich, die Frau für das montägliche Schäferstündchen. Nicht mehr und nicht weniger. Damit hatte er ausgesprochen, was ich lange einfach nicht hatte wahrhaben wollen. Ich war eine Geliebte. Nur das. Eine Geliebte, die immer nur auf die Montage eines jeden Monats wartete. Gut genug für eine Liaison, die Stundenfrau im Hotel, immer wieder montags. Bereit auf Abruf, ständig wartend auf ein Liebeszeichen, womit ich mich und meine Hoffnungen über Wasser hielt. Weihnachten, Ostern, alle Feiertage verbrachte ich in dem Bewusstsein, dass er diese Tage wieder bei seiner Frau und seiner Familie war und ich tröstete mich mit dem Gedanken an den nächsten Montag. Mir wurde auf einmal mit erschreckender Klarheit bewusst, dass er seine Frau niemals verlassen würde. Niemals. Es waren nackte, leere Versprechungen von einer Zukunft, die niemals gemeinsam stattfinden würde. Montagsfrau hatte er mich genannt. Ein fataler Fehler. Das letzte Fünkchen von Sentimentalität in mir war schlagartig erloschen. Meine Eifersucht auf seine Ehefrau und Familie hatte sich in Sekundenschnelle in Luft aufgelöst. Meine Wünsche und Sehnsüchte platzten wie Seifenblasen und zwar endgültig. Montagsfrau. Ich bebte vor Wut. Wie unglaublich, dass Olivier mich all dieser Jahre beraubt hatte und immer nur meine Hoffnung nährte.

Einem plötzlichen Impuls folgend nahm ich die Rosen aus der Vase und begann, sie energisch zu entblättern. Theatralisch, finden Sie? Aber mir war einfach danach zu Mute. Wenig später erinnerte das Zimmer an den Film American Beauty, nur dass nicht Mena Suvari in einer Traumsequenz erschien, sondern ich die Hauptrolle spielte.

Olivier versuchte, mich zu beschwichtigen.

Und je mehr Olivier mich anflehte, desto gleichgültiger wurde er mir. Und als er wieder anfing mit Liebesschwüren und dem leeren Versprechen auf ein gemeinsames Leben, da platzte mir endgültig der Kragen.

Ich gebe zu, angetrunken wie ich war, habe leicht geschwankt, als ich da vor dem Brokatvorhang stand. Aber so viel war mir klar: Würde ich jetzt nicht handeln, würde die Liaison einfach so weitergehen. Trotz einem dreiviertel Liter Veuve Cliquot war meine Stimme klar und deutlich. Ich war fest entschlossen und sagte: „Ich gehe. Für immer".

Olivier klappte das Kästchen und seinen Mund gleichzeitig zu.

„Warum?" stieß er hervor.

Ich sagte nichts mehr. Keine Erklärung, keine Szene. Ich packte meine Tasche, meine Jacke und ging langsam Richtung Tür. Es war ein schauspielreifer Abgang. Die Schuhe in der Hand, habe ich dann das Zimmer verlassen. Der Gang war leer, der Teppichboden watteweich unter meinen Füßen. Mir war etwas schwindelig. Ich breitete die Arme aus und balancierte auf einer Linie des Teppichmusters. Die Kristallleuchter an der Decke glitzerten um die Wette. Aus unerklärlichen Gründen erinnerte ich mich plötzlich an meine Ballettlehrerin, die ich so unerträglich fand. Wie oft hatte sie mich als Übung wieder und wieder mit hoch erhobenem Haupt durch den Ballettsaal schreiten lassen. Ich lief in dem Hotelflur so kerzengerade wie möglich, was mich in meiner Selbstsicherheit nur so beflügelte. Ich hätte mir in dem Moment zugetraut, ganz wie die afrikanischen Frauen, stundenlang ein Gefäß auf dem Kopf zu balancieren. Es fühlte sich gut an. Die Louboutin Schuhe waren an ihren Riemchen an meiner Tasche befestigt. Niemand schien sich daran zu stören. Draußen vor dem Hotel hatte es aufgehört zu regnen und in den Pfützen spiegelte sich die Sonne. Als ich so barfuß vor dem Hotel stand, sah ich plötzlich den Scheich neben mir. Wahrscheinlich habe ich es mir nur eingebildet, aber irgendwie schaute er mich freundlich an.

Hanna, Sie ahnen es vielleicht. Es ist dabei geblieben. Es ist Schluss. Schluss, aus, Äpfel.

Kein Hoffen, kein Warten mehr, keine leeren Versprechungen und unhaltbaren Liebesschwüre.

Freie Montage ohne Heimlichkeiten und Lügen. Meine Mutter weiß es noch nicht. Aber sie wird sich freuen, denn sie war nie mit dieser Liaison einverstanden, aus Gründen, die ich Ihnen ein anderes Mal erzählen werde. Irgendwie kann ich es noch kaum glauben. Aber es fühlt sich richtig an, zumindest meistens.

Ich habe jetzt montags ungewohnt viel freie Zeit. Deshalb sortiere ich die Unterwäsche, habe die Socken farblich neu arrangiert und alle Schubladen beschriftet. Sämtliche Bleistifte sind gespitzt und der Größe nach auf dem Schreibtisch angeordnet. Unnötig zu sagen, dass ich auch für die Küche neue Ordnungsprogramme entwickelt habe, einfach und doch effektiv. Meine Wohnung hat eine schöne, aber überschaubare Größe, was bedeutet, dass ich mit all diesen Aufräumereien fertig bin. Also um genau zu sein, ich langweile mich nun. Nicht nur am Montag, sondern auch an den anderen Abenden. Als Sozialisierungsmaßname in einen Fitnessclub einzutreten ist für mich sinnlos. Ich hege intensive Liebesgefühle für Fahrstühle und würde nie auf die Idee kommen, stattdessen zu Fuß zu gehen. Jede Art von Bewegung ist mir zuwider, was man mir allerdings kaum ansieht. Die Gene, Sie verstehen. Ich bin wahrscheinlich die unsportlichste Person in ganz Paris. Der Gedanke, ich müsste mit anderen schweißgebadeten Menschen in geschlossenen Räumen irgendwelche Turnübungen machen, ist für mich völlig absurd. Die Ballettstunden in meiner Kindheit habe ich schon zutiefst gehasst. Eine Abwechslung für mich zum jetzigen Zeitpunkt wäre da tatsächlich, mich mit Ihnen zu unterhalten. Da ich aber nicht davon ausgehen kann, dass Sie und ich immer montags telefonieren werden, habe ich mich für Montagskurse an der Sorbonne eingeschrieben. Der Hörsaal ist erfreulicherweise im Erdgeschoß. Ja, da staunen Sie, oder? Ich habe im Rahmen eines Studium Generale für Hörer aller Fakultäten zwei Vorlesungen belegt. Einmal Medizinische Soziologie und dann „Überblick über die Literatur- und Kulturgeschichte Spaniens". Das ist auch der Grund, warum ich mich zur Zeit nebenher mit spanischen Weinen beschäftige. In Theorie und Praxis. Das hat auch die Anschaffung eines Getränkekühlschranks erforderlich gemacht, der natürlich auch akribisch beschriftet und durchorganisiert wurde.

Außerdem habe ich mir eine Schildkröte gekauft. Stellen Sie sich vor, das erste Haustier in meinem Leben. Denn in meiner Kindheit kamen Haustiere nicht vor. Beide Eltern haben gleichermaßen deutlich artikuliert, dass eine Tierhaltung auf Bauernhöfe gehört. Meerschweinchen, Katzen und Hunde würden nur Dreck und Arbeit machen. Was ich von meiner Schildkröte nicht behaupten kann. Sie sitzt in einem Glaskasten, frisst Salat und Möhren. Sie wirkt gelassen, ist ausgeglichen und redet nicht. Da ich in letzter Zeit angefangen habe, mich mit Politik zu beschäftigen, erschien es mir auch unter den Aspekten der Völkerverständigung eine gute Idee, das Tier auf den Namen Frau Merkel zu taufen. Was sagen sie dazu? Der Name Ihrer Kanzlerin klingt wirklich entzückend und passt wunderbar zu dieser besonnenen Schildkröte. Nur auf eine Merkel-Raute dürfen wir wohl nicht hoffen.

Ab nächster Woche habe ich erst einmal Urlaub. Noch kann ich es garnicht glauben. Frau Merkel nehme ich natürlich mit. Nach meiner Rückkehr werde ich mir erlauben, Sie anzurufen, um Neuigkeiten auszutauschen. Das ist doch sicher in Ordnung für Sie, oder?

Ich grüße Sie herzlich noch aus Paris

Deborah

PS: Sie sagten, Sie hätten meine Telefonnummer von einer Marianne Cotinaud. Ich kenne niemanden mit diesem Namen persönlich. Wenn es sich um die Köchin aus dem Marais mit dem Sternelokal handelt: Ich war noch nie dort essen, weil ich diese dezimierten Portionen und gekünstelten

Kompositionen in der Sternegastronomie einfach lächerlich finde. Soweit ich gelesen habe, macht die Cotinaud das Restaurant auch zu und hat sogar die Sterne an Michelin zurückgegeben.

PS2: Damit ich die innerliche Distanz zu meinem Ex-Geliebten, die ich nach der Trennung aufgebaut habe, auch aufrecht erhalten kann, wird sein Name übrigens nicht mehr über meine Lippen kommen. Unter keinen Umständen, auch nicht schriftlich. Sicher können Sie das verstehen, und wenn nicht, auch gut. Ich nenne ihn jetzt nur noch Monsieur O. Das steht für charakterloser, verantwortungsloser, feiger, eitler, egoistischer Pfau!

Wahrscheinlich hat jede Frau irgendwann in ihrem Leben so einen Monsieur O . Was für eine unbeschreibliche Zeitverschwendung.

Hanna

Klug sein hat noch nie einen Menschen
an Dummheiten gehindert.
Stefan Zweig

Hanna saß an der Überarbeitung der Kollektionsteile. Der Schreibtisch war übersät mit Skizzen. Wie hatte Napoleons Kaiserin Josephine gesagt: „Die Mode verlangt es“. Jede französische Frau war bereit, Opfer zu bringen für die neuesten Modetrends. Das hatte ihr auch Deborah in einem der Montagstelefonate bestätigt. Sei es eine strenge Diät, um dann in enge Röhrenjeans zu passen, oder Armmuskeln zu trainieren für körperbetonte Shirts – alles machte die Französin, sofern es nur dem Tragen neuester Mode diente. Was im Trend lag wurde eilig erworben. Am besten noch vorbestellt, bevor die allgemeine Auslieferung in die Läden begann. Das galt allerdings nur für die Französin. Die deutsche Frau dagegen stellte bei dem Thema Mode vor allem die Vernunft in den Vordergrund. Würde sie das Teil auch wirklich anziehen und wenn ja wann? War es auch praktisch genug? Brauchte sie das neue Teil überhaupt?

Hanna wollte mit den neuen Kollektionen diesem Denken und Anspruch gerecht werden. Selbstbewusst bis romantisch waren ihre Entwürfe. Und dabei praktisch. Hanna hatte sich für die neue Kollektion für Bikerboots zu langen Kleidern entschieden. Sie hatte flauschige, leichte Wollstoffe für Pullover ausgewählt und sich für das Spiel der Kontraste bei den Jacken entschieden. Die Idee stand. Während sie müde versuchte, ihre Skizzen auszufertigen, musste sie unvermittelt an den zurückliegenden Abend denken.

Das Abendessen in dem Szenelokal hatte einen unerfreulichen Ausgang genommen. Hanna musste allerdings zugeben, dass das wahrscheinlich auch an ihr gelegen hatte, dass der Abend nicht den Verlauf genommen hatte, den sie und wahrscheinlich auch ihr Begleiter sich vorgestellt hatten. Sie war schlicht und ergreifend schlecht gelaunt. Die vergangenen Wochen hatte sie bereits diese Übellaunigkeit entwickelt, die selbst Luis aufgefallen war.

„Nichts kann man dir recht machen“, hatte er gemurmelt und Hannas Büro weiträumig gemieden.

Angefangen hatte alles mit den Modeschauen. Ihr Chef hatte darauf bestanden, dass möglichst viele der Schauen zu besuchen waren. Es ginge immerhin um Networking, hatte er ihr deutlich klar gemacht. So hatte Hanna einige der zart parfümierten Antwortkärtchen zurückgeschickt und sich bei mehreren Events während der Modewochen angemeldet. Sie war ambivalent. Ein bisschen freute sie sich auf eine Abwechslung vom Büroalltag. Ein bisschen scheute sie diese exaltierten Einladungen. So rannte sie von Event zu Event. Die Schau der „Jungen Designer“ hatte dann bei ihr das Fass zum Überlaufen gebracht.

An einer roten Ampel auf der Fahrt dahin hatte der Blick in den Spiegel leider bestätigt, dass sie genauso aussah, wie sie sich fühlte: müde, gestresst und grau. Sie parkte drei Straßen entfernt vom Ort des Geschehens und versuchte zu retten, was zu retten war. Lippenstift in einem kräftigen Rot, Wimpern tuschen, Rouge auftragen. Wie alle Frauen war sie geübt darin, alles mit Hilfe des mickrigen Rückspiegels zu bewältigen und auch noch den belustigten Blicken der Spaziergänger standzuhalten.

Hanna hatte ihre große Beuteltasche mitgenommen, die auch die neuen Schuhe von Max Mara mit den unverschämt hohen Absätzen beherbergte. Genau vier Häuser entfernt vom imposanten Palais Rosenberg, in dem die Modenschau stattfinden sollte, tauschte sie ihre Turnschuhe gegen die aufregend neuen, aber äußerst unbequemen Schuhe. Nur Ihnen zu liebe, Robert Lehmann, murmelte Hanna verbissen. Mit den High Heels schraubte sie sich automatisch um deutliche acht Zentimeter in die Höhe. Damit überragte sie unübersehbar fast alle Fashionistas, die in einer langen Schlange vor dem Eingang warteten. Dort hatte man tatsächlich einen roten Teppich ausgelegt. Man begrüßte sich, küsste und knutschte und umarmte sich. Die Leute drehten sich nach Hanna um, was diese zu ignorieren versuchte. Im Foyer herrschte dann friedliches Gedränge. Die Frauen musterten sich untereinander leicht verstohlen. Pelze und Jacken, alle aus den neusten Kollektionen, wurden nicht etwa abgelegt, sondern bewusst zur Schau gestellt. Vereinzelt sichtete Hanna auch männliche Gäste, die in ihren schrillen Kleidungsstücken wie verirrte Papageien wirkten. Da waren gepunktete Pullunder, eigentlich eher Relikte vergangener Zeiten, kombiniert mit auffällig gemusterten Hosen. Die Herren trugen an nackten Füßen pelzgefütterte, offene Schlappen und auf den Köpfen Pudelmützen oder Schirmkappen. Hanna entdeckte einen großen, goldenen Ring in einer roten Herrennase. Zwei männliche Gestalten glänzten durch Ohrschmuck, der wahrscheinlich in Afrika zu einem Stammeskrieg geführt hätte. Insgesamt war bei der Mehrzahl der anwesenden Männer leider zu bedauern, dass diese eher ihrem eigenen Geschlecht zugeneigt waren, als dass sie sich für Frauen interessierten.

Vor einer riesigen Wand mit den Namen der Sponsoren standen die Leute Schlange, um zu posieren und von einem blasierten Profifotografen ins rechte Licht gerückt zu werden. Fotos, die schon Sekunden später im Worldwideweb die Runde machen würden. An verspiegelten Tischchen im Foyer saßen erschöpfte Damen und griffen unauffällig dezent nach Obst, das sehr dekorativ in farbigen Schalen angerichtet war. Hanna holte sich ein Wasser aus einem der zwei Kühlschränke und starrte auf ihre Eintrittskarte und das Programmheft. Rechts neben ihr hörte sie jemanden erzählen, dass auch die Designerin der Vorjahresschau anwesend sei. Eine andere Fashionista berichtete von ihrem Abend in dem It-Restaurant, an dem sie neben zwei wichtigen Schauspielerinnen aus Hollywood gesessen habe. Die hätten in den appetitlichen Speisen auf den großen Tellern nur zögerlich herumgestochert und ausschließlich Wasser getrunken. Im Bereich der Damen-Toiletten hätten die zwei Frauen dann einer dritten Schönheit vorgeheult: ihre Figuren, ihre Frisuren und vor allem ihre Gesichter, alles sei eine einzige Katastrophe. Alles faltig und runzlig, alles vollkommen ausser Form. Dass das keiner merken würde wäre nur den Künsten der Stylisten zu verdanken. Ihren körperlichen Zustand hätten alle Drei als bestürzend beklagt. Nur diese neuen Corsagen wären in der Lage, den Bauch zusammenzuquetschen. Allerdings wäre das Atmen mit den Kunststoffanzügen eine Katastrophe. „Ich bin so hässlich“, hatte die hübscheste von ihnen gejammert und im gleichen Atemzug von einem neuen Millionenvertrag bei einer Kosmetikfirma berichtet. Hanna überlegte fieberhaft und wegen des Getümmels leider vergeblich, in welche Ecke sie fliehen könnte, um mit solchen Informationen nicht ihre Gehirnzellen zu ruinieren. Von dem Restaurantbesuch und dem unglaublich wichtigen Toilettengespräch kam die Truppe neben Hanna unvermittelt auf Politik zu sprechen. Eine Frau mit auffälliger Haarfarbe berichtete, dass sie die Tageszeitung abgeschafft hätte. Trotzdem wusste sie ausgezeichnet Bescheid über die neusten Fettnäpfchen, in die der amerikanische Präsident hineingetreten war. Sie kannte den Namen und die Geschichte der Cellistin, die demnächst im großen Konzertsaal auftreten würde und sie wusste über das Wetter der kommenden Wochen in ganz Europa bescheid. Genau so perfekt, wie der Meteorologe aus dem Wetterkanal. Mit einem hässlich grünen Smoothie in der Hand plapperte sie ununterbrochen weiter und erntete ausschließlich zustimmendes Nicken ihrer Zuhörer, die nicht den Hauch einer Chance hatten, zu dem Gespräch auch nur einen einzigen Satz beizutragen.

Hanna konnte ihr Glück kaum fassen, als sie eine kleine Frau in einem schlichten schwarzen Kleid erkannte. Die Redakteurin einer großen Modezeitschrift, die ebenfalls verloren wirkte und beinahe schüchtern an ihrem stillen Wasser nippte. Hanna bahnte sich zielstrebig einen Weg durch die Menge, griff währenddessen nach einem Bio-Keks in einer Schale und begrüßte erfreut die Redakteurin. Die Freude war ganz offensichtlich auf beiden Seiten. Während Hanna auf dem trockenen Dinkelkeks herumkaute, tauschten sie Neuigkeiten aus, über die nächste Zeitschriftenausgabe, die Kollektion von Hanna und die Modebranche im Einzelnen und im Besonderen.

Hanna hatte das Gefühl, dass sie sich mit diesen Plaudereien wie Ertrinkende gemeinsam über Wasser hielten.

„Die Mode ist teilweise so untragbar geworden", meinte die Redakteurin. Hanna konnte dem nur zustimmen.

„Was hat sich geändert? Die Körper der Frauen haben sich verändert...", sagte Hanna.

„...und dem wird einfach keine Rechnung getragen", fügte die Redakteurin hinzu.

„Wir sind noch meilenweit davon entfernt, das Bild der ranken, überschlanken Frau aufzugeben".

Sie kramte in ihrer Miniaturtasche nach einem Lippenstift.

„Wir müssten auch viel mehr in regionale und vor allem ökologisch korrekte Produktion investieren", setzte sie hinzu. „Aber ich laufe da gegen Wände, wenn ich vermehrt eine Berichterstattungen in dieser Richtung vorschlage."

„Das sage ich auch immer“, empörte sich Hanna. Wie oft hatte sie vorgeschlagen, mit fair gehandelter Wolle zu produzieren oder einen Produktionsstandort vor Ort aufzubauen, statt die Kollektion in Billiglohnländern herstellen zu lassen. Wie gerne würde sie einen sinnvollen Beitrag zu der oft sinnlosen, absurden Modewelt beitragen.

„Was halten Sie von ökologisch vertretbaren Lederhandtaschen?“, fragte Hanna mit gedämpfter Stimme. Sie versuchte den Blick der Redakteurin auf eine Shoulderbag in kreischendem Rotton zu lenken, den eine künstlich Blonde demonstrativ auf dem Schoß liegen hatte.

„Hundertprozentig mit vergiftender Chemie gefärbt.“

„Und von Fingern allerärmster Frauen zusammengenäht.“

„Die modebewussten Frauen stört das nicht.“

„Unerträglich.“

Es klingelte genau so wie im Theater nach der Pause. Die nette Redakteurin verabschiedete sich und verschwand in die Richtung der Plätze, die extra für die Presse ausgewiesen waren. Hanna saß auf einer unbequemen Holzbank eingepfercht zwischen zwei unbekannten Frauen, die sich wie alle an ihren Einladungskärtchen festhielten. Man stellte sich höflich vor, tauschte Visitenkarten aus und wartete dann wortlos gemeinsam auf den Beginn der Schau. Zwei stark geschminkte Personen betraten den Raum und gingen zu Geräten, die, so mutmaßte Hanna, Musikinstrumente neuerer Art waren. Waren das Männer oder Frauen?, überlegte Hanna. Vielleicht gehörten die zu dieser neuen Sorte der nicht genau geschlechtlich zu definierenden Menschen? Die Geräte wurden kraftvoll bearbeitet und brachten eine Mischung aus Rapp, Hipp Hopp und Marschmusik hervor. Tonfolgen und Untöne. Nichts, an was sich Hanna jemals wieder erinnern würde. Aber es funktionierte ausgezeichnet für die Schau. Die Menschen im Raum unterbrachen ihre Gespräche und richteten ihre Aufmerksamkeit weg von den unbequemen Bierbänken hin zu der Laufstrecke, die hoffentlich gleich bevölkert werden würde. Wie aus dem Nichts tauchte das erste Model auf. Beine und Hals erinnerten Hanna stark an eine Giraffe. Das klapperdürre Ding trug Stiefel mit Absätzen, die Hannas Schuhabsätze noch um ein Deutliches übertrafen. Wie man darin überhaupt gehen konnte, war Hanna ein Rätsel. Jedes Model sollte eigentlich frühzeitig eine Krankenversicherung wählen, die eine Einhundertprozentleistung für Orthopädiebehandlungen garantierte. Und dann dieses grässliche, schlauchartige Kleid aus armeegrünem Kautschuk mit goldenen Troddeln und Stickereien.

Die Models trugen nicht nur untragbare Mode zu

Schau, sondern auch völlig versteinerte, reglose Gesichter. Alles hatte etwas apokalyptisches und, wie Hanna fand, furchterregendes.

„Scheußlich", murmelte die Nachbarin zu Hannas rechter Seite und es war nicht ganz klar, ob sie das Kleid aus Fellresten meinte, oder die künstliche Glatze des Models. Das arme Ding hatte man offensichtlich gezwungen eine speckige, hautfarbene Haube über den eignen Haaren zu tragen. Kleidsam ging anders.

„Nichts lenkt ab von dem Kleidchen", erläuterte eine Stimme hinter Hanna diese Maßnahme.

„Extravagant", sagte die Nachbarin zur linken, die unter einem grell eingefärbten Echtpelz klaglos schwitzte. Hanna fand alles nur lächerlich. Sie fühlte sich stark an das Märchen „Des Kaisers neue Kleider erinnert". Konnte es sein, dass hier wegen der weltbekannten Sponsoren, wegen der besonderen Location und dem ganzen Drum und Dran eine Art unkritische Akzeptanz Einzug gehalten hatte? Oder waren sie vielleicht doch bei der Sendung „Verstehen Sie Spaß" gelandet?

Diese selbstverliebten, vor sich hin hampelnden Musiker, die dürren Mannequins mit den absurden Kreationen. In einer ungesunden Lautstärke hämmerten stakkatohafte Rhythmen durch den Raum. Und immer neue, magere Models mit seltsamen Umhängen, durchscheinenden Hosen, gepolsterten

Jacken und schwindelerregend hohen Schuhen staksten auf den freien Flächen zwischen den Bänken hindurch. Hannas Gedanken kreisten um dies und das, während immer neue Models sich an den Zuschauern vorbei stöckelten. Hanna überlegte, was würde wohl passieren, wenn sie aufstünde und nach dem deutlichen Statement „So ein Mist!“ in brüllendes Gelächter verfallen würde? Ein weiteres Model mit einem Rock aus Kautschuk und mit Federboa über den Schultern stampfte zu der Marschmusik an ihr vorbei. Hanna überlegte kurz, ob es vielleicht doch sinnvoll wäre, in die neue Kollektion Kautschukelemente einzubauen. Immerhin war es ein reines Naturprodukt. Sie konnte das entgeisterte Gesicht ihres Chefs schon vor sich sehen und verwarf den Gedanken so plötzlich, wie er aufgetaucht war.

Während Hanna auf das nächste Model wartete, beobachtete sie die illustre Gästeschar. Die Gesichter waren fast alle auf einer Gesichtshälfte verdeckt. Denn beinahe ausnahmslos alle hatten ihre Smartphones vor dem Gesicht kleben und erstellten Fotos oder Videoclips, die postwendend in die weite Welt geschickt wurden.

Hannas Blick blieb an der netten Redakteurin hängen, die auch um Fassung zu ringen schien.

Am Ende der Veranstaltung rannten die jungen, verhungerten Designer im Laufschritt durch die

Reihen. Ihre Köpfe bewegten sich im Takt der Musik schnell vor- und rückwärts, seitwärts und im Kreis. Die spärlichen Haare flattern.

„Headbanging“, stellte Hannas Nachbarin zur Rechten fest.

Auch die Jungdesigner verzogen keine Miene. Die Gästeschar klatschte artig und dezent verhalten, was Hanna allerdings nicht unbedingt auf die Kollektion als vielmehr auf die snobistische Haltung der Leute zurückführen wollte. Alle erhoben sich betont langsam von den billigen Bänken und spazierten in übertrieben aufrechtem Gang zum Ausgang. Jedem stand in Leuchtschrift auf der Stirn geschrieben: „Sehen Sie mich? Erkennen Sie mich? Ich bin es doch!

„Und die Karawane zieht weiter“, flüsterte Hanna der netten Redakteurin zwinkernd zu. Diese Modeveranstaltung hatte Hanna mehr als je zuvor als einen unerträglichen Affenzirkus empfunden. So viele unwichtige Leute, die sich durch Fotos und Selfies mit vermeintlich wichtigen Modemenschen erhöhen wollten. Diese Modeschau mit an Lächerlichkeit kaum zu überbietenden Kleidungsstücken.

Hanna stand verloren vor dem Palais Rosenberg und entschied kurzer Hand, keine weiteren Events mehr zu besuchen. Wie so oft in letzter Zeit hatte sie ernsthafte Zweifel an ihrer Jobwahl. Je mehr sie mit Mode zu tun hatte, desto übertriebener und oberflächlicher fand sie den ganzen Zirkus. Sie würde die Modewoche für sich abschließen und mit einem chicen Abendessen in männlicher Begleitung beenden. Quasi eine kleine Normalisierungs- und Trostmaßnahme. Sie rief Luis an. Der schied leider als Walker aus, denn er hatte tatsächlich schon zum zweiten Mal Kristina aus dem Modeladen am Start. Diesmal wollte er sie in ein Boulevardtheater ausführen.

„Damit sie in mir gleich den kultivierten Partner erkennt", hatte er Hanna am Telefon erklärt. Hanna arrangierte sich daraufhin zügig ein Blinddate übers Internet. Über die neue Internetplattform DOT, was „dine out together" hieß, meldete sich umgehend ein ausgehwilliger Mann im passenden Alter.

Schon eine halbe Stunde später fuhr ein röhrender Porsche 911 Targa vor. Hanna war sprachlos. Wegen der Farbe, einem irrwitzig hässlichen Blau und wegen des Solarium gebräunten Prinzen am Steuer. Das konnte nur sagenhaft weitergehen, nach diesem märchenhaften Beginn. Wenig später landete sie in Begleitung dieses Schönlings ausgerechnet in dem Szene-Lokal, von dem auch die Gäste auf der letzten Modenschau gesprochen hatten. Beim Betreten des Restaurants jedenfalls hatten sich alle umgedreht. Ausnahmslos alle. Frauen wie Männer gleichermaßen. Was Hanna noch nicht ahnte war, dass sie mit dem Beau an ein verwöhntes, egozentrisches und ausgesprochen langweiliges Exemplar von Papasöhnchen geraten war. Die Entscheidung für High Heels war jedenfalls richtig gewesen. Ein gemütlicher Tisch war für sie reserviert. Und der Beginn des Abends mit frischen Austern und eisgekühltem Champagner war vielversprechend.

Aber leider hatte dieses Männermannequin, das auch noch Romeo mit Vornamen hieß, außer gebleachten Zähnen, einer imposanten Haarmähne und einem überdimensionierten Sixpack unter dem anliegenden T-Shirt weiter nichts zu bieten. Den blauen Porsche natürlich noch, aber sonst wirklich gar nichts.

So etwas kam halt auch bei Männern vor, hatte Hanna entnervt festgestellt, nachdem auch beim vierten Thema kein Gespräch in Gang kam. Die dritte Vorspeise wurde gerade aufgetragen, als Luis per SMS-Nachricht anfragte, wie es denn so sei mit dem Blinddate. Woraufhin Hanna verstohlen nur ein Wort ins Handy getippt hatte: Katastrophe.

Als der Romeo dann auch noch unfähig war, einen passenden Wein zum Fisch auszusuchen, sich in dem Besteckkanon einfach nicht zurecht fand, permanent die kleine Blonde am Nebentisch anstarrte und den Kellner plump vertraulich duzte, da war das Maß voll. Seelenruhig nahm Hanna ihre Tasche und zog zeitlupenartig den Reissverschluss auf. Während sie Romeo konstant anlächelte, streifte sie unter dem Tisch die High Heels von den Füßen. Sie rutschte im Zeitlupentempo nach rechts von dem modernen Sitzmöbel, um dann komplett unter dem Tisch zu verschwinden. Dort schlüpfte sie in ihre Turnschuhe und schnürte diese in aller Seelenruhe zu. Danach tauchte sie langsam wieder unter der blütenweißen Tischdecke auf. Am Nachbartisch räusperten sich zwei Herren. Hanna lächelte immer noch. Romeo lächelte zurück, mit einem leichtem Unverständnis im Blick. Hanna zog ihren no-name Mantel über die Schultern und Romeos Gesichtsausdruck bekam einen ungläubigen Ausdruck.

„Wir sind doch erst beim Fischgang“, sagte er und versuchte verzweifelt mit den Fingern eine Garnele aus ihrem Panzer zu befreien.

„Eben,“, sagte Hanna.

„Ich habe heute gerade keine Lust auf Fisch.“

Sie berührte kurz seinen behaarten Männerarm mit der wirklich schicken Armbanduhr.

„Einen schönen Abend noch, Romeo“.

Dann verließ sie leise summend das Restaurant. In Turnschuhen, denen man ansah, dass sie schon weit gereist waren.

„Sie ist nicht zu Hause“, sagte eine angenehme Männerstimme in klarem Französisch.

Hanna richtete Grüße aus. Sie hatte Schnupfen und litt an grässlichen Halsschmerzen.

„Nennen-Sie-mich-Claire hat angerufen“, sagte sie krächzend.

In Paris wurde in diesem Moment gelacht.

Das Gespräch war beendet. Hanna war nicht böse darum. Sie war einfach zu heiser für eine längere Konversation. Mit Nathalie hätte sie anstandshalber ein paar mehr Worte gewechselt. Aber mit einem unbekannten französischen Mann in Paris? Wahrscheinlich hatte sie sich auch verwählt. Bei ihrer Verfassung wäre das keine Überraschung. Es war schon wirklich gemein, dass sie sich ausgerechnet an dem verkorksten Romeo-Abend diese Erkältung geholt hatte. Sie lag jetzt schon ein paar Tage auf der Nase. Und zwar richtig, mit Bettruhe, Fiebermessen und allem Drum und Dran. Sie hatte auch Luis dringend davon abgeraten, den Kopf auch nur durch die Tür zu stecken. Was den Verzicht auf eine Pizza Funghi bedeutet hatte, die er ihr hatte vorbeibringen wollen. Aber sie litt sowieso unter Appetitlosigkeit. Wäre der Verbrauch an Taschentüchern nicht so unerfreulich hoch und der Husten nicht so kräftezehrend, sie würde die Tage im Bett beinahe genießen, dachte Hanna und schlüpfte wieder unter die Bettdecke. Sie kam sogar ein bisschen zum Lesen. Sie schlief ausgiebig, wenn auch schlecht. Der Kater schnurrte ununterbrochen vor Begeisterung über ihre Anwesenheit.

Eigentlich hatte sie Nathalie nur sagen wollen, dass die Gespräche über Blumen und Sträucher sie zu einer ausgesprochen schönen Kollektion von Schals inspiriert hatte. Sie war voller Dankbarkeit, dass ihr wenigstens diese kleine Kollektion gelungen war. Ihr Chef hatte vor Begeisterung applaudiert. Sie hatte eine Serie aus leichten Baumwollschals entwickelt, bedruckt mit Pflanzen und Blumen. Aber nicht mit irgendwelchen Pflanzen und Blumen, sondern nur mit Motiven von solchen Arten, die vom Aussterben bedroht waren. Hartnäckig versuchte Hanna immer wieder, ihre Vorstellungen von bewusstem Umgang mit Natur und Umwelt in alles einfließen zu lassen, was sie gestaltete. Robert Lehmann war beeindruckt. So war ihm auch entgangen, dass Hanna bei den Applikationen für die Jacken pflanzengegerbtes Leder bestellt hatte. Was die Angelegenheit natürlich erheblich verteuert hatte. Und er hatte darüber auch vergessen, dass Hanna schon zum dritten Mal in zwei Monaten eine Krankmeldung mitgebracht hatte.

Nathalie

It takes a long time to become young
Pablo Picasso

Nathalie hatte ihre Chance ergriffen. Der hübsche Laden, die Wohnung darüber und das Gartengrundstück gehörten seit genau drei Stunden ihr. Die Eigentümerin hatte sich nach vielen Gesprächen überzeugen lassen, dass es besser sei, zu ihrer Tochter nach Marseille zu ziehen. Das Klima war dort milder, die Enkel waren näher und die Unannehmlichkeiten, die das Eigentum eines alten Hauses mit sich brachte, würden der Vergangenheit angehören. Nathalie hatte einen fairen Preis geboten, der auch berücksichtigte, dass der Verkauf ohne die Dienste eines Maklers von statten gehen würde. So hatte man sich dann nach einigen Gesprächen und auch Telefonaten mit der Tochter in Marseille auf einen Preis geeinigt und einen Beurkundungstermin vereinbart. Raoul hatte den Termin heftig forciert, voller Dankbarkeit darüber, wieder in die Rue Marechal ziehen zu können. Auch deshalb hatte er einen erfreulichen, finanziellen Beitrag geleistet.

Der Notar war ein Langweiler gewesen, der bei jeder Kleinigkeit gemeint hatte, große Aufklärungsarbeit leisten zu müssen. Immer wieder war er in detailreiche, aber verwirrende und juristische Erklärungen abgeschweift. Natürlich nur im Interesse der kleinen alten Dame, wie er ständig bemüht war, zu versichern. Nathalie hatte längst durchschaut, dass er damit das horrende Honorar rechtfertigen wollte, obwohl es sich doch nur um einen kleinen, einfachen Vertrag handelte. Jeder wusste doch, dass alle Notariate dieser Welt eine staatliche Pfründe darstellten. Natürlich hatten die fast ausnahmslos männlichen Notare lange und ausgiebig studiert und mit den besten Examina abgeschlossen. Aber rechtfertigte das Vorlesen von Verträgen derart hohe Rechnungen? Nathalie empfand das als Ausbeuterei des kleinen Mannes. Eine weitere Zumutung war, dass das Notariat trotz des Reibachs, der dort gemacht wurde, so schäbig möbliert war. Die Stühle waren derart unbequem, dass man ständig darauf hin und her rutschte. Der Gipfel aber war, dass man ihnen noch nicht einmal ein Glas Wasser während der ganzen Vorleserei angeboten hatte. Die kleine alte Dame wirkte ausgedürstet und hatte bereits mehrfach seltsam mit dem linken Auge gezuckt. Als es geschafft war, der Notar endlich in quälender Langsamkeit den Vertrag zu Ende gelesen hatte und die Dokumententinte trocken war, da war die alte Dame glücklich und erschöpft. Und Nathalie war es auch.

Später saß sie in der Dunkelheit des Ladens auf dem grünen Sofa und schaute nach draußen. Sie trug noch den schicken Hosenanzug vom Beurkundungstermin, hatte aber schon die Schuhe von den Füßen gestreift. Das fahle Licht einer Straßenlaterne erhellte den Laden nur kümmerlich. Nathalie betrachtete ihre Füße und spreizte immer wieder die Zehen mit dem leuchtend roten Lack. Diese Übung hatte ihr die Privattrainerin beigebracht, um die Beweglichkeit der Fußzehen zu erhalten.

„Das ist wichtig, meine Liebe“, hatte die ausgemergelte Trainerin erklärt.

„Tun sie Ihren Füßen regelmäßig etwas Gutes. Ihre Füße tragen Sie durch das ganze Leben.“

Schon bald würden Nathalies Füße sie nur noch in diesem Haus herumtragen. Vom Laden in den ersten Stock. Dann wieder in den Laden und vielleicht dann in den Garten, den sie im kommenden Frühjahr natürlich in ein blühendes Wunder verwandeln würde.

Die Adresse ihres Hauses gefiel ihr ausnehmend gut. Ein Straßenname fern aller Politik, aller Historie und aller gewichtigen Persönlichkeiten. Natürlich hätte Nathalie auch „Rue du Napoleon“ hingenommen, denn immerhin war dieser kleine Mann ein großer Feldherr gewesen, der nicht unwesentlich zum Berühmtheitsgrad Frankreichs beigetragen hatte. Wenn auch nur eine begrenzte Zeit.

Die dann genau wie Napoleon selbst ein unrühmliches Ende fand. Eine „Rue Villa Pyrénée“ hätte Nathalie für das Haus in Paris allerdings als unpassend, da erklärungsbedürftig gefunden. Wie konnte ein Berg an zwei Stellen gleichzeitig sein? Genauso wenig einleuchtend fand sie Straßennamen, die sich auf eine andere Stadt bezogen. In Paris zu leben und gleichzeitig in einer „Rue Lyon“ war einfach verwirrend. Ihre nette Straße war weder nach einem Dichter, noch nach einem Musiker benannt. Denn auch damit hätte sie Schwierigkeiten gehabt, hätte sie sich nicht mit den Arbeiten des jeweiligen Künstlers wenigstens ein bisschen identifizieren können. Nein, Ihre Adresse lautete ganz einfach Rue Rosé. Und das passte so etwas von wunderbar zu Nathalie, zu ihrem hübschen Blumenladen und dem ganzen neuen Leben, was sie für sich erträumte, dass es fast märchenhaft surreal war.

Nathalie würde aus dem großen Haus mit der verkorksten Familienvergangenheit in der Rue Marechal in die hübsche Wohnung direkt über dem Laden in der Rue Rosé ziehen. Das bedeutete eine deutliche Verbesserung für sie, denn der Verkehr in Paris wurde von Tag zu Tag schlimmer. Es dauerte mit dem Auto inzwischen fast vierzig Minuten, bis sie bei normalem Stadtverkehr unter der Woche ihren Blumenladen erreichte. Die reine Zeitvergeudung, wie sie fand. Vierzig Minuten hin und vierzig Minuten her. Was man in dieser Zeit alles machen konnte. Das reichte von ausgiebigen Saunagängen über zwei Tennistrainerstunden oder drei Blumengestecke binden bis zum Backen einer Apfeltarte. Was sie leider immer noch nicht perfekt beherrschte, denn die letzten Jahre hatte das immer die Köchin übernommen.

Vierzig Minuten mit dem Auto, die verlängerten Wartezeiten an den Ampeln für Mütter mit Kinderwägen und die diversen Staus auf der Périférique nicht mitgerechnet. Auch wenn es mit der Métro schneller gegangen wäre, sie mied die Métro. Das unangenehme Gedränge, die Menschenmengen, die verschiedenartigen Gerüche und der ständige warme Metrowind waren einfach nichts für sie.

Das große Haus im Vorort hatte sie Raoul angeboten, der vollkommen überrascht zugestimmt hatte. Er konnte seine Verwunderung kaum verbergen, dass sie das Haus aufgeben wollte. Nathalie verspürte keine Notwendigkeit eine ausführliche Erklärung abzugeben. Raoul jedenfalls war begeistert. Etwas ähnlich Repräsentatives wie die Rue Marechal wäre schwer zu finden, hatte Raoul kleinlaut am Telefon erklärt. Er berichtete, dass er erneut Vaterfreuden entgegen sehe. Diesmal wären Zwillingen im Anmarsch. Seine Luxuswohnung im vierten Stock, allerdings ohne Aufzug, wäre auf Dauer mit drei kleinen Kindern keine Lösung. Jedes Wochenende wären sie mit Maklern unterwegs und hätten sich in allen möglichen Arrondissements schon Häuser angeschaut. Es war einfach nichts Ansprechendes dabei. Mal war es die Optik, dann das Ambiente oder die Ausstattung, die missfielen. Nathalie hatte vermutet, dass die Mutter seiner zukünftigen Kinder den Wohnungswechsel vorausschauend schon forciert hatte. Wer wollte auch hochschwanger mit Zwillingen Kisten packen und schleppen? Raouls Dankbarkeit war förmlich durchs Telefon getrieft. Nathalie war sich sicher, dass er eine großzügige Summe zahlen würde, nur um wieder in das herrschaftliche Anwesen ziehen zu können.

Sie selbst verspürte ein bisschen Wehmut bei dem Gedanken, den kleinen verschlafenen Vorort zu verlassen und in ein anderes Arrondissement von Paris zu wechseln. Hatte sie während der Ehe kaum jemanden persönlich gekannt, weil sie hauptsächlich die Lieferdienste bemüht hatte, so hatte sich das nach der Scheidung tiefgreifend geändert. Sie würde inzwischen vor allem die freundliche Gemüsefrau vermissen, die ihr regelmässig die reifen Avocados zur Seite legte und ausgefallenes Gemüse wie Miniatur Auberginen oder Salat mit Blütenknospen besorgte. Und den kleinen Tabakladen, in dem Nathalie gewöhnlich Mittwochs die hübsche Gartenzeitschrift abholte. Natürlich hätte sie ein

Abonnement bestellen können. Aber sie schätzte das Gespräch mit dem Besitzer, einem älteren Herrn, der bereits in dritter Generation den Tabakladen führte. Monsieur Bernard kannte alles und jeden und war mit seinen Informationen großzügig, aber achtsam. Sobald Nathalie zur Tür hereinkam, ging er mit schweren Schritten in den hinteren Teil des Ladens und kam mit der immer gleichen Handbewegung zurück. Er wedelte mit der Gartenzeitschrift, als müsse er Mücken verscheuchen und sagte freundlich „La voila!" Nathalie hatte jedesmal Bedenken, ob die wichtigen Beilagen und Prospekte herausfallen würden. Aber nichts dergleichen passierte. Und immer ließ er alle anderen Kunden warten, wenn er nur Nathalies Lockenkopf in der Tür erspähte. Diese Mittwochsbesuche im Tabakladen endeten dann meistens damit, dass Nathalie noch einen Lottoschein ausfüllte und sich ein paar Büroartikel mitnahm, neue Stifte zum Beispiel oder einen Radiergummi. Was dann stets kommentiert wurde mit „Madame, was für ein Großeinkauf!"

Der Mittwochsbesuch war eine lieb gewonnene Gewohnheit, die Nathalie auch immer mit einem kurzen Plausch im Café einer alten Schulfreundin verband. Ja, sie hatte tatsächlich nach der Scheidung wieder Verbindung zu ein paar Schulfreundinnen aufgenommen. Nur eine hatte sich nachtragend gezeigt ob der langen Stille all die Jahre. Die anderen drei waren einfach nur ausgesprochen glücklich über die neuerliche Kontaktaufnahme. Und eine davon, Michelle, hatte inzwischen das Café ihrer Eltern übernommen. Besonders der Clafoutis aux Cerises, ein saftiger Kirschauflauf, war ein Gedicht.

Überdies würde sie Madame Junotte vermissen, die Frau mit der Mangel. Niemand glättete mit diesen heißen, elektrisch betriebenen Rollen die Bettwäsche und Geschirrtücher so wundervoll wie Madame Junotte.

Nathalie hatte ihren Frieden geschlossen mit ihrer Situation. Sie hatte sich eingestehen müssen, dass sie im Leben manches versäumt hatte, unverzeihliche Fehler gemacht hatte und manch liebende Person, auch ihre Kinder, vor den Kopf gestossen hatte. Es gab Versäumnisse, die nicht mehr gut zu machen waren. Aber eines war auch sicher, ohne die Verstrickungen ihres Lebens würde sie nicht in dem entzückenden Laden auf dem grünen Sofa sitzen und weiter an ihrer Zukunft basteln. Wenn sie nicht diese, ihre persönliche Vergangenheit gelebt hätte, würde sie auch nicht mit Henry verreisen.

„Überraschung" hatte der gesagt und kein weiteres Sterbenswörtchen verraten, wohin es ging.

„Zieh dir was bequemes an!", war sein einziger Kommentar gewesen.

„Die Zeiten mit Kostümen und hochhackigen Schuhen sind doch vorbei", hatte sie geantwortet.

Was für eine wunderbare Perspektive. Freie, unbeschwerte Tage, bevor dann der Umzug von der Rue Marechal in ihr neues Reich in der Rue Rosé zu bewältigen war.

Die kostbare Zeit auf der Reise würde sie nutzen und sich in Henrys Herz hinein plaudern. Und sie würde ihn dann auch endlich fragen, wieso er auf dem Schwarz-Weiß-Foto gemeinsam mit der jungen Frau abgebildet war. Dieser verrückten Person, die sich durch Telefonate in französischer Sprache auf einer Reise in Paris wähnte. Diese wirklich nette „Nennen Sie mich Claire".

Hanna

Wer immer tut, was er schon kann,
bleibt immer das, was er schon ist.
Henry Ford (1863-1947)

„Jetzt wollte ich mal nach dem Rechten bei dir sehen. Und nun so etwas. Das ist nicht dein Ernst, oder?", fragte Luis und verschüttete vor Schreck ein bisschen Kaffee. Es war Montag Mittag.

Hanna stand im Türrahmen ihrer Küche und hatte den Kater auf dem Arm. Die Nacht war kurz und schlaflos gewesen. Die Augenringe belegten das mehr als deutlich. Die Kollektion wollte nicht fertig werden. Es fehlte ihr an Kreativität wie nie zuvor. Luis fand diese destruktive Phase bei Hanna beängstigend. Sie war in einer Abwärtsspirale gefangen und kam aus ihren Denkmustern einfach nicht heraus. Er hatte ihr deshalb als Inspiration eine Kiste mit Kunst- und Designbüchern vorbeigebracht, in der Hoffnung, dass das helfen würde.

Hanna hatte ihm gerade mitgeteilt, dass sie das Arbeitsumfeld wechseln wollte. Luis war blass.

„Wechseln?"

„Ja, Luis", Hanna nickte.

Sie hatte gelesen, dass es helfen konnte, in Schaffenskrisen das Arbeitsumfeld zu wechseln. Sie schob die beruhigende Erklärung nach, dass sie natürlich in der Firma bleiben wolle, woraufhin Luis erleichtert aufatmete. Aber sie wolle ihr Büro mit seinem tauschen. Die Aussicht von Luis´ Büro auf eine belebte Straße wäre vielleicht inspirierend. Vielleicht würde sie ein paar Looks entdecken, die sie zu einer Shirt-Kollektion würde ausbauen können. Wenn es hilft, dachte er. Und ihre 7. Etage wäre ja nicht wirklich zu verachten. Für ihn war es jedenfalls eine Verbesserung. Wobei ihm nicht ganz klar war, wie Hanna das organisieren wollte.

„Vielleicht reicht es ja auch, wenn du ab und zu mit deinen Papieren und dem Laptop zu mir ins Büro kommst?", meine er vorsichtig.

Hanna plante jedoch einen kompletten Tausch für mindestens zwei Wochen. Den Umzug hatte sie bereits für die kommende Woche vorgesehen.

Außerdem war sie frustriert. Es war Montag. Und sie hatte den ganzen Vormittag noch keine Zeit gefunden in Paris anzurufen. Die Frage war ja vor allem, wen sie anrufen sollte? Luis schien ihre Gedanken lesen zu können.

„Jetzt entspann' dich erstmal. Onkel Luis wird erneut in seine Ratschlagkiste greifen. Und zwar bevor du eine von deinen übereilten Entscheidungen triffst. Hast du heute schon in Paris angerufen?"

Hanna schüttelte den Kopf.

„Na also, da drückt also der Schuh!“, sagte Luis. „Greif’ zum Telefon, meine Liebe. Vielleicht nicht wieder ein Telefonat mit Deborah, Nathalie, Marianne oder wie all diese problematischen Montagsfrauen heißen. Jetzt hätte ein flotter Mann eine Chance verdient, was meinst du?“

Hanna lächelte. Ein Mittagessen mit Luis war eine feine Sache. Er brachte sie immer zum Lachen und vor allem auf andere Gedanken.

„An wen denkst du da im speziellen?“

„Sicher nicht an eine Art Mann wie deinen Porscheprinzen von neulich. Nein, nein! Wie wäre es mit einem Therapeuten oder einem Psychoanalytiker?“, antwortete Luis mit gespielt ernster Miene.

Hanna warf einen Radiergummi in seine Richtung. Luis duckte sich geschickt. Da die Balkontür weit offen stand, flog das Teil in hohem Bogen in den Innenhof. Der Kater sprang hinterher. Hanna griff zu einer Küchenschürze und Luis beschloss vorerst den Mund zu halten. Er blätterte in dem französischen Kochbuch von Marianne.

“Hör’ Dir das mal an“, sagte Luis. „Provenzalisches Gemüse mit Sauce Hollandaise und kleinen Kartöffelchen. Als Nachspeise ein Soufflé à la Vanille. Das hätte ich jetzt deutlich lieber.“

„Ich auch“, sagte Hanna lapidar und leerte die Supermarkttasche auf den Tisch.

Zu keinem der Rezepte aus dem sagenhaften

Kochbuch von Reboul würde die Zeit reichen. Während Hanna die Nudeln kochte, erhitzte Luis die Soße, einen Tomatensugo aus einem Glas mit der Aufschrift Ferrari.

„Wenn schon kein Ferrari in der Garage, dann wenigstens was von Ferrari auf dem Teller,“ hatte er beim gemeinsamen Einkauf entschieden. Das Glas war auch fast zweimal so teuer gewesen wie die anderen Tomatensoßen.

Hanna hatte zwischenzeitlich ihre Begeisterung für schnelle Autos völlig verloren. Die waren laut, unbequem und vor allem saßen für ihren Geschmack immer nur die falschen Männer am Steuer. Deshalb hatte sie aufgehört den teuren Autos nachzustarren. Sie hatte inzwischen ein Faible für den bordeauxfarbenen Kastenwagen entwickelt, der dem italienischen Gastronom um die Ecke gehörte. Auch der schwarze Jeep, der immer wieder in ihrer Straße stand, war ein interessantes Teil. Dessen Fahrer hatte sie wegen der dunkel getönten Scheiben noch nicht identifizieren können.

Gemeinsam beendeten Hanna und Luis die Nudelorgie mit einem Milchreis mit Rhabarbersoße. Danach machte sich Luis wieder auf den Weg ins Büro. Hanna hatte er das Versprechen abgenommen, eine Nacht über dem Umzugsvorhaben zu schlafen und auf jeden Fall in Paris anzurufen. Er habe ihr eine Telefonnummer rausgesucht.

„Sie liegt auf dem Tisch neben deinem Eiffelturm-Schlüsselanhänger mit der abgebrochenen Spitze! Findest du nicht, dass du mit dem Paris-Gedöns etwas übertreibst? Aber telefonieren solltest du auf jeden Fall. Vergiß nicht: Heute ist dein französischer Montag! Adieu Chérie!“ waren seine letzen Worte, bevor die Tür ins Schloss fiel.

Hanna setzte sich an den Tisch und schaute den kleinen Zettel an. Mit Luis' seltsam linkslastiger Schrift standen nur Zahlen darauf, kein Name. Die Vorwahl hatte er offensichtlich vergessen. Typisch Luis halt.

Bevor sie in Versuchung kam, per Rückwärtssuche im Internet den Namen dieser Nummer herauszufinden, griff sie zum Telefonhörer und wählte.

Marianne

Allem kann ich widerstehen,
nur der Versuchung nicht
Oscar Wilde

Die Tür ist zu, die Schlüssel sind übergeben. In mir macht sich Wehmut breit. Gerade jetzt sitze ich in dem Café um die Ecke. Die Kellnerin mit der grünen Brille hat mir einen Café au lait gebracht und wir haben entspannt über Dies und Das geplaudert. Ein frischgebackenes Madeleine liegt auf der Untertasse. Unglaublich, es ist zehn Uhr am Vormittag und ich spüre diese unendliche Zeit, die mir zur Verfügung steht.

Marianne kaute auf ihrem Kugelschreiber herum und versuchte, ihre Gefühlszustände in Worte zu fassen. Sie musste keine Lieferung entgegen nehmen, keine Reservierung bestätigen, keine Cremes vorbereiten und keine Fonds kochen, keine Küchenjungen antreiben oder Maschinen überwachen. Ein herrliches Gefühl. Einerseits. Andererseits:

Ich bin traurig. Traurig, dass die Zeit mit diesem großartigen Team im „Le Ciel Bleu" vorbei ist. Camille wird mir erhalten bleiben, was ich einfach der Tatsache zu verdanken habe, dass sie außer an ihr Schoßhündchen nur an eine Mietwohnung gebunden ist, die sie jederzeit kündigen kann. Auch wenn das nach fast 15 Jahren dem Vermieter nicht gefallen dürfte. Ich fühle mich erleichtert. Niemand, wirklich niemand kann sich vorstellen, was dieser Druck in der Gastronomie bedeutet. Sterneköchin. Ein Zertifikat der Außergewöhnlichkeit.

Marianne knabberte an dem butterweichen Küchlein. Hatte irgendjemand überhaupt den Schimmer einer Ahnung, was Spitzengastronomie beinhaltet? Nächtelange Recherchen, unermüdliches Ausprobieren. Wieviele Stunden hatte sie Rezepte ausgetüftelt und probiert! Wieviel Material war verbraucht worden, bis auch nur ein einziges Gericht dem Anspruch ihrer Perfektion entsprach! Wer ahnte schon, wieviel von einem Fisch übrig blieb, wenn schlußendlich nur aus dem linken Mittelteil eines Fischfilets die Größe von acht Zentimeter mal acht Zentimeter auf den Teller kam?

Marianne beugte sich über ihr Heft. So ein typisches Cahier aus einem gehobenen Schreibwarenladen. Mit einem festen Einband aus glänzendem Karton und verspielten Elementen aus goldenem Prägedruck. Das Papier des Heftes war glattgestrichen und hatte zarte Linien. Ein Geschenk von Henry zu ihrem Geburtstag. Auf einen himmelblauen Hintergrund war von James Tissot eine Szene mit einer Picknickgesellschaft aufgedruckt.

So himmelblau wie die Farbe der Schrift vom „Le Ciel Bleu", hatte Henry gesagt. Marianne sah noch mehr. Es war auch ein kleiner Hauch von Lila zu erkennen. Lila wie die Lavendelfelder in der Provence. Und die Gesellschaft saß bei Kuchen und Wein unter großen Bäumen. Kastanienbäume, wie in den Cevennen. Was Henry nicht ahnen konnte, dass sie all das bald wieder sehen würde. Sie hatte bisher bewusst Abstand davon genommen, ihm etwas von ihren Plänen zu erzählen.

Ich hatte schon das ganze letzte Jahr immer wieder das Gefühl, ich müsse mich von dem roten Büchlein, dem Guide Michelin, distanzieren.

Ja, dieses Gefühl hatte sich während des Jahres bei Marianne immer mehr verstärkt. Und mit einem derartigen Wunsch war sie ja keineswegs alleine gewesen. Christophe Van den Berghe hatte einen Stern abgelehnt, Frederick Dhooge hatte seinen zurückgegeben. Marianne bestellte einen zweiten Kaffee. Auch deshalb, weil sie noch auf einen Keks hoffte. Sie schrieb :

Am Beginn meiner Laufbahn mit dem „Le Ciel Bleu": Was war ich glücklich über meinen ersten Stern! Er war ein Segen. Mit Sternen von Michelin wurde man zu einem Magnet im Gastronomiehimmel, auch in Paris. Die Leute kamen damals in Scharen, auch von weit hergereist, nur um bei mir zu dinieren.

Sterne von Michelin, das sind Belohnungen für die, die sich aufgeben und ganz dem aufreibenden Prozedere unterwerfen. Diese Sterne führen zu einer Versklavung eines jeden Spitzenkochs. Soviel „Exzellenz“ und „Vorzüglichkeit“ lässt sich nicht am laufenden Band kreieren.

Marianne legte vorübergehend den Kugelschreiber zur Seite und widmete sich voller Inbrunst dem Kaffee und dem kleinen Keks.

Als sie mit dem Kochen angefangen hatte, in dieser kleinen Brasserie, da war alles so einfach gewesen. Sie hatte bodenständig gekocht, wenige aber frische Produkte verwendet. Es wurde gelacht und gelärmt in der Brasserie. Da war auch Platz gewesen für den kleinen Henry an der Theke. Hunde lagen unter den Tischen, während das Herrchen oder Frauchen in der Brasserie Flo ein paar nette Stunden verbachte. Die Getränke wurden nach Lust und Laune bestellt und nicht etwa nach Zehntel ausgeschenkt. Die Preise waren angemessen und für die Gäste akzeptabel. Und ihre Kasse hatte damals auch gestimmt. In einem Sternerestaurant dagegen: Niemand machte sich eine Vorstellung von den Kosten. Der Personalaufwand. Und erst die Kosten für die exklusiven Produkte. Auf exorbitantem Niveau. Auch weil nur das Beste vom Besten Verwertung fand. Vom Salat... nur die inneren Blätter des gleichen Farbtons. Die Erbsen... nur die Gleichmäßigsten der Gleichmäßigen. Von der Jakobsmuschel... nur das weiße Fleisch, niemals das orangefarbene Fleisch, das Coraille. Es war absurd. Anspruch und Aufwand standen in keinem Verhältnis zu der Auszeichnung. Zumindest war Marianne inzwischen zu dieser Ansicht gelangt. Und ganz alleine stand sie damit nicht.

Marianne nahm den Kugelschreiber und schrieb:

Dieser Leistungsdruck, dieser Stress.

Und dann diese gefürchteten Gastro-Kritiker! Alles was ich gemacht habe, wurde beurteilt, zerlegt und zerschrieben. Schon ein Eselsohr in der Speisekarte, eine schlecht gebügelte Tischdecke, fehlende Handschuhe beim Eindecken von Tafelsilber, alles wird kommentiert und bewertet. Indem ich mich diesen ganzen Attitüden unterworfen habe, hatte ich meine Freiheit aufgegeben. Ich habe sie wieder!

Die Schicht der Kellnerin war zu Ende und sie wollte kassieren. Marianne blickte von ihrem Heft auf und suchte nach Münzen in den Taschen. Da sie nur zu genau wusste, welche Wichtigkeit Trinkgeld im Leben jeder Gastronomiekraft hatte, war sie großzügig damit. Marianne schaute der Kellnerin nach, die mit beschwingtem Schritt verschwand.

Würde ich ein Interview geben, was ich nicht tun werde, dann würde ich auch von diesem arroganten Michelin Verein sprechen. Der Briefe unbe-

antwortet lässt, den man nicht kontaktieren kann für Klarstellungen oder Verteidigungen, wenn ein unberechtigter Angriff dabei ist, die Qualität des ganzen Hauses in Frage zu stellen. Und die Krönung: Ich hätte nicht einmal gewusst, wie ich meine drei Sterne hätte zurückgeben sollen. So blieb mir nichts anders übrig, als eine nüchterne Information an die Presse zu lancieren. Und ich habe mich kreativ ausgetobt. Es hat mir ausgesprochen viel Spaß gemacht, mal wieder zu basteln. Diese drei Sterne aus Pappe sind mir fabelhaft gelungen. Nicht so exakt wie die von Michelin, aber sehr kreativ, ausgeschnitten mit der Geflügelschere. Aus dem Transportkarton der Abaloneschnecken. Die Sache war mir schon sehr wichtig. (Schade, dass geschriebene Worte keinen Sarkasmus wiedergeben) Deshalb habe ich auch zwei Fäden echten Safrans geopfert und eine leuchtend gelbe Farbe angerührt. Die Sterne sind prächtig geworden. Ich habe sie in einen Umschlag gesteckt und per Post an den Leiter des Guide Michelin geschickt. Unnötig zu sagen, dass ich nie eine Antwort bekam.

Was der unfreiwillige Verlust von Sternen bedeutet, kann man ja daran sehen, dass sich bereits zwei Köche das Leben genommen haben. Was angeblich in keinem Zusammenhang steht mit der Aberkennung der Auszeichnung. Ich sage: doch.

Die Worte von Alain Ducasse kann ich nicht nachvollziehen. Wie kommt er darauf, dass man ohne Michelin-Sterne zwar leben kann, aber mit Sternen viel besser? Albern.

Ich habe die Sterne zurückgegeben, mir geht es wunderbar. Ich bin befreit. Und spüre die Vorfreude auf das, was kommt. Auch wenn mir mein Team fehlen wird.

Marianne schrieb dann zum Schluß ihres Eintrags:

Das Leben besteht aus Veränderungen. Diese habe ich nie gescheut. Jetzt steht die nächste Veränderung an. Ein fröhlicher Landgasthof wird es werden. In meiner alten Heimat.

Gabriel

Das Leben ist kein Problem, das es zu lösen gilt,
sondern eine Wirklichkeit, die es zu erfahren gilt.

Buddha

„Bonjour! Nennen Sie mich Claire!“

„Sind Sie sicher, dass sie die richtige Nummer gewählt haben?“, eine freundliche Männerstimme. „Hier ist das Priesterseminar, sie sprechen mit Pater Gabriel. Zumindest bald Pater Gabriel“, korrigierte sich die Stimme.

Oh, Luis, dachte Hanna zornig. Wie sie ihn verwünschte. Er hatte es tatsächlich gewagt, eine Nummer auszuwählen, die sie am wenigsten gebrauchen konnte. Ein Priesterseminar in Paris. So eine Frechheit! Ihr Interesse an der Institution Kirche war mehr als kümmerlich. Natürlich hatte sie schon kirchlichen Trauungen beigewohnt und bei einer stimmungsvollen Predigt auch mal ein Tränchen verdrückt. Sie hatte einen Priester bei dem verzweifelten Versuch beobachtet, anlässlich einer Beerdigung etwas Tröstliches über den Verstorbenen zu sagen, den er nie gekannt hatte. Die Querelen innerhalb der Kirche, die starre Haltung in höchst humanitären und menschlichen Fragen, das alles fand sie weltfremd. Dieser Männerverein, der sich mit einem Ausschließlichkeitsrecht anmaßte, den lieben Gott auf Erden zu vertreten, war Hanna suspekt. Sie zog es vor im direkten Zwiegespräch mit Gott Dinge zu klären oder anzusprechen. Auch wenn zugegebenermaßen Fragen weitgehend unbeantwortet blieben. Aber schon das Gespräch hatte sie als tröstlich empfunden. Und jetzt ein Telefonat mit einem Pater? Was sollte sie mit einem Mann, der sein Leben Gott geweiht hatte, denn besprechen? Er würde kein Interesse an Blousons, Maxiröcken und sonstigen neuen Modetrends der Damenwelt haben. Ob er schon mal von Bogner, Louis Vuitton oder Prada gehört hatte? Eher nicht. Hightechmaterialien, neuste Produktionstechniken und Strickcomputer würden ihn nur interessieren, wenn er schon außerhalb der kirchlichen Mauern immer Technik begeistert gewesen wäre. Wahrscheinlich standen da die Chancen schlecht. Sie könnte fragen, was man so als Pater in spe an Kleidungsstücken trug. Wahrscheinlich sackbraun oder beige, mutmaßte Hanna. Ob die Würdenträger überhaupt in irgendeiner Form modische Accessoires trugen? Gab es neue Entwicklungen bei den Chorhemden, Alben, Soutanen oder wie die Kleidungsstücke alle hießen? Vielleicht gab es besondere Socken oder farbige Unterhosen, passend zum Gewand? Sie könnte natürlich über solche Themen philosophieren. Aber ehrlicherweise erachtete sie derartige Kenntnisse für unwichtig und würde lieber nicht ihr Gehirn damit füllen. Und wenn sie etwas von sich erzählte...würde dieser Pater verstehen können, was eine Schaffenskrise war? Welchem Druck sie ausgesetzt war? Hätte er Verständnis für Schuhprobleme oder wüsste was ein badhair-day war? Über was sollten sie reden? Sie kam zügig zu dem Schluß, dass sie nicht die Absicht hatte, ihr Vokabular in kirchlichen Angelegenheiten zu erweitern. Ihr Interesse an Messgewändern, liturgischen Problemen oder Auslegungen von Bibelstellen war, um genau zu sein, nicht vorhanden.

Hanna überlegte fieberhaft. Was hieß auf französisch „falsch verbunden"? Sie war wie versteinert. Da konnte sie inzwischen mit Marianne über schwierigste Rezepte diskutieren. Aber diese zwei Worte fielen ihr einfach nicht ein. Die Minuten verstrichen.

Pater Gabriel hatte die Stille am Telefon auf seine Weise gedeutet.

„Meine liebe Claire, was auch immer Sie bedrückt, möchten Sie sich mir anvertrauen?"

Warum sollte ich das tun? Und was sollte ich denn beichten? Überhaupt, was hieß das Wort Beichte auf französisch, überlegte Hanna angestrengt und blätterte in ihrem Lexikon französischer Sprache aus längst vergangenen Schulzeiten, dem

Larousse. Beichte, was für ein schreckliches Thema. Als kleines Mädchen hatte sie es gehasst in diesem muffig dunklen Beichtstuhl auf Knien und durch ein Gitter jemandem von ihren Sünden zu erzählen. Was hieß überhaupt Sünden? Sie hatte damals stundenlang gegrübelt, was sie dem gesichtlosen Priester sagen sollte. Der Streit mit den Geschwistern, vergessene Hausaufgaben, achtlose Bemerkungen oder verschwundene Schlüssel hatte sie in schöner Regelmäßigkeit auf einem kleinen Zettel notiert, den sie dann später in diesem dunklen Kabuff in den verschwitzten Händen hielt. Mehr war ihr immer nicht eingefallen.

„Claire?", erklang die Stimme aus Paris, inzwischen mit einem besorgten Unterton.

„Sind Sie noch da?"

Hanna presste ein kleines „oui, oui" heraus und hatte das Wort Beichte immer noch nicht gefunden. Hätte sie gewusst, dass sie eines Tages mit einem Priesteranwärter in Paris telefonieren würde, hätte sie natürlich damals im Lateinunterricht besser aufgepasst. Sie hätte jetzt das Wort „Beichte" vielleicht besser herleiten können. Das Kapitel Latein war allerdings geschlossen. Es waren ausschließlich rudimentäre Kenntnisse übrig geblieben. Sie hatte zwar das große Latinum in der Tasche, aber nur mit Mühe erworben. Das Bestehen der Prüfung hatte sie der Großzügigkeit Reginas zu verdanken, einer

Klassenkameradin, die Hanna in letzter Minute die Übersetzung wichtiger Vokabeln unter dem Schultisch zugeschoben hatte. Regina sei Dank. Wobei es ihr hier und in diesem Moment auch nicht weiterhalf.

Es dauerte geschlagene sieben Minuten, bis Hanna verstanden hatte, dass Pater Gabriel deshalb am Telefon saß, weil er Seelsorgedienst hatte. Er war sehr geduldig in seinen Erklärungen. Er mache Seelsorgedienst. Und das habe mit Beichte abnehmen nichts zu tun. Und er könne das garnicht, die Beichte abnehmen. Sicher habe sie davon gehört. Das sei eines der heiligen Sakramente der Kirche und er sei ja noch kein Pater oder Pfarrer, sondern in dem Priesterseminar noch in der Ausbildung. Hanna war genauso erleichtert wie er und sie mussten zum ersten Mal herzlich gemeinsam lachen.

„Vielleicht wollen Sie sich mir doch anvertrauen, Claire? Ich höre Ihnen gerne zu. Dazu sitze ich am Telefon“, erklärte Gabriel.

„Wie genau muss ich mir das vorstellen?“, fragte Hanna.

Gabriel saß in einem schweren Stuhl mit hoher Rückenlehne und Armlehnen aus speckigem Leder. Für den Seelsorgedienst hatte er sich, wie im Regelbuch festgesetzt, eine knöchellange Soutane übergestreift. Seine Füße steckten in braunen Socken und braunen Schlappen. Er hatte Kopfhörer auf, eine absolute Neuerung im Priesterseminar. Von seinem Platz aus sah er draußen auf einen kleinen See, der direkt an das Priesterseminar angrenzte. Mütter mit ihren Kindern spazierten dort entlang und Kinderlärm drang durch das geschlossene Fenster. Er beobachtete ein eng umschlungenes Liebespaar, das auf einer Bank Platz genommen hatte. Sie küssten sich, tuschelten und lachten. Dann verließen sie den Park durch ein schmiedeeisernes Tor. Gabriel hätte ihnen gerne noch länger zugesehen.

„Und Sie?“, fragte Gabriel.

Hanna saß noch immer am Küchentisch, vor sich die leeren Teller, Besteck und Gläser vom Nudelessen mit Luis. Sie wünschte, sie hätte eine Spülmaschine. Das Küchenstillleben spiegelte sich in der Dunstabzugshaube aus Edelstahl. Der Kater knabberte geräuschvoll an Katzenkeksen in Herzform, denen Hanna im Supermarkt hatte nicht widerstehen können. Im Radio hatten man gerade von einer Schönwetterfront berichtet. Die anschließende Warnmeldung über einen Geisterfahrer hatte dann ärgerlicherweise den Song Thriller von Michael Jackson unterbrochen. Hanna spielte mit einem der bouquets garnis von Marianne Cotinaud. Die getrockneten Teile zerbröselten unter ihren Händen wie trockene Kekskrümel. Und sie begann zu erzählen. Von ihrem freien Montag. Von ihrer Reiselust nach Paris, ihren Telefonaten mit Nathalie, Deborah und Marianne. Von ihrer Liebe zu Frankreich. Bis sie dann völlig unerwartet mit ihren Problemen anfing. Den beruflichen Problemen. Die würde Pater Gabriel auf jeden Fall verstehen können. Plötzlich hatte sie Tränen in den Augen. Das musste der Lavendel sein, dachte Hanna. Der Kater starrte sie unverwandt an.

„Diese Arbeit frisst mich auf. Sie raubt mir alle Kraft. Pausenlos denke ich an Stoffe, Farben, Knöpfe, Rocklängen, Schnittmuster, Strickmuster und Brokatlitzen. Sechs Kollektionen pro Jahr. Dann dieser Zeitdruck. Ich bin in der Branche bekannt und die Erwartungen an mich sind hoch. Zur Zeit sitze ich immer wieder und wieder vor weißem Papier und mir fällt einfach nichts ein. Es fehlt mir an Kreativität. Das Thema steht und ich komme nicht weiter. Wenn ich beginne darüber nachzudenken, dann sträubt sich in mir alles. Mein Kopf streikt.“

Hanna hatte schon so vieles probiert. Sie wollte auch noch mit Luis das Büro tauschen. Hoffentlich wäre dann ihre Schaffenskrise vorbei. Vielleicht war sie aber einfach doch nicht geeignet für den Job der Designerin? Wieso waren ihre Intuition und ihr Improvisationstalent blockiert? Ständig beschäftigte sie sich mit ihrer steigenden Antriebslosigkeit, die den Weg zu den gewohnten Erfolgen zu versperren schien.

Jemand im Freundeskreis hatte ihr eine Telefonnummer in die Hand gedrückt mit dem lapidaren Satz:

„Geh da mal hin." Es war die Nummer einer schicken Yogaschule. Einem inneren Impuls folgend meldete sie sich zu Yoga an. Sie wollte ja nichts unversucht lassen und buchte den Kurs „Entspannung pur". Angeblich habe man nur in der Entspannung Zugriff auf das eigene kreative Potential. Das klappte auch ausgerechnet während der Yogastunde ganz großartig. Obwohl sie natürlich wusste, dass sie an „nichts" denken sollte, wanderten ihre Gedanken ständig wieder Richtung Arbeit. Sie hatte jede Menge Inspirationen, während sie in sanften Bewegungen auf der Matte herumturnte. Schon nach der fünften Yogaübung sah sie zahlreiche neue Kollektionsteile vor ihren Augen. Besonders bei der „adho mukha svanasana" genannten Übung, wenn im „hängenden Hund" der Kopf nach unten hängt und der Po nach oben strebt, da entwickelte Ihr Gehirn wie von selbst modische Hosen, interessante Jackenformen und thematisch passende Shirts in allen Farben. Sie sah die Mannequins schon über den Laufsteg laufen und die neuen Kreationen präsentieren. Eine Fülle erfreulicher Visionen. Wie gerne wäre sie länger in dieser klassischen Yogahaltung geblieben, um das Kopfkino weiter zu geniessen. Am Ende der Stunde folgte dann immer eine allseits beliebte Entspannungsübung im Liegen auf einer Schafswollmatte, eingehüllt in eine kuschelige Decke und mit warmen Socken an den Füßen. Erst durchdrangen die monotonen Anweisungen der Yogalehrerin den Raum. Dann folgte die Stille. Hanna genoß die Ruhe und die leisen Atmengeräusche der Teilnehmerinnen. Bis die Nachbarin zu rechten in schöner Regelmäßigkeit anfing unüberhörbar zu schnarchen. Trotzdem war Hanna nach dieser Entspannungsübung gewöhnlich entspannt. Und zwar so entspannt, dass sie sich an keine ihrer wundervollen Ideen mehr erinnern konnte. Sie sprach mit der Lehrerin ob einer Lösung. Die hatte leicht konsterniert erläutert, dass Block und Stift für die Anfertigung von Skizzen im Yogaunterricht nicht gern gesehen wären. Sie solle doch einfach mal loslassen. So war Hanna im Anschluss an die wöchentlich Stunde immer derart tiefenentspannt, dass sie sogar schon vergessen hatte zu tanken und Luis ihr Auto abschleppen musste.

Als nächste Maßnahme für einen kreativen Schub hatte sie alle Farbstifte weggepackt. Sie wollte sich nur noch auf das Wesentliche konzentrieren. Deshalb hatte sie nichts als schwarzen Karton und weiße Kreidestifte gekauft. Um dann Karton um Karton in den Papierschredder zu befördern, weil ihr partout keine Zeichnungen gelingen wollten. Luis vermutete, dass es an der Kartonfarbe liegen könnte und beschaffte ein paar blaue und grüne Kartons.

„Das wird schon wieder“, sagte er. Aber sie war sich da nicht so sicher. Denn auch die andersfarbigen Kartons landeten nach und nach im Schredder. Der Bürojunge hatte sich schon beschwert, weil er das Gerät neuerdings zweimal täglich leeren musste. Ihre Phantasie schien versiegt. Die Situation war neu und beängstigend. Sie stand am Rande eines ideenlosen Lochs, das sie komplett zu verschlucken drohte. Dabei hatte sie bestimmte Bereiche ihrer Arbeit bereits abgegeben, um sich nur auf das Wesentliche zu konzentrieren. Leider vergeblich.

„Wir haben eine Agentur gefunden, mit Sitz in Paris, stellen Sie sich vor, Pater Gabriel. Die uns und besonders mich bei europaweiten Kampagnen unterstützen soll. Letzte Woche habe ich allerdings erfahren, dass sich bei der Agentur das Personalkarussell gedreht hat. Wahrscheinlich fange ich jetzt wieder von vorne an mit der Arbeit mit dieser Agentur“, erklärte Hanna in fast makellosem Französisch über das Telefon. Gabriel zögerte. Er war sich unsicher, ob er überhaupt etwas fragen sollte und wenn ja, was. Normalerweise schütteten die Menschen wegen Nichtigkeiten ihr Herz bei ihm aus. Da ging es um kleine Lügen und Betrügereien, um Nachbarschaftsfehden und um das Finanzamt, dem man ein paar Einnahmen vorenthalten hatte und nun das schlechte Gewissen am Seelsorgetelefon erleichtern wollte. Hannas Probleme waren ihm völlig unbekannt. Da schien es ja um wirklich existenzielle Dinge zu gehen. Er selbst lebte ein streng durchstrukturiertes Leben ohne die Alltagssorgen, die Hanna gerade schilderte. Sein Leben verlief in derart regelmässigen Bahnen, dass er sich kaum getraute, davon zu erzählen. Alles war eingetaktet. Es gab in seinem Alltag den immer gleichen Rhythmus zwischen beten, arbeiten und studieren. Keine noch so kleine Abweichungen von den allgegenwärtigen, starren Regeln war vorgesehen. Unerbittlich waren diese für alle sichtbar in schwarzen Buchstaben auf einer großen Tafel im Speisesaal und in der Eingangshalle aufgezeichnet.

Gabriel kämpfte mit anderen Dämonen als einer Schaffenskrise oder zu langen Arbeitszeiten.

Auch wenn Hanna ahnte, dass Pater Gabriel vieles von ihren Problemen nicht verstanden hatte, war das Telefonat mit ihm für sie eine wirkliche Erleichterung. Auf einmal überkam sie ein Gefühl tiefer Dankbarkeit. Dankbarkeit gegenüber Pater Gabriel, der so geduldig zuhörte. Und Luis gegenüber, der die Unverfrorenheit besessen hatte, genau diese Telefonnummer für sie auszuwählen. Ein Priesterseminar in Paris. Auch wenn er das wahrscheinlich nicht ganz selbstlos getan hatte. Hanna hatte Luis schon mehrfach ihre, wie sie fand, schier aussichtslose Situation geschildert und stundenlang Rat und Trost gebraucht. Luis wurde auch mobilisiert, wenn es um das Thema Männer und Liebeskummer ging. Irgendwann hatte er ihr die rote Karte gezeigt und sich geweigert, weiter den Part des Beichtvaters und Beraters zu übernehmen. Nun hatte er offensichtlich einen Ersatz für sie in Paris ausfindig gemacht. Hanna konnte nach Herzenslust reden und reden und erneut den Versuch wagen, klare Gedanken zu fassen und vielleicht, ganz vielleicht, Lösungen zu finden. Du kannst dir alles von der Seele reden und das auch noch in deiner Lieblingssprache französisch, hätte Luis in diesem Moment sicher angemerkt.

In Paris hatte der zukünftige Pater Gabriel noch immer ein offenes Ohr für Hanna. Er schaute auf seine Taschenuhr. Auch nach einer Stunde und dreiundvierzig Minuten nahm er seine Aufgabe noch äußerst ernst.

„Es heißt Seelsorge, mein Liebe. Gehen Sie davon aus, dass Sie Ihre Seele von Sorgen befreien können. Und zwar komplett. Wenn das bis jetzt noch nicht der Fall war, dann reden Sie nur weiter."

Was Hanna auch tat, sie erzählte weiter. Sie wäre an einer Art Tiefpunkt angelangt, erklärte sie. Aber sie könne das irgendwie mit niemandem so deutlich besprechen. Es sei nicht immer so gewesen. Sie sei ihren Designerjob voller Elan angetreten. Aber jetzt. Hanna schwieg, was Gabriel inzwischen zu deuten wusste. Sie erklärte ihm, dass sie dauerhaft einfach etwas Sinnvolles machen wollte.

„Ich kann zwar meine Kreativität ausleben, aber ich würde das lieber auf anderen Gebieten tun. Taschen aus pflanzlich gegerbtem Leder, Kleidungsstücke aus Biobaumwolle oder fair produzierte Seide. Haben Sie schon mal gelesen, wie Seide hergestellt wird? Sie tragen dieses Material nie wieder, garantiert!"

Gabriel konnte sich überhaupt nicht erinnern jemals, etwas aus Seide getragen zu haben. Sein Vater hatte Seidenkrawatten im Schrank hängen gehabt. Besonders Frauen schätzten dieses Material. Es gab Blusen und Kleider und sogar Frauenunterwäsche aus Seide. Gabriel konnte sich allerdings nicht erinnern, ob seine Mutter so etwas besessen hatte. Hatte er sie überhaupt jemals in Unterwäsche gesehen? Seine eigenen Schlüpfer jedenfalls waren schon immer und ewig aus schlichter, gerippter Baumwolle und seine T-Shirts auch. Aus welchem Material die Gewänder für die Kirchenzeremonien waren, darüber hatte er sich bisher keine Gedanken gemacht. Noch nie hatte er die Kleidungsstücke einer diesbezüglichen Kontrolle unterzogen. Er wusste, dass es da Schildchen gab mit Materialangaben und sogar Angaben zum waschen. Da er aber im Priesterseminar nie und nichts waschen musste, hatte er diese Schildchen auch noch nie inspiziert. Während er Hanna weiter zuhörte, zog er die bodenlange Soutane bis über die Knie hoch und versuchte ein solches Schild zu finden. Ergebnislos ließ er nach wenigen Sekunden das kratzige Kleidungsstück wieder Richtung Boden rutschen. Wie gut, dass ihn keiner hatte sehen können. Wenn er ehrlich mit sich war: Er konnte den braunen Sack nicht ausstehen. Wie gerne würde er mal wieder eine durchlöcherte Jeans und ein knallrotes T-Shirt mit AC/DC Aufdruck tragen, schoss es ihm durch den Kopf. Und er fragte sich im gleichen Atemzug, ob er diesen Gedanken wohl würde beichten müsste.

Wenn es stimmte, was Hanna erzählte, dann schien die Seidenproduktion wirklich grausam zu sein und den Tod der Raupen unabdingbar zu machen, nur um an die Seide zu kommen. Ein unerfreulicher Gedanke, der mit Gabriels Tierliebe nicht konform ging.

Als Hanna Tage später Luis von dem Gespräch berichtete, schlug er sofort die Gründung einer Firma für Seidenproduktion vor. Das sei eine wirklich brauchbare Idee. Sie könne dann den gesamten Kirchenapparat beliefern, mit fair produzierten Talars und was die da halt sonst noch so tragen würden. Eine Idee, mit der Hanna sich leider nicht anfreunden konnte.

Hanna gestand Pater Gabriel, dass sie in einer Branche arbeite, die sie von Tag zu Tag lächerlicher fand.

„Anfangs war es nicht so. Es war großartig all die Designer und Models zu kennen. Die eigenen Kreationen auf den Laufstegen zu sehen, die Kritiken in den Zeitschriften zu lesen. Fester Bestandteil des Modezirkus zu sein. Das hat sich langsam geändert. Mir fehlt die Sinnhaftigkeit, verstehen Sie?"

In Paris nickte der Priesteranwärter, sagte „oui" und rückte die Kopfhörer zurecht. Sie musste wirklich müde und ausgebrannt sein, diese Hanna. Schon wieder fing sie mit dieser „Sinnhaftigkeit" an. Das schien sie ja sehr zu beschäftigen.

„Ihr Französisch ist großartig", sagte Gabriel nur, weil ihm einfach nichts rechtes einfiel, was er hätte sagen können. Er knipste die Lampe mit dem Papierschirmchen an. Draußen waren dunkle Wolken aufgezogen. Das angekündigte Gewitter hatte sich direkt über dem Priesterseminar positioniert.

„Ach Pater Gabriel... diese Müdigkeit...", murmelte Hanna.

Irgendwie kam das Telefonat einer Beichte doch sehr nahe. Hanna seufzte leise. Sollte sie es wagen, das andere Kapitel anzusprechen? Die nicht enden wollenden Probleme mit diesen verantwortungslosen Männern, die da draußen rumliefen. Das würde sie einem angehenden Pater wahrscheinlich nur schwer vermitteln können. Wie sollte sie mit Pater Gabriel in spe über Männergeschichten reden, der ja gerade dabei war, sich für lebenslange Abstinenz in Sachen Sexualität zu entscheiden?

Der angehende Pater in Paris saß in seinem Stuhl und hörte zu, während er an seinem Bart spielte. Er sagte wenig, fragte behutsam. Mal schaute er aus dem Fenster, dann zählte er die roten Rauten der Bodenfliesen oder die kleinen Kreuze in der Deckenmalerei. Gedankenverloren strich er über sein Tattoo, dass er sich vor ein paar Jahren an einem Osterfeiertag in der Altstadt von Jerusalem hatte stechen lassen. Ein Mann mit schulterlangen Haaren hatte in einer Gewölbewohnung in der Nähe der Klagemauer sein Tätowierstudio gehabt. Damals hatte Gabriel noch nicht gewusst, dass er eines Tages in einem Priesterseminar in Paris leben würde. Zehn Quadratmeter mit Einzelbett ohne private Toilette und Dusche waren sein Zuhause. 6.30 Uhr aufstehen und beten, anschließend der Besuch der Messe. Frühstück mit den anderen Seminaristen. Anschließend das Studium: Kirchengeschichte, Philosophie, Theologische Erkenntnisse, Geschichte der Philosophie. 12.30 Uhr Mittagessen, anschließend Mittagsgebet und wieder Seminare, auch Althebräisch und Altgriechisch. Ein strikter Tagesablauf. Wohnen, arbeiten, beten und studieren. Von alledem hatte Gabriel damals in Jerusalem nichts geahnt. Er hatte sich nur magisch angezogen gefühlt von dieser Stadt, der Werkstatt, den Ornamenten und Kreuzen, den hölzernen Stempeln, mit denen die Motive erst auf die Haut aufgetragen wurde, um sie dann später mit filigraner Nadel in die Haut zu stechen. Gabriel hatte im Wartebereich neben äthiopischen Christen, Jerusalem-Fans und jüdischen Szenegängern gesessen. Letztere ignorierten wissentlich das Verbot des Tätowierens, obwohl ihr Glaube ihnen das abverlangte. Der Tätowierkünstler, selbst ein Christ, hatte zitiert: „Buch Levitikus, Kapitel 19. Ihr dürft Euch keine Zeichen einritzen lassen".

Christen waren im Ägypten des fünften Jahrhunderts gezwungen worden, zum Islam zu konvertieren oder sich als stigmatisierendes Zeichen das Kreuz auf die Hand tätowieren zu lassen.

Gabriel wurde in keiner Weise zu irgendwas gezwungen an diesem feierlichen Ostertag. Es fühlte sich damals einfach richtig an und er entschied sich ohne Zögern für ein Kreuz. Ein koptisches Kreuz, wie es schon seit Jahrhunderten die Christen trugen. Allerdings hatte Gabriel sich das Kreuz nicht, wie traditionell üblich, am rechten inneren Handgelenk tätowieren lassen, sondern auf den linken Unterarm. Und während er damals die schmerzhafte Prozedur über sich ergehen ließ, studierte er an der Wand die lange Liste der namhaften Leute, die schon unter den Nadeln der traditionellen Tätowierfamilie gewesen waren. Sogar Edward VII, Sohn von Königin Victoria von England hatte sich angeblich während einer Pilgerfahrt ein Jerusalemkreuz stechen lassen. Gabriel befand sich also in bester Gesellschaft.

Wann er sich dann genau entschlossen hatte, sein Leben völlig in den Dienst der Kirche unter das Kreuz zu stellen, auf Familiengründung und Frau in seinem Leben zu verzichten, nicht zu begehren und nicht zu küssen, daran konnte er sich nicht mehr erinnern. Hanna war fasziniert von Pater Gabriels Geschichte.

„Ich habe auch Tattoos", sagte sie. „Am rechten und am linken Fußgelenk je einen Flügel."

„Dann fliegen Sie doch!", sagte Pater Gabriel. Und er meinte es so, wie er es gesagt hatte: sehr ernst.

Saint-Paul-le-Jeune

I have found that if you love life,
life will love you back.
Arthur Rubinstein (1887-1982)

Deborah stand vor dem Haus und wartete mit einem Koffer und einer Kiste in der Hand. Sicherlich würde jeden Moment der Bus um die Ecke biegen und sie abholen. Sie hatte es noch geschafft, ein Päckchen zu packen und eine kleine Karte zu schreiben. Es war ihr einfach ein Bedürfnis gewesen etwas auf den Postweg zu bringen. Für diese reizende Claire.

Da kam ein blauer Bus. Deborah erschrak. Sie erkannte das Fahrzeug sofort an dem Aufkleber auf der Kühlerhaube. Am Steuer saß Henry und winkte. Der Bus hatte inzwischen viele Beulen und Dellen. Insgesamt zeigte der Tacho mehr als 250.000 km und erst in den letzten Wochen waren fast 2000 km dazugekommen. Marianne hatte sich den Bus geliehen, aber nichts erklärt. „Überraschung", hatte sie bei der Rückgabe des vollgetankten Busses gemurmelt und zu Henrys Freude eine Kiste großartigen Weines auf dem Beifahrersitz zurückgelassen.

Deborah war entsetzt. Warum mussten sie ausgerechnet mit dem alten Vehikel fahren? Henry hatte doch noch „die Göttin“, seinen Citroën DS, in der Garage stehen. In royalem Blau mit weißen Ledersitzen. Der Spritverbrauch war zwar enorm, aber das Fahrgefühl einmalig. Sie hatte fest mit diesem luxuriösen Oldtimer gerechnet. Und nun das. Ach, sie hätte Henry einfach nochmal fragen sollen, was er denn da vor hatte. Das hatte sie im Trubel der Ereignisse der letzten Wochen einfach vergessen. Mit dem Wort „Ereignis“ meinte sie die Trennung von ihrem Liebhaber namens Olivier. Dann die unglaubliche Geschichte mit der Beförderung in der Firma. Ein derart überraschendes Ereignis, welches sie sofort hatte vergessen lassen, dass sie diesen Arbeitsplatz eigentlich hatte verlassen wollen. Dann die Episode mit der kurzen und leidenschaftlichen Affäre mit dem süßen Kellner aus der Brasserie Lipp. Hinzu kam außerdem die Anschaffung von Frau Merkel. Inzwischen hatte Deborah die Schildkröte allerdings umbenennen müssen. Frau Merkel hatte sich als Herr Merkel entpuppt. Eigentlich interessierte sich Deborah erst in letzter Zeit für Politik und war diesbezüglich noch unbedarft. Aber soviel wußte sie: der Mann von Frau Merkel heißt Herr Sauer. Ein Name, der ihr nicht besonders zusagte. Deshalb hatte sie Frau Merkel kurzerhand in Herr Obama umbenannt. Was ja auch ein politisches Statement war. Es schien ihr insgesamt die bessere Wahl und passte auch gut zu der dunklen Zeichnung des Schildkrötenpanzers.

Deborah stand an der Bordsteinkante, es nieselte leicht. Herr Obama kruschte leise im Karton auf ihrem Arm. Hätte sie jemand gefragt, was aber niemand tat, sie hätte zugeben müssen, dass sie aufgeregt war. Sie hatte Henry schon eine ganze Weile nicht mehr gesehen.

Der Bus hielt mit quietschenden Reifen. Deborah sah hinter der leicht blinden Scheibe ihren Bruder grinsen. Henry sprang leichtfüssig aus dem Auto.

„Oh, mit Bart", stellte Deborah fest. Henry sagte nichts und nahm sie einfach nur voller Herzlichkeit in den Arm. Es fühlte sich gut an, fand Deborah. Ungewohnt, aber gut. Sie sahen sich wenig bis kaum, was Deborah in diesem Moment richtig bedauerte.

Im Bus ging die Lüftung nicht und Deborah musste ständig die beschlagene Scheibe trocken wedeln. Links neben ihr auf der Sitzbank stand der Karton mit Herrn Obama. Mit Schrecken stellte Deborah plötzlich fest, dass sich der Karton an einer Ecke dunkel verfärbte. Was nichts anderes bedeutete, als dass Herrn Obamas Hinterlassenschaften durch den Karton sickerten. Ausgesprochen unangenehm. Dabei hatte Henry noch erklärt, dass er nur deshalb den Bus genommen habe, weil der Mittelplatz noch gebraucht würde. Nach einer zwanzig minütigen Fahrzeit wusste Deborah auch warum: Bereits von Weitem sah sie eine Frau in einem langen Mantel mit großen Punkten in einer Toreinfahrt stehen. Und die Straße kannte sie auch. Vor dem Anwesen Route Marechal stand Nathalie, ihre Mutter.

„Ménage a trois, nur anders halt“, murmelte Deborah. Sie hatte mit allem gerechnet, nur nicht damit. Sie war sich nicht sicher, ob ihr diese Kombination für einen Urlaub gefiel. Seit der Scheidung hatte sie ihre Mutter nur selten gesprochen. Sie hatte einfach die dauernden Vorwürfe nicht ertragen, dass sie selbst noch immer nicht verheiratet war. Dass immer noch keine Fotos von Enkelkindern in hübschen Bilderrahmen den großmütterlichen Kamin zierten. Und dass überhaupt weit und breit kein Mann in Sicht war.

Als sie von der Liaison mit Olivier erzählte hatte, war es zur kompletten Funkstille zwischen Mutter und Tochter gekommen.

„Aber was willst du denn? Ich habe in diesem Fall doch die großartige Rolle der Geliebten, genau wie die neue Flamme von Papa. Aus deren Perspektive hat sich doch alles sehr erfreulich entwickelt. Sie hat einen wohlhabenden Mann aus einer Ehe gecoacht. Das wird mir doch wohl auch gelingen“, hatte Deborah in einer hitzigen Diskussion erklärt.

„Wie unsensibel!“, hatte Nathalie geweint. Sie

sah die Liaison natürlich aus ihrem Blickwinkel, der Situation der verlassenen Ehefrau. Natürlich war sie nicht im geringsten damit einverstanden, dass Deborah mit diesem verheirateten Olivier eine Liaison eingegangen war. Was Nathalie nach ihrem Erlebnis mit dem eigenen Ehemann und dem scheußlichen Ausgang der fast dreißigjährigen Ehe auch nicht verübelt werden konnte.

Aber Deborah pflegte hartnäckig zu machen, was sie wollte.

„Henry, was für eine Überraschung! Das war eine weise Idee von dir, nichts Genaues von deinen Plänen zu erzählen“, sagte Nathalie laut. Am liebsten würde ich nicht einsteigen, dachte sie leise. Nathalie warf schwungvoll zwei Koffer in den Bus.

„Der Platz ist sicher für mich, oder?“, fragte sie übereifrig und drängte sich ohne Zögern in den Bus genau auf den Platz in der Mitte der Sitzbank zwischen Henry und Deborah. Und damit unglücklicherweise direkt auf den dunklen Fleck von Herrn Obama. Was Nathalie natürlich nicht wissen konnte. Und was Deborah in der Schnelligkeit, mit der Nathalie sich in den Bus gequetscht hatte, auch nicht hatte verhindern können. Schon komisch, dachte Deborah und konnte sich ein Grinsen nur schwer verkneifen. Die Stimmung im Bus war leicht angespannt. Alle drei dachten angestrengt und vergeblich nach, wann sie das letzte Mal zusammen einen Ausflug oder Urlaub gemacht hatten. Henry war sich auf einmal unsicher, ob die Tour ein guter Einfall gewesen war.

Deborah hatte sich schweren Herzens von dem Karton mit Herrn Obama getrennt. Der stand nun im hinteren Teil des alten Busses zwischen einer Schuhtasche und den zwei Koffern von Nathalie. Und verschiedenen Eimern, Kanistern, technischen Geräten und Behältern, einer Holzleiter, Gartengeräten und anderen Gepäckstücken, die Henry eingepackt hatte.

„Das brauche ich alles“, hatte er auf Deborahs fragenden Blick hin einsilbig geäußert.

Statt Deborah wedelte nun Nathalie mit einem Tuch an der Frontscheibe herum, damit Henry nicht in völliger Blindheit den Weg in den Süden Frankreichs suchen musste.

Es waren genau sechshundertachtundvierzig lange Kilometer in dem alten Bus. Dabei hatte Henry schon fast fünfzig Kilometer eingespart, weil er eine Route über Bourges statt über Lyon gewählt hatte. Sie redeten über Belanglosigkeiten, Alltäglichkeiten und umschifften jedes problembehaftete Thema weiträumig.

Es waren die längsten Kilometer seines Lebens. Wie friedlich war doch seine erste Fahrt in den Süden mit dem Zug gewesen, mit Mariannes Leckereien sowohl im Bauch, als auch zusätzlich in einer

Tüte. Als „Reserve“ sozusagen, wie Marianne damals augenzwinkernd angemerkt hatte. Er hatte das Alleinsein im Schlafwagenabteil genossen. Und nun saß er in seinem geliebten Bus neben der Mutter, von der er nicht wirklich wusste, wie es um die gegenseitige Liebe bestellt war. Und die Position rechts außen war mit Deborah belegt, einer Schwester, die in seinem Leben nur wenig vorgekommen war. Was wahrscheinlich auch am Altersunterschied gelegen hatte. Und daran, dass Deborah sehr frühzeitig in einem Internat untergebracht wurde. Sie sei ein schwieriges Kind gewesen, hatte der Vater diesen Schritt einmal begründet. Eine höchst prekäre Situation, diese Busfahrt zu dritt, in die Henry sich zu allem Übel selbst manövriert hatte. Seit der Kündigung hatte er das Gefühl gehabt Defizite auszugleichen und Versäumtes nachholen zu müssen. Vielleicht wäre es besser gewesen, mit Deborah und Nathalie erst getrennte Annäherungsversuche zu starten, als gleich von jetzt auf nachher in einem Aufwasch einen langen Familienausflug zu forcieren. Aber so war er nun mal. Geduld war nicht seine Stärke und er liebte klare Abläufe und konkrete und klare Lösungswege. Ganz anders als Deborah, die zwar ausdauernd bei einer Sache bleiben konnte, aber nicht gerade auf Lösungen hinarbeitete und sich mit Veränderungen schwer tat. Immer wurde alles auf die Goldwaage gelegt. Und dann diese stundenlangen Diskussionen! Für Deborah, im Sternzeichen der Waage geboren, waren jegliche Entscheidungen immer eine äußerst schwierige Herausforderung. Und jede getroffene Entscheidung war immer nur die Basis für eine neue Abwägung. Wie Henry sogleich wieder erfahren sollte.

„Könnten wir hier rausfahren?“, fragte Deborah unvermittelt.

Als Henry die Beschleunigung drosselte, meine Deborah plötzlich:

„Ach, vielleicht nehmen wir erst die nächste Raststätte. Auf dem Schild steht nichts von Lavazza, also haben sie hier keinen guten Kaffee.“

Als Henry wieder beschleunigte rief Deborah:

„Halt, lass uns doch hier abfahren. Wahrscheinlich gibt es erstmal keinen Rasthof mehr, sondern nur noch diese schrecklichen Parkbuchten, wo überall die Männer vor den Büschen stehen und ihr Ding beim urinieren beobachten.“

Nathalie kicherte und Henry stieg in die Eisen, dass die Bremsscheiben anfingen leicht brenzlig zu riechen. Im hinteren Busbereich rutschten alle Gegenstände wild durcheinander.

„Herr Obama!“, rief Deborah erschrocken. Da sowohl Henry als auch Nathalie diesen Ausspruch nicht deuten konnten, musste Deborah notgedrungen das Vorhandensein des blinden Passagiers beichten.

„Ich habe keinen Schildkrötensitter gefunden“, erklärte sie kleinlaut. Nathalie rutschte pikiert nach links zu Henry, um dem Fleck auf dem ohnehin schon schmuddeligen Sitzbezug zu entgehen. Henry hatte deutliche Schwierigkeiten, die Schaltung zu bedienen.

Auf dem Rastplatz fanden sie nur mit Mühe eine Lücke für den Bus. Überall standen Autos und Caravan-Gespanne. Es war ein irrsinniges Gedränge, vom Lärm ganz zu schweigen. Aus zwei großen Bussen quollen ohne Ende lärmende Frauen.

Henry dachte sofort an Kaffeefahrt. Deborah versuchte stattdessen, die Schilder auf den Bussen zu entziffern.

„Schnell, schnell!“ rief sie dann nur noch, stürzte aus dem Bus und rannte los. Nathalie machte währenddessen ein paar Dehnübungen.

„Es gibt sicher was umsonst“, meinte sie seelenruhig und drehte immer wieder ihren Kopf nach hinten, um das Malheur zu betrachten, was ihr Herr Obama eingebrockt hatte. Wie gut, dass sie sich für einen dunklen Rock entschieden hatte. Der Nässefleck war nicht wirklich zu sehen, aber sie hatte das Gefühl, als würde es etwas müffeln.

Später in der Caféteria stellten sich Henry und Nathalie geduldig in die Schlange, während Deborah die unterirdischen Räumlichkeiten aufgesucht hatte. Auch sie musste sich dort in eine endlos lange

Schlange einreihen, denn tatsächlich hatten die Landfrauen aus dem Pitou vor ihr den WC-Bereich gestürmt. Sie waren auf dem Weg zu einer Demonstration. Und soviel Nathalie gehört hatte, ging es um die Erhöhung des Milchpreises um zwei Cent pro Liter, die Abschaffung irgendwelcher Quoten und den Direktverkauf von Rohmilch in Milchautomaten in den Dörfern.

Oben im Bistrobereich hatten Nathalie und Henry den letzten Stehtisch ergattert. Zu dritt rührten sie stumm in ihren Tassen. Die Herbstsonne schien durch die schmutzigen Scheiben und malte Lichtpunkte auf das hellgrüne Weichschaumdeckchen. Ein osteuropäisch aussehender Mann in karierter Hose, gestreiftem Hemd und abgetragenem Pullunder bahnte sich seinen Weg zu ihnen. Henry schüttelte energisch den Kopf und winkte ab. Der Mann stellte sich hartnäckig an den Tisch und wedelte mit einem Strauß Rosen vor Henrys Nase hin und her.

„Gute Rosen. Kaufen für Frauen?“

Henry winkte erneut entschieden ab. Und der dauerlächelnde Mann versuchte sein Glück am nächsten Resopaltisch.

Deborah war blass geworden. Die Rosen ließen traurige Erinnerungsinseln auftauchen. Zu allem Übel war das Süßstofftütchen neben ihrer Kaffeetasse mit einer dieser lapidaren Informationen zu einem Sternzeichen bedruckt. Es ging um das Sternzeichen Löwe. Und Olivier war Löwe. Das Ereignis im Hotel Lutetia erschien wieder vor Deborahs innerem Auge. Sie holte tief Luft, packte die Situation beim Schopf und erzählte mit leiser Stimme von ihrer desaströsen Liaison mit Monsieur O. und dem bitteren Ende im Grandhotel Lutetia.

„Bravo“, sagte Nathalie nur und löffelte auch noch die allerletzten Reste des Milchschaums aus ihrer Tasse. Henry streichelte mitfühlend Deborahs Arm. Wer hätte das gedacht, dass seine kleine Schwester in einem simplen Autbahnbistro eine derartige Beichte ablegen würde.

„Aber ich verstehe es trotzdem nicht“, sagte Deborah trotzig. Und während der nächsten 300 Kilometer im Bus sprach sie ununterbrochen. Sie hatte Olivier geliebt. Nicht nur ihn, sondern auch die Heimlichkeiten, die verstohlenen Rendezvous in den unterschiedlichen Hotels. Die romantischen Stunden zu zweit, die sie in den weichen, großen Betten verbracht hatten. Deborah musste sich eingestehen, dass sie seine Nachrichten vermisste, seine Anrufe. Aber wie sollte er auch anrufen können, nachdem Deborah sich schweren Herzens entschieden hatte, seine Nummer zu blocken, seine gesamten Adressdaten zu löschen.

Auf eine ganz spezielle Art hatte O. zu ihrem Leben gehört. Er war ein fester Bestandteil in ihrem

Tagesablauf. Auch wenn sie nicht zusammen gelebt hatten und sich nur einmal wöchentlich hatten sehen können. Und nun? Nichts als Einsamkeit und Leere. Erstaunlich, welchen Halt Sehnsucht und Hoffnung im Leben geben konnten. Zurückgeblieben waren die Erinnerungen sowie ein paar Zettel und handschriftliche Kärtchen, die sie in eine roten Schublade gelegt hat. Und ein Paar seiner dunkelblauen Socken, die immer noch seinen Geruch trugen, den sie so geliebt hatte. Deborah erzählte viel aus der Zeit mit Monsieur O. Sie erzählte von dem Beginn der Liaison, dem Aufzug, den Treffen und den Rollwägelchen.

Henry war sicher, dass Deborah die magische Grenze von 16.000 Worten, die Frauen angeblich täglich reden, längst überschritten hatte. Immer wieder griff Deborah nach seiner Hand. Nathalie döste ein wenig vor sich hin und Deborah plapperte wie ein Wasserfall. Sie versuchte, Olivier zu beschreiben und stellte erstaunt fest, dass ihr das schwer fiel. Mit welcher Berechtigung hatte sie eigentlich annehmen können, dass nach wöchentlichen, allerdings stundenmäßig dezimierten Treffen in fremden Betten dieser Mann der Richtige war für ein Leben zu zweit? Was wusste sie eigentlich noch über diesen Mann, außer dass er ein feuriger Liebhaber war, ein knackiges Hinterteil besaß, dass er Frauentränen nicht ausstehen konnte und immer richtig lag mit Trinkgeld geben? Erstaunlich viele Informationen über seine Frau und Familie hatte Olivier preisgegeben. Immer in gereiztem Ton, am Rande der Belastbarkeit. Sie kannte die Themen der Elternabende, die Gästeliste zu Thanksgiving in der amerikanischen Botschaft, Die Wunschliste der Kinder zu Weihnachten und zu den Geburtstagen und den Modegeschmack seiner Frau. Sie war sich so sicher gewesen, dass Olivier für sie bestimmt war. Immer hatte sie das gemeinsame Leben vor Augen. Aber hatte sie sich in den wenigen Stunden in den Hotels ein wirkliches Bild von dem Mann machen können? War nicht alles eine großartige Illusion gewesen? Zweifel nagten an Deborah. Was allerdings keine Rolle mehr spielte. Denn Schluß war Schluß. Ihr knallhartes, konsequente Handeln schätzte auch ihr Arbeitgeber.

In diesem kleinen Landhotel in Saint-Paul-le-Jeune, beim ersten gemeinsamen Abendessen mit Mutter und Bruder, erzählte sie weitere Vertraulichkeiten. Es fühlte sich so etwas von gut an, als fiele eine zentnerschwere Last von ihr.

„Familie“, sagte sie zwischendurch immer wieder. Am Ende des Abends dann mit leicht glasigen Augen. Sie konnte über ihre Empfindungen, ihren Kummer und ihre Geheimnisse sprechen. Und sie hatte das Gefühl, dass Nathalie und Henry in einer bestimmten Weise auch ein Therapiegespräch ersetzen konnten. Zumindest bis zu dem Zeitpunkt, an dem die eigene Mutter anfing, seltsame Kommentare abzugeben und sich über alles lustig machte. Was möglicherweise an der zweiten Karaffe Wein lag, aber in jedem Fall unangebracht war.

Trotz aller neuer Offenheit verschwieg Deborah deshalb, dass sich ganz unten in ihrem Koffer zwei dunkelblaue Herrensocken befanden.

Am zweiten Abend in dem kleinen Landgasthof saßen sie wieder am gleichen Tisch. Deborah hatte eine leicht sonnenverbrannte Nase, so stark war die Herbstsonne tagsüber noch gewesen. Nathalie griff nach der Speisekarte und setzte ihre Lesebrille auf. Henry hatte sich bereits für ein Entrecôte mit kleinen Erbsen und Kartoffelpüree entschieden. Er senkte seine Speisekarte und fragte:

„Und was nehmt ihr?"

Deborah schwankte noch zwischen Rotbarbe und Bohneneintopf. Nathalie dagegen hatte die Angewohnheit sich von allen Tischteilnehmern inspirieren zu lassen und erst in allerletzter Minute zu entscheiden. Erst als der Wirt kam, legte sich Nathalie dann endgültig fest.

„Lammkoteletts mit Rosmarin und grünen Bohnen", sagte sie mit entschiedener Stimme, wie um sich selbst nochmals in der Richtigkeit ihrer Entscheidung zu bestätigen. Und sie fügte hinzu: „Keine Kartoffeln, nur Bohnen". Auch so eine Marotte, dachte Deborah, die schon eine ganze Weile beobachtete, dass Nathalie einen weiten Bogen um Kartoffeln und Nudeln machte. Alle drei fanden es wohltuend, dass nicht zwanzig Kellner in dem Lokal herum liefen und womöglich noch ein Sommelier über ihre Weinauswahl die Nase gerümpft hätte. Was hieß Auswahl? Es gab zwei rote und zwei weiße Weine auf der Karte, jeweils einmal trocken und einmal lieblich. Die Welt konnte so herrlich einfach sein, hatte Nathalie gedacht. Sie beobachtete Henry und Deborah. Die Ähnlichkeit war nicht von der Hand zu weisen. Warum die beiden nur in Ausnahmefällen Maman zu ihr sagten, wusste sie nicht. Es hatte sich einfach nicht anders ergeben. Einmal hatte sie den kleinen Henry dabei ertappt, wie er das Kindermädchen aus der Schweiz mit Maman tituliert hatte. Der Stich saß damals tief und sie hatte sofort dafür gesorgt, dass es bei einem einmaligen Vorfall blieb. Am Abend nach dem Ereignis hatte Heidi mit roten Augen bei Tisch gesessen und Nathalie hatte den heimlichen Versuch Henrys beobachtet, das Kindermädchen zu trösten. Es war kaum zu ignorieren gewesen und irgendwie anrührend, wie der Kleine seine Kinderhand nach Heidi ausgestreckt hatte. Ihre Beziehung zu ihren Kindern war unspektakulär, ja fast nüchtern. Keine wirklich enge Bindung, wie hätte solch ein Band auch entstehen sollen. Aber von Respekt geprägt. Sie konnte sich nicht erinnern, ob sie jemals mit Deborah das Spielzimmer aufgeräumt hatte oder Henry bei den Hausaufgaben geholfen hatte.

Trotz aller Therapiesitzungen war sie zu dem Schluß gekommen, dass es sich nicht um wirkliche Versäumnisse handelte. Sie hatte als Mutter immer ihre Pflichten wahrgenommen. Sie hatte Zahnfee gespielt, den Nikolaus instruiert, das erste Hockeyturnier von Henry besucht und Debbi bei der Einschulung getröstet. Dass sie sich nicht täglich in der Küche die Hände mit Möhrenreiben, Bohnen schnippeln und Gratin einschichten ruiniert hatte, hatte sicher nicht zu einem nachhaltigen Defizit bei beiden geführt. Und immerhin hatte diese Tätigkeiten ja eine kompetente Köchin zum Wohle aller in der Familie übernommen. Auch das stundenlange am Boden kriechen und irgendwelche Spiele spielen war nie ihr Ding gewesen. Wohlgemerkt damals. Sie hatte sich schon zweimal erstaunt dabei ertappt, wie sie fröhlich auf dem Teppich mit den Kleinen ihrer Freunde Lego spielte.

Der Wirt stellte zwei Karaffen mit Wein auf den Tisch. Deborah hatte sich für einen goldgelben Chablis entschieden und Nathalie freute sich auf ihren Pinot Noir. Henry übernahm es, den Wein einzuschenken und wartete auf einen Cidre, dessen Name ihm gefallen hatte.

„Die Idee war fabelhaft, dass wir zu Dritt hierher gefahren sind“, sagte er währenddessen.

„Der Tag heute war grandios und laut meiner Uhr sind wir fast zwölf Kilometer gelaufen.“

Er öffnete mit einem Klick seine Stahluhr und legte sie auf den kleinen Tisch. An seinem Handgelenk war statt der Uhr ein zarter weißer Streifen zu sehen.

Nathalie nickte leicht erschöpft und nippte am Wein.

„Ich könnte hier ab heute geführte Wanderungen anbieten“, Deborah lachte und nahm den letzten Schluck ihres Ricard, bevor sie sich dem Chablis zuwendete.

Henry fand, dass es insgesamt gut lief mit ihnen. Deutlich besser, als er es gedacht hatte. Sie hatten tiefgründige Gespräche geführt, es waren Tränen geflossen und ein paar alte Wunden waren neu aufgebrochen. Das war gut so.

„Morgen schaffe ich das nicht nochmal, ich meine das Laufen“, meldete sich Deborah zu Wort und fuhr mit dem Zeigefinger ihrer rechten Hand immer am Glasrand entlang, bis der gewünschte Effekt eintrat: Ein grässlicher Ton durchdrang den kleinen Gastraum. Das hatte sie schon als kleines Kind gemacht. Und schon damals hatte sie ihre Mutter nur kurz strafend angesehen und Deborah hatte die Musikproduktion, wie sie es nannte, unterbrochen. Und genauso passierte es wieder: Nathalie sah sie strafend an und Deborah zuckte zusammen. Es hatte sich seit der Kindheit nichts, rein gar nichts geändert, dachte Deborah. Nathalie und Henry dachten dasselbe.

Eine halbe Stunde später kämpfte Deborah mit den hartnäckigen Gräten des Fisches. Sie hatte schlußendlich mit großem Bedacht die Rotbarbe gewählt, weil diese mit einem appetitlichen Beilagensalat offeriert wurde. Diese Wahl gab Deborah nämlich die Möglichkeit, etwas für das leibliche Wohl von Herrn Obama zu tun. Als niemand hinsah, stopfte sie blitzschnell ein paar Salatblätter in ihre Handtasche, obwohl ihr nicht ganz wohl dabei war. Wie würde wohl das kleine Tagebuch ausschauen? Und vielleicht wäre der Führerschein ruiniert oder das Portemonnaie aus Leder hätte Flecken aus Salatdressing? Wenn ihr Taschenkalender demoliert wäre, dann wäre das bei aller Tierliebe eine echte Katastrophe. Sie befürchtete plötzlich, dass sich die farbigen Unterstreichungen durch das Salatdressing auflösen könnten. In dem in Glanzkarton eingebundenen Kalender gab es einen für Adressen und in einem anderen Teil waren sorgfältig alle ihre Termine vermerkt. Mit der ihr eigenen Akkuratesse sogar farblich markiert und unterstrichen. Dafür hatte sie sich eigens in dem Schreibwarenladen am Place Vendome ein sündhaft teueres Lineal zugelegt. Um die Eintragungen des wöchentlichen Ballettunterrichts wäre es nicht schade. Der war in der Farbe Rot unterstrichen, weil ihre ersten Ballettschuhe, die sie mit fünf Jahren erhalten hatte, aus einem leuchtend roten Satin gewesen waren. Deborah hatte sich nach der Trennung von Olivier gleich in der tristen Balletschule angemeldet, um vielleicht ein Trauma zu besiegen. Aber damals wie heute hatte Deborah einfach zwei linke Füße und sie hatte sowieso vorgehabt das Ballett wieder an den Nagel zu hängen. Es war einen Versuch wert gewesen. Stattdessen ging sie jede zweite Woche zur Thaimassage. Wenn schon kein Sport, dann wenigstens Muskellockerungen durch die Hände der Thaimädchen. Für diese Termine hatte sie im Kalender die Farbe gelb gewählt. Die Assoziation musste jedem sofort klar sein. Sie selbst würde sich bei diesem satten Gelb immer an die Mönchskutten und Gebetsfahnen und das gleißende Goldgelb des liegenden Buddhas in Bangkok erinnern. Eine Reise, die sie mit ihrem Vater gemacht hatte, der inzwischen in der Familie zu einer persona non grata geworden war. Deborah hatte ihn neulich per Zufall im Jardin des Tuileries mit einem Kinderwagen beobachtet. Nochmal Kinder, in seinem Alter, wie lächerlich. Unaufhörlich schuckelte er mit einer Hand den Kinderwagen von rechts nach links und von vorne nach hinten, während er gleichzeitig gestenreich mit dem Handy telefonierte. Ein unvoreingenommener Beobachter hätte Raoul aus optischen Gründen eher für den Großvater als für den Vater des kleinen Schreihalses gehalten. Hätte Papa sich mehr um Henry und mich gekümmert, dann müsste er jetzt nicht Midlifecrisis bedingt eine zweite Runde drehen, hatte Deborah bei diesem Anblick gedacht. Sie hatte sich eine leichte Schadenfreude nicht verkneifen können. Gepaart mit Trauer, diesen Vater nicht wirklich kennengelernt zu haben. Gerne wäre sie seine Prinzessin gewesen, wie alle kleinen Mädchen. Aber sie musste sich eingestehen, dass diese Chance vertan war.

Deborah überlegte fieberhaft, ob sie vielleicht kurz im Eingangsbereich ihre Tasche auf eventuelle Schäden kontrollieren sollte. Es wäre wirklich eine Katastrophe, wenn die ganzen Termine und Daten verschwunden wären, aufgelöst von Olivenöl, Zitronenessig, Salz und Pfeffer. Eintragungen, die den ökologischen Gartenverein betrafen, hatte sie immer mit grün markiert. Sie hatte vorgehabt, in Paris wieder häufiger zu dem Verein zu fahren. „Les BIOs", wie die fast hundert Mann starke Truppe hieß, baute gemeinsam auf großen Flächen bei Versailles Obst und Gemüse an. Sie hatte von ihrer Firma, man höre und staune, eine zwei Jahres-Mitgliedschaft geschenkt bekommen. Sie war eine der privilegierten Personen, die ein solches Geschenk erhielt. Weil sie nach Meinung des Vorstandes in einem der großen Mietshäuser ohne Balkon wohnte. Das mit dem großen Mietshaus war richtig. Es handelte sich aber um einen luxuriösen Neubau mit Concierge-Service, Schwimmbad im Souterrainbereich und Tiefgarage. Die fantastischen Balkons waren alle auf der Rückseite des Gebäudes untergebracht, was der Vorstand hätte wissen können, hätte er auch nur einmal das Programm google earth bemüht, auf dem all das zu erkennen war. Sie hatte sich keine Mühe gegeben, den Umstand aufzuklären und das Geschenk angenommen. Der Vorstand wollte alle balkonlosen Mitarbeiter durch die Mitgliedschaft bei den BIOs dazu animieren, auch Tage im Freien zu verbringen. So stand es zumindest in dem freundlichen Anschreiben. Dass Deborah wann immer möglich ihren luxuriösen Freisitz nutzte —allerdings unter einem Schirm — um das Wachsen ihrer Sommersprossen zu verhindern, konnte der Vorstand nun wirklich nicht ahnen. Bei den „BIOs“ könne man auch Bio-Gemüse anbauen, war eine weitere Anregung in dem Schreiben der Geschäftsleitung. Dieses könne man dann auch zubereiten und essen, statt immer nur belegte Baguettes und Quiches in der Mittagspause reinzustopfen. Es seien auch weiterführende Angebote für die Mitarbeiter wie Kochkurse oder ähnliches in Vorbereitung. Es war rührend, wie sich der Vorstand um die Gesundheit der Mitarbeiter sorgte. Sicher auch, um die für das Unternehmen kostspieligen Krankentage zu dezimieren. Jedenfalls jetzt, da Deborah im Besitz einer Schildkröte war, fand sie das Geschenk zum ersten Mal gar nicht mehr so abwegig. Denn für den ausufernden Gemüseanbau war der Balkon dann doch nicht geeignet. Deborah nahm sich vor, schon alleine um Herrn Obamas

Willen, nicht nur zur Jahresmitgliederversammlung der „BIOs“ zu fahren. Nein, das kommende Jahr würde sie aktiv mit ihnen gemeinsam den Boden durchwühlen, Unkraut zupfen, Gießkannen schleppen und Salate anpflanzen. Vielleicht könnte sie Herrn Obama sogar zu den Gartentagen mitnehmen? Ob es überhaupt erlaubt war, eine Schildkröte mitzubringen? Andererseits brachten einige der „BIOs“ ja auch ihre Kinder oder Hunde mit. Wo also wäre das Problem mit Herrn Obama? Deborah sah keines. Auf die Art und Weise würde das Kriechtier zur Abwechslung aus seinem Glaskasten herauskommen. Sicher würde Herr Obama es auch zu schätzen wissen, erntefrischen Salat zu knabbern. Vielleicht würde der dann sogar noch ein Stück wachsen, denn insgesamt war er schon ganz schön klein und zartgliedrig.

Während Henry schon mit seiner Apfeltarte beschäftigt war, hatte sich Deborahs Unruhe in Sachen Handtasche weiter gesteigert. Denn es bestand die fatale Möglichkeit, dass eventuell auch die Adresse des Gartenvereins – grün unterstrichen – durch die Salatsoße in Mitleidenschaft gezogen worden war. Dann, ja dann wäre alles sehr kompliziert. Denn sie hatte sich abgewöhnt, Adressen und Telefonnummern auswendig zu lernen. Wozu hatte man auch so einen hübschen Kalender, mit dem man alles geordnet immer bei sich tragen konnte? Deborah liebte das Wort Struktur. Eigentlich hatte sie Fotokunst studieren wollen. Doch dann war sie nicht ohne Grund Bilanzbuchhalterin geworden. Ordnung ist das halbe Leben, hatten Vater und Großvater ihr schon sehr früh beigebracht. Sie war mehr als ordentlich, was auch schon zu Verstimmungen innerhalb der Familie geführt hatte, wenn sie mal wieder die Besteckkästen sortierte oder Gläser zentimetergenau in den Schränken anordnete. Komischerweise hatten Deborah aber verwühlte Betten oder ein Badezimmer, das Ähnlichkeit mit einem Schlachtfeld aufwies, noch nie etwas ausgemacht.

Als Deborah ihre Tasche endlich auf den gefliesten Tisch in der Damentoilette des Landgasthofes entleerte, flatterten zuerst die zermatschten Salatblätter, drei Gurkenscheiben und mehrere Karottenstücke heraus. Dann folgte der äußerst umfangreiche Inhalt ihres Handtaschenkosmos: Taschentücher, zerquetschte Zitronenbonbons ohne Zucker, Makeup-Utensilien, das Portemonnaie aus dem Londoner Kaufhaus Liberty, ein Lippenstift von Dior und einer von Guerlain, ein Kugelschreiber von einem Kopiershop im 5. Arrondissement, ein Mondkalender sowie ein Tangleteezer, diese revolutionäre Haarbürste. Ganz am Boden befanden sich unerklärlicherweise ein paar Erinnerungsstücke: zwei Eintrittskarten für ein Konzert im Olympia, ein Passfoto von ihr mit Zopffrisur, drei

Visitenkarten, ein Bierdeckel mit einer Adresse, die sie nicht zuordnen konnte und ein Kassenzettel vom letzten Einkauf im Supermarkt Bon Marché. Wieder einmal musste sie feststellen, dass sie bei Handtaschen mit ihrer Ordnungsliebe an Grenzen stieß. Früher oder später herrschte in ihren Handtaschen immer ein heilloses Durcheinander. Der Kalender hatte Deborahs Salataktion erstaunlich gut überstanden. Der Einband mit dem pinkfarbenen Flamingodruck unter Glanzfolie hatte jeglichen Angriff der Salatsoße abgewehrt. Nur von den Papierrändern her hatte sich die Soße etwas in den Kalender hineingearbeitet. Als sie die Seiten durchblätterte, entdeckte sie ausgerechnet im Adressteil mit dem Anfangsbuchstaben „O" einen Fleck, der aussah wie ein kleiner Geist.

Hanna und Marianne

Das Leben ist bezaubernd, man muss es nur
durch die richtige Brille sehen.
Alexander Dumas (1802-1970)

„Ich hab´s getan“, sagte Hanna. Luis wurde blass. Er lehnte im Türrahmen zu ihrem Büro und schaute sie schweigend an und befürchtete das Schlimmste. Hanna hatte die blonden Haare zum Pferdeschwanz gebunden und trug dazu große Kreolen. Sie sah blass, müde und übernächtigt aus. Was auch ihrem Zustand entsprach.

Sie war dabei, ihren Schreibtisch zu ordnen und wühlte genervt in den diversen Ablagefächern und Papierhaufen

„Schau nicht so, Luis. Ich suche zwei bestimmte Briefe.“

Sie wühlte weiter. Luis atmete tief durch.

„Und was hast du getan?“

„Na, diese Telefonnummer in Paris angerufen, die du für mich rausgesucht hattest. Ich muss dir nicht sagen wer dran war, oder?“

„Nee“, sagte Luis und lächelte vor Erleichterung.

„Und wie war es so?“, fragte er dann.

„Pater Gabriel war unglaublich nett.“

Hanna musste plötzlich laut lachen.

„Wahrscheinlich wurde er nach unserem Telefonat abgelöst und zwei Tage krankgeschrieben, denn wir haben sage und schreibe zwei Stunden und 35 Minuten telefoniert“.

„Na dann freu' dich auf deine Rechnung", meinte Luis und marschierte leise pfeifend Richtung Kaffeeküche.

Hanna hatte kurze Zeit später die Briefe gefunden und beide in die Tasche gesteckt mit dem Vorsatz, diese in aller Ruhe zu Hause zu lesen. Ruhe hatte es im Büro den ganzen Tag nicht gegeben. Die Kollektionsbesprechung war diesmal erstaunlich gut verlaufen. Auch wenn sie immer noch nicht mit sich selbst zufrieden war. Hanna hatte mit der Werbeagentur telefoniert, die inzwischen mit einem neuen Team eine Dependance in Deutschland eröffnet hatten. Es war noch mit deutlich zusätzlicher Arbeit zu rechnen. Aber die Kampagne würde in Kürze starten. Alle waren hochmotiviert. Zwischendurch war die Praktikantin aus der PR-Abteilung zur Besprechung gekommen. Hanna hatte mit ihr Termine festgelegt für ein Journalisten-Frühstück und verschiedene andere PR-Aktionen mit Bloggern und Zeitschriften.

Um sechs Uhr abends hatte sich Hanna aus dem Büro geschlichen, denn sie wollte endlich wieder joggen gehen. Wenn möglich mal wieder bei Tageslicht und ohne die hässliche Stirnlampe, die zwar jede Kröte ausleuchtete, aber schreckliche Abdrücke auf der Stirn hinterließ. Hanna saß im Auto. Und stand sofort im Stau. Stau, immer nur Stau, dachte sie wütend. Morgens beim Hinfahren und abends beim Zurückfahren. Sie hatte sicherheitshalber immer Hörbücher dabei, die sie sich dann zu Gemüte führte. Aber sie empfand die Autofahrerei trotzdem als eine Zeitverschwendung. Ihre Tage wurden dadurch so kurz, vor allem zu kurz für alle anderen Aktivitäten, sei es einkaufen, Freunde treffen oder auch einfach nur Radfahren.

Hanna machte Motor und Radio aus und beförderte die zwei Briefe aus der Tiefe ihrer Tasche zu Tage, die morgens in der Post gewesen waren. Beide waren handschriftlich an sie persönlich adressiert. Der eine Brief war durch eine dieser neumodischen Frankiermaschinen gelaufen, denn weder ein Datum noch eine genaue Postleitzahl waren zu erkennen. Nur ein fetter, roter Stempel mit der Aufschrift Paris zierte die obere rechte Ecke. Der andere Brief war mit drei Briefmarken beklebt und auch in Paris abgestempelt. Unglaublich akkurat und mit fast Millimeter genauem Abstand waren hübsche, gummierte Wertzeichen nebeneinander geklebt. Zwei Briefe aus Paris. Wirklich außergewöhnlich. In der Firma hatte sich offensichtlich niemand gewundert, dass sich ihr Vorname in Claire geändert hatte.

Beide Umschläge waren an Claire adressiert. Das Gekritzel auf dem einen Kuvert konnte Hanna niemandem zuordnen. Eine fast unleserliche Buchstabenansammlung. Es schien jedenfalls kein Werbebrief zu sein. Die Handschrift auf dem anderem Umschlag hatte sie sofort erkannt. Es waren die akkuraten und sauberen Buchstaben von Marianne Cotinaud. Sie entschied sich Mariannes Brief zuerst zu lesen und steckte den anderen Brief wieder zurück in die Tasche.

Chère Claire,

das wird nur ein kurzes Briefchen, denn die Ereignisse überschlagen sich. Wie sie bereits aus meinem letzen Brief wissen, habe ich die Sterne zurückgeben. Wie gerne hätte ich die Gesichter der Michelin-Leute gesehen, als sie meinen Brief geöffnet haben. Ich hatte nämlich in Ermangelung eines Formulars drei Sterne gebastelt und einfach an die Michelin-Zentrale zurückgeschickt. Sterne aus safranfarben eingefärbtem Pappkarton. Die Produktion war sehr meditativ. (An dieser Stelle hatte Marianne ein fettes Ausrufezeichen gemalt.)

Inzwischen bin ich schon zweimal im Süden Frankreichs gewesen, denn dort wird in einem zauberhaften kleinen Ort direkt am Marktplatz ein Landgasthof neu verpachtet. Sie ahnen schon, wie der neue Pächter heißen wird? Genau, Marianne Cotinaud! Zur Zeit laufen Umbauarbeiten, die Küche muss gestrichen und neu ausgestattet werden. Einige Geräte aus dem „Le Ciel Bleu" sind schon von einer Spedition gebracht worden und warten gut verpackt in einer Scheune auf ihren Einbau. Der Gastraum wird neu möbliert und eine Näherin aus dem Ort hat den Auftrag Tischdecken, Servietten und Gardinen aus rot-weiß karierten Stoffen neu zu nähen. So macht man sich Freunde, habe ich mir gedacht.

Aber wissen Sie was, ich erzähle Ihnen alles weitere in aller Ausführlichkeit, wenn wir uns persönlich kennenlernen. Das könnte schon bald sein, denn ich habe eine Überraschung für Sie: ein Flugticket nach Montpellier. Das ist zwar nicht Paris, aber in diese Stadt wollten sie doch auch schon immer einmal reisen, wenn ich mich recht erinnere. Das Ticket können Sie innerhalb der nächsten drei Monate einlösen, es war ein echtes Schnäppchen. Sie dürfen das Geschenk also ruhig annehmen.

Von Montpellier aus organisiere ich noch die Fahrt nach Banne. Einzelheiten schicke ich Ihnen per Kurznachricht, sobald Sie mir mitgeteilt haben, wann Sie kommen.

Ich sehe ich überraschtes Gesicht vor mir. Ich finde, Sie sollten trotz ihrer Finanzkrise Ihre wirk-

lich großartigen Sprachkenntnisse unbedingt auch im realen Leben hier in Frankreich anwenden und erweitern. Immer nur über das Telefon ist wenig erbaulich. Ich versichere Ihnen, Montpellier und auch Banne sind zauberhaft. Die Menschen sind freundlich und immer gut gelaunt. Was soll man auch sonst sein, wenn man nicht dem Pariser Stress ausgesetzt ist? Auch hier gibt es wunderbaren Café au lait oder Espresso. Die Croissants werden wir gemeinsam backen, das bringe ich Ihnen dann bei mit meinem Konvektomaten, der alle fünf Minuten Geräusche von sich gibt wie ein altes Walross, wenn er Dampf über die Backwaren ausspuckt. Und stellen Sie sich vor: Der Vorpächter überlässt mir den Weinkeller für wenig Geld. Liebe Claire, ich sage Ihnen, da ist manch guter Tropfen dabei. Bringen Sie für die Leber also lieber ein paar Mariendistelkapseln mit.

Also, bis bald dann im Süden Frankreichs!

Herzlich Ihre Marianne Cotinaud.

Hanna war sprachlos. Was für eine wundervolle Überraschung. Der Stau hatte sich inzwischen aufgelöst. Sie fuhr wieder los und schaute minütlich auf das Ticket, als wolle sie sich vergewissern, dass es noch immer auf dem Beifahrersitz lag. Sie konnte ihr Glück kaum fassen und ihre Gedanken schlugen Saltos. Was würde sie anziehen in diesem Kurzurlaub, was müsste sie einpacken? Ach ja, ihr größerer Koffer war auf Luis' Dachboden. Ob sie wohl noch Sonnencreme bräuchte? Sie würde Marianne persönlich kennenlernen. Wie die Köchin wohl in der Realität aussah? Montpellier hatte sie schon immer sehen wollen. Von der Stadt müsste sie auch noch einen Stadtplan irgendwo herumliegen haben. Paris würde warten. Hauptsache Frankreich. Was für eine großzügige Geste, einfach so ein Flugticket zu spendieren. Hannas Gefühle waren eine wilde Mischung aus ungläubigem Staunen, Vorfreude und sekündlich wachsender Aufregung. Sie fuhr beschwingt durch den Feierabendverkehr. Sie würde Marianne auf jeden Fall etwas Besonderes mitbringen. Vielleicht einen Schal aus der neuen Kollektion mit dem farbintensiven Druck des Adonisröschens oder der wilden Narzisse? Oder vielleicht die Variante mit den Kräuterzeichnungen? Auch Bärlauch und wildes Schnittlauch gehörten erstaunlicherweise zu den vom Aussterben bedrohten Arten und waren deshalb in der neuen Kollektion verewigt. Im Autoradio erklang auf einmal ein Akkordeon und sie spielten Lieder von Yves Montand.

Die Durants

Wir denken zu viel und fühlen zu wenig.
Charly Chaplin

Nathalie stand verträumt mitten in einer großen Apfelbaumplantage. Unter einem bereits abgeernteten Baum saß ein älterer Herr, den sie vor zirka zehn Minuten kennengelernt hatte: Georges Sillon. Er hatte eine Holzkiste vor sich stehen mit einem Dutzend Flaschen. Sechs Flaschen davon mit reinem und sechs mit vergorenem Apfelsaft gefüllt. Zwei Flaschen mit Apfelwein waren schon geleert und die beiden Durant Frauen hatte daran einen maßgeblichen Anteil gehabt.

„Fantastisch!“, sagte Deborah mit leicht beschwipster Stimme und hielt Georges Sillon erneut den kleinen Tonbecher hin. Etwas weiter entfernt lag verloren das Fahrrad von Viola im Gras. Sie selbst schwang gleichmäßig hin und her auf einer Schaukel, die aus einem Holzbrett und zwei dicken Seilen bestand, montiert an einem noch dickeren Ast eines Apfelbaumes.

Der Himmel war bewölkt und es sah nach einer Regenhusche aus.

Henry trank Apfelsaft.

„Ich wäre wirklich nicht selbst auf die Idee gekommen, Apfelwein zu produzieren. Es ging nur um eine Auszeit, ich musste einfach entspannen, meinen Kopf frei bekommen“, erklärte er.

Vor ein paar Jahren wäre er noch nicht einmal freiwillig in diese Gegend gereist. Er war süchtig nach Paris, dem Stadtlärm, den Menschenmengen und süchtig nach der Vielfalt der Möglichkeiten in dieser Millionenmetropole. Es waren alles Zufälle, die ihn hierhergebracht hatten. Der Zufall, dass er den großen Auftrag für die Modekampagne gelandet hatte. Der Zufall, dass er deshalb eine Chefin vor die Nase gesetzt bekommen sollte. Der Zufall, dass er deshalb von einer Minute auf die andere gekündigt hatte und zufälligerweise nach einer Phase der Depression eine Erholungsphase in Saint-Paul-le-Jeune angetreten war.

„Diese Natur, diese wundervollen Täler, das Essen, das Licht und die Sonne. Ich habe mich in diese Gegend verliebt“, sagte Henry schlicht. Viola beobachtete ihn aufmerksam, während die Schaukel gleichmäßig quietschte.

„Und du hast das ganze Land wirklich erworben?“, fragte Deborah ungläubig.

„Die Tinte ist trocken, Mademoiselle“, ließ sich Georg Sillon vernehmen, dem man die Erleichterung anmerken konnte.

„Oh du meine Güte“, hatte Nathalie geflüstert.

„Du willst ohne dein geliebtes Paris leben?“ , hatte sie mit entsetztem Blick eingewandt.

Sie versuchte vergeblich, sich vorzustellen, wie groß die Apfelplantage war. Henry hatte etwas von sechs Hektar gemurmelt. Was ihr in der Umrechnung in Quadratmeter deutliche Kopfschmerzen bereitete. Hinzu kam noch ein kleines Bauernhaus mit einer angrenzenden Scheune und einem Lagerhaus für die Äpfel. Georges Sillon würde vorerst in der kleineren Wohnung des Hauses wohnen bleiben und erst später, wenn Henry alles über Äpfel und Produktionsmöglichkeiten wusste, zu seiner einen Tochter ins Nachbardorf ziehen.

Henry versuchte, jede Diskussion zu vermeiden. Es war sowieso schon alles entschieden. In Paris hatte er bereits seine Wohnung gekündigt, was dem Vermieter nicht gefallen hatte. Aber dieser selbst hatte sich vor Jahren die kurze Kündigungsfrist ausbedungen. Das Telefon war zum nächsten Ersten abgemeldet und Henry hatte auch Nachmieter gefunden, die zwar erst im neuen Jahr einziehen wollten, aber bereit waren, die Küche und diverse andere Kleinmöbel abzulösen. Mit Georges hatte er bereits alle Geräte aus dem Bus geladen und in die Scheune getragen. Der Einkauf bei einem Pariser Großhändler hatte sich gelohnt. Alles was man so brauchte für eine kleine, feine Produktion von Apfelwein, hatte er dort zu einem vernünftigen Preis erstanden. Als Ersatz für die alten Maschinen von Georges. Diese hatten weder Henrys Vorstellungen und sicher auch nicht mehr den inzwischen gültigen Hygienebestimmungen entsprochen. Die ersten Äpfel waren gepresst und die erste Fermentierung fand statt. Henry hatte sich für eine niedrige Temperatur entschieden, die angeblich ein volles Aroma garantierte. Georges hatte diesen Gärprozeß bisher immer in Fässern durchgeführt. Henry dagegen hatte sich entschieden eine traditionelle Flaschengärung zu entwickeln. Er würde ein Qualitätsprodukt herstellen, was einem cidre bouché in nichts nachstehen würde.

Die Tatsache, dass er jahrelang in einer Werbeagentur gearbeitet hatte, ließ sich auch nicht verleugnen. Während Deborah weiter Apfelwein süffelte und Nathalie etwas blass in die Gegend schaute, zauberte Henry plötzlich eine große Papierrolle aus einer Tasche. Er hatte bereits erste Skizzen für ein Logo entworfen und war sich sicher, dass der Name „si-petillante!“ richtig gewählt war. Er hatte sich eingelesen in die Geschichte von Apfelwein. Auch um einen neuen Namen zu finden, da das Wort Cidre ja geschützt war.

„Das si kommt von Cidre oder Sidra. Schon ca. 400 vor Christus gab es einen Stamm im Gebiet von Side in Kleinasien, die Äpfel ausgepresst haben. So ist es zumindest von Herodot überliefert.“

Nathalie war beeindruckt. Und petillante stand für prickeln, ganz einfach.

„Schön“, sagte Deborah und fühlte sich auf einmal so müde.

Georges Sillon forderte Henry auf den Apfelschnaps zu probieren, den dieser für deutlich verbesserungswürdig erachtete.

„Also das wird großartig! Und ich finde die ganze Lösung fantastisch“, ließ sich Viola vernehmen und sprang von der Schaukel.

„Grand-Grand-Père schafft das einfach nicht mehr. Und Henry sieht doch schon aus wie ein Apfelbauer, das wird gut“, sagte sie mit spitzbübischem Lächeln. Henry musste lachen. Das war ganz klar die Anspielung auf seinen Bart. Denn er hatte inzwischen den pflegeintensiven Stil "Henriquatre" aufgegeben und sich doch für den Undone Stil entschieden, was eine deutliche Zeitersparnis bedeutete.

Deborah schaute von einem zum anderen und war sich nicht ganz klar, ob die beiden flirteten.

Die nächsten Tage schickte Henry Nathalie und Deborah mit dem öffentlichen Bus nach Nimes und Orange zum Einkaufen. Er selbst nutzte die Zeit, um sich mit den ganzen Gerätschaften zu beschäftigen, Bücher zu konsultieren, Georges mit Fragen zu löchern und an seiner Marke weiterzuarbeiten. Neben Apfelwein und Apfelsaft kam seiner Meinung nach auch noch die Destillation der Äpfel für Apfelschnaps in Frage. Er würde die Marke „si petillante!“ richtig groß rausbringen. Wozu war er Werbemann?

Ein paar Tage später saßen sie abends wieder zu Dritt im Landgasthof. Weitere Tische waren belegt. Drei junge Frauen, offensichtlich Freundinnen, saßen am Fenster und quasselten und bearbeiteten gleichzeitig ihre Handys. Ein Paar feierte wohl einen Geburtstag. An einem anderen Tisch saßen Eltern mit drei kleineren Kindern. Die Mutter malte mit dem Kleinsten in einem Malbuch Tiere aus. Als Ablenkungsmanöver, weil der Kinderteller einfach nicht kommen wollte. Der Vater wiederum hatte sich geopfert und spielte ununterbrochen das gleiche Kartenspiel. Ebenfalls als Beruhigungsmaßnahme. Nachdem mit viel Getöse ein volles Glas umgefallen war und der kleine Übeltäter vor lauter schlechtem Gewissen kräftig und ausdauernd heulte, schickte die Mutter ein entschuldigendes Lächeln zu ihnen herüber.

Der Wirt hatte alle Hände voll zu tun. Er schleppte einen wackeligen Beistelltisch herbei. Denn Henry hatte ein Chateaubriand bestellt, was am Tisch vorgelegt werden würde. Als hätte er es geahnt, dass dies der letzte Abend zu dritt sein würde.

Kaum war die Suppe ausgelöffelt fragte Henry:

„Und wie ist der Wein?“

Nathalie nahm die Frage sofort zum Anlass, ihr Glas zu erheben und dankte ihrem Sohn für die wundervolle Idee der gemeinsamen Reise. Sie habe alles sehr genossen, die Landschaft, die Leute, die Leckereien und natürlich vor allem die Gespräche mit Deborah und Henry, ihren beiden Kindern. Seine Verwandlung vom Werbemann zum Experten von Cidre sei einfach vortrefflich und sie wünsche ihm alles erdenklich Gute. Der Markenname für den Apfelwein wäre sensationell gewählt. Ihr wäre aufgefallen, dass das „si petillante" auch das italienische „si“ für „ja“ im Namen beinhaltete. Also ein deutliche „Ja“ zum Apfelwein. Si, das musste ja ein Erfolg werden. Irgendwie habe sie das Gefühl, nun alles gesehen und erfahren zu haben. Sie selbst würde Paris nun doch vermissen. Und deshalb habe sie sich ein Bahnticket gekauft und würde am nächsten Tag mit dem 12.15 Uhr Zug abreisen.

„Morgen schon?“ fragte Deborah sichtlich überrumpelt. Sicher sei das doch kein Problem, oder?, meinte Nathalie. Vielleicht könne sie jemand zum Bahnhof fahren? Henry und Deborah hätten dann noch ein paar schöne Tage für „Geschwisterurlaub“ und man würde sich dann wieder in Paris treffen. Ihr kleiner Laden in der Rue Rosé warte auch schon auf sie und die Kunden sicherlich auch.

Damit erhob sie erneut ihr Glas Pinot Noir und strahlte in die Runde. In dem Augenblick, in dem Henry etwas sagen wollte, stellte der Wirt das dampfende Chateaubriand auf den Beistelltisch. Dann brachte er Schüsseln mit kleinen Erbsen, Karotten, frischen Kroketten und Soße. Deborah seufzte vor Glück.

Henry und Deborah

Glück ist ein Entschluss

René Descartes (1596-1650)

„Typisch Maman, findest du nicht?“, sagte Deborah und stieg ins Auto. Sie sagte tatsächlich zum ersten Mal „Maman“ statt Nathalie. Deren Zug hatte vor wenigen Minuten Gleis drei verlassen und die mit Maman titulierte hatte noch lange mit ihrem Schal aus einem Fenster gewunken. Sie hatte einen Zug erwischt, bei dem man tatsächlich noch die Scheiben öffnen konnte, was allerdings auch bedeutete, dass sie mit diesem antiquarischen Teil eine deutlich längere Fahrzeit in Kauf nehmen musste.

Henry saß still hinter dem Steuer seines Busses. Er war noch etwas durcheinander, weil Nathalie so seltsame Dinge beim Abschied gesagt hatte. Woher er denn Claire kenne. Und als er gefragt hatte, welche Claire denn, er kenne keine Claire, da hatte sie geantwortet:

„Doch, doch, diese nette Claire. Du musst sie kennen. Sie hat mir ein Foto geschickt. Irgendeinen Zeitungsausschnitt. Auf dem schwarz-weiß Foto hast du einen gemusterten Blazer an, mit einer Krawatte mit Punkten. Natürlich musst du Claire kennen."

Er kannte unter Garantie keine Claire, da war er sich sicher. Aber er besaß eine Krawatte mit Punkten. Allerdings wusste er nicht mehr, wann er die zum letzen Mal getragen hatte. Er würde sich erinnern müssen. Wahrscheinlich war das nur Aufregung bei Nathalie wegen der langen Reise. Er durfte nicht außer Acht lassen, dass sie jetzt doch schon an die sechzig Jahre alt war. Ein bisschen Sorge machte ihm der Ausbruch in jedem Fall. Er hoffte, dass das nicht irgendetwas mit einer Verwirrung zu tun haben könnte.

Während Henry seinen Gedanken alleine nachhing, um nicht auch noch Deborah zu beunruhigen, hockte diese neben ihm mit angezogenen Beinen. Und war ebenfalls besorgt. Sie hatte den Dialog natürlich verfolgt und war erschrocken. Claire? Eigentlich unvorstellbar. Konnte das wirklich „ihre" Claire sein? Die im Moment wahrscheinlich schon überlegte, wen sie montags in Paris anrufen sollte. Ach unmöglich, sagte sich Deborah. Ihr war klar geworden, dass dieser Gedanke absolut absurd war. Sie fragte sich, welche Claire Nathalie dann wohl gemeint haben könnte. Es gab zwei Claires im entfernten Bekanntenkreis. Die etwas pummelige, ehemalige Klassenkameradin Claire aus einer Klasse über Deborah, die Lehrerin für Blockflöte geworden war und die inzwischen mit drei kleinen Kindern alleine zu Hause hockte. Der Kontakt zu ihr war komplett eingeschlafen, denn erstens war Claire Suprimon als alleinerziehende Mutter von drei hyperaktiven Jungs immer sehr beschäftigt und zweitens kannte man sich eher flüchtig. Henry konnte diese Claire eigentlich überhaupt nicht kennen, denn das war ja eine von Deborahs Internatsbekanntschaft. Sie konnte sich auch nicht erinnern, diese Claire jemals mit nach Hause gebracht zu haben. Ihr war diese Claire nur in Erinnerung, weil sie ein Musikinstrument beherrschte, was bei Deborah immer zum sofortigen, lauten Zähneknirschen geführt hatte, zumindest wenn es solo gespielt wurde. Sie hatte schon zu Schulzeiten eine Art Allergie gegen Blockflöten entwickelt. Und zwar sobald auch nur irgendjemand zu diesem Instrument griff. Das hatte dazu geführt, dass sie vom Schulorchester oder von gemeinsamen Konzertbesuchen immer beurlaubt war. Die andere Claire, die eventuell noch in Frage käme, war die Tochter einer Bekannten von Nathalie und erst zwölf Jahre alt und schied eigentlich von daher schon aus. Wie sollten Henry und eine zwölfjährige auf ein gemeinsames Schwarzweiß-Foto kommen? Noch dazu er in Jackett und Krawatte. Es sei denn er wäre so abgebrüht und hätte sich an Claires Mutter herangemacht, eine wirklich attraktive Frau, die mit viel

Engagement eine Kette von Nagelstudios etabliert hatte. The pink nail bar. Vielleicht hatte Henry für sie eine Werbung entwickelt? Er hatte allerdings keine Erinnerung an so etwas. Aber hätte Nathalie dann nicht gefragt, woher kennst du Claires Mutter? Was auch keinen Sinn machte, denn die richtige Frage hätte lauten müssen: Woher kennst du Corinne? Oder: Warum warst du gemeinsam mit Corinnes Tochter Claire auf einem Foto? Es machte einfach alles keinen Sinn. Außerdem war diese Corinne mit den immer perfekt manikürten Nägeln eigentlich überhaupt nicht Henrys Typ, überlegte Deborah. Wahrscheinlich handelte es sich bei Claire um eine Frau aus Henrys Bekanntenkreis. Etwas anderes war ja ganz und gar unmöglich. Aber wie kam Nathalie an ein Foto mit einer Freundin von Henry und wusste auch, dass diese Claire hieß? Ausgesprochen verwirrend, dachte Deborah, fast wie bei Sudoku. Eines konnte sie auf jeden Fall ausschließen: Diese Claire, mit der sie ab und zu telefonierte, kam nicht in Frage. Die lebte ja nicht in Paris, sondern träumte nur davon. Trotzdem seltsam, dass ausgerechnet jetzt von einer Claire die Rede war.

Henry blickte nach rechts. Deborah hockte an die Autotür gelehnt auf ihrem Sitz, mit offenen Haaren, so wie er sie kannte: mit perfekter Welle über der

Schulter. Ein bisschen erinnerte ihn die Frisur an Bérénice Marlohe. Der Schauspielerin aus Paris war er einmal begegnet, und zwar in Deauville bei einem kleinen Filmfestival. Henrys damalige Freundin hatte sich mit Migräne ins Bett verzogen. Wie sich herausstellen sollte, hielt die Migräne die ganzen zehn Tage ihres Urlaubs an. Nur beim Shoppen, beim Friseur und bei den Thalassobehandlungen, natürlich zu Lasten seiner Kreditkarte, ging es ihr einigermaßen gut. An dem besagten Abend war Henry alleine am Strand entlang spaziert und hatte diese großen, weißen Zelte entdeckt. Plakate wurden überall geklebt, von einem Film-Festival von dem er noch nie etwas gehört hatte. Im Flutlicht wurden Holzstege auf dem Strand verankert, die von der Promenade direkt über den pudrigen Sand in die Zelte hineinführten. Plötzlich tauchte eine zierliche Frau auf, mit wallenden Haaren. Sie lief barfuß am Strand entlang in einem atemberaubenden Kleid, das sie umhüllte wie eine Feengestalt. Henry erinnerte sich noch wie gestern an das Rot, ein leuchtendes Orangerot. Ein langes Kleid mit flatternden Ärmeln. Die junge Frau lachte und tänzelte und flirtete mit einem Mann an ihrer Seite. Sie hatte einen Champagnerkelch in der Hand. Auf den Holzplanken begann sie sich zu drehen, immer wieder und wieder im Kreis zu drehen, so dass ihr Rock um sie herumwirbelte und sich wallte und aufbauschte. Sie sah aus wie eine sich drehende Blüte. Sie griff nach der Hand des Mannes, lachte laut und zog ihn Richtung Zelt. Irgendjemand rief: „Das ist Bérénice Marlohe, alles gut“. Henry wusste mit dem Namen nichts anzufangen, aber das Bild von der tanzenden Blüte mit der Löwenmähne prägte sich ihm unauslöschlich ein. Jahre später las Henry zufällig in einer Zeitschrift beim Friseur —- wo sonst — dass Bérénice, die eigentlich Pianistin hatte werden wollen, mit Daniel Craig in Skyfall einen fulminanten Filmerfolg gefeiert hatte. Er besorgte sich umgehend den Film und hätte sie nicht mehr erkannt. Jedenfalls war er überzeugt, dass die schöne Bérénice nun nicht mehr nachts so ohne weiteres in Deauville am Strand lustvoll tanzen konnte. Und in Begleitung diverser Bodygards wäre die Romantik dahin.

Deborah hatte sehr ähnliche Haare wie Bérénice, nur um ein vielfaches geordneter, was am Tangleteezer, dieser besonderen Bürste lag, was Henry aber nicht wissen konnte. Er fand, sie sah verletzlich aus. Sein Blick blieb auf dem dunklen Fleck auf der Sitzbank hängen.

Das Malheur, was Herrn Obama passiert war, war inzwischen nur noch an diesem getrockneten Schmutzfleck zu erkennen. Herr Obama selbst verbrachte die Ferientage im Landgasthof im geöffneten Karton in der Emaille-Badewanne des Badezimmers von Deborah. Die Abplatzungen an der Wanne, die das schwarze Gusseisen zum Vorschein brachten, schienen ihn nicht zu stören, genauso wenig wie die zersprungenen Fliesen mit dem grünen Muster der stilisierten Fleur-de-Lys, der französische Lilie. Vielleicht hätte ihm statt dieses monarchischen Zeichens die bonapartische Biene besser gefallen. Aber Herr Obama schwieg ja beharrlich zu jedem Thema. Auch als Deborah ihn dazu ausdrücklich befragt hatte. Der Aufenthalt in der Wanne, da war Deborah sich sicher, verhinderte auf jeden Fall jeglichen Ausbruchsversuche der Schildkröte und schützte auch vor weiteren Zwischenfällen mit unangenehmen Flecken.

Irgendwann auf der Rückfahrt vom Bahnhof zum Landgasthof begannen Deborah und Henry hemmungslos über ihre Kindheit und Jugend zu diskutieren. Obwohl ihre Geschwisterkonstellation eine langlebige war, in ihrem Fall schon beinahe dreißig Jahre, wussten sie einfach zu wenig von einander. Henry erfuhr Geschichten aus dem Internat, die er noch nie gehört hatte. Er lachte Tränen, als Deborah beschrieb, wie sie ihre erste Schublade aus einem Container gefischt hatte. Dass sie noch immer Schubladen sammelte und diese zu neuen Möbelstücken zusammensetzte, konnte er kaum glauben.

„Also ganz der Großvater. Dann hat Maman doch recht“, murmelte er. Er selbst erinnerte sich an einen gemeinsamen Urlaub in einem luxuriösen Hotel in der Bretagne.

„Papa hat immer gesagt, ein guter Franzose macht Urlaub im eigenen Land“.

Und sie waren gute Franzosen und urlaubten entweder im eigenen Anwesen in der Provence in Antibes. Oder sie belegten mit der Großfamilie etagenweise die schönsten Hotels, die Frankreich zu bieten hatte. In der Bretagne waren damals zwei sehr aufregende Dinge passiert. Zum einen hatten Deborah und er eines Abends die Idee, im vierten Stock von Balkon zu Balkon zu klettern, genauer gesagt auf den Balkon des benachbarten Zimmers der Eltern. Nathalie hatte einen kleinen Ohnmachtsanfall erlitten, als Henry und Deborah plötzlich auf dem Balkon standen, an die große Glasscheibe klopften und davor in ihren geringelten Schlafanzügen fröhlich auf und ab hüpften. Und das zweite Ereignis hatte die Feuerwehr auf den Plan gerufen. In diesem sengend heißen Sommer mit der immensen Trockenheit hatte Henry mit neugefundenen Freunden erfolgreich versucht, mit den Hotel—Streichhölzern auf dem verwaisten Nachbargrundstück ein Feuer anzumachen. Sein Vater hatte ihm die Ohren lang gezogen und Nathalie hatte ununterbrochen geschluchzt.

Der Bus tuckerte gemütlich durch die Landschaft. Deborah war leicht schläfrig. Es roch nach Herbst. Sie überholten mit dem klapprigen Bus Georges Sillon und Viola. Die beiden bildeten auf ihren Rädern die Nachhut eines größeren Pulks von Radfahrern. Wieder mal Viola, die sich da mit einer Männergruppe über eine Steigung quälte. Meine Güte, die trifft man ja nur noch auf dem Rad, dachte Deborah mit einem neidvollen Blick auf Violas Waden. Mit dem Gedanken „sie ist ja auch deutlich jünger" versuchte sich Deborah zu trösten.

Die ganze Radfahrtruppe winkte freundlich zurück.

„Viola ist schon eine Süße", murmelte Deborah mit einem verstohlenen Seitenblick auf Henry. Der sagte nur hmm und sonst nichts. Als Henry wegen eines Hasen bremsen musste, war Deborah wieder hellwach und begann zu plaudern wie ein Wasserfall.

Sie erinnerte Henry an den Besuch bei Freunden am Genfer See. Wo sie als kleine Kinder die großartige Idee hatten sich und das antike Sofa, eine Stehlampe und andere Antiquitäten mit Penaten Creme einzuschmieren, während im Salon im Erdgeschoß die Eltern mit dem Botschafter aus Wien und seiner Gattin speisten. Deborah und Henry lachten herzlich und laut. Sie schwelgten in der Vergangenheit, in der nicht alles gut, aber sehr viel doch schön gewesen war. Nathalie und Raoul hatten gegeben, was sie konnten. Mehr war einfach nicht drin gewesen.

Es war viertel nach drei bis sie wieder im Landgasthof angekommen waren. Zwischendurch hatte es leicht genieselt, was sie trotz quietschender Scheibenwischer kaum wahrgenommen hatten, so anregt hatten sie sich über alles Mögliche unterhalten. Als sie sich ihrem Ziel näherten, kam die Sonne wieder zum Vorschein.

„Ach und dann unser Chauffeur in der Rue Marechal, sagte Henry. „Ich habe ihn nicht ein einziges Mal lachen sehen."

„Wahrscheinlich hatte er bei Papa nichts zu lachen", meinte Deborah trocken und sie kicherten wieder.

„Erinnerst du dich, wie der Chauffeur mich an der Schule vergessen hat, als er diesen Auffahrunfall fabriziert hatte?", fragte Henry.

„Aber Henry, da war ich doch noch nicht mal geboren", lachte Deborah. Henry überlegte, ob es der richtige Zeitpunkt wäre seiner Schwester nun etwas von Marianne zu erzählen. Er hatte inzwischen das Gefühl, sie würde es verstehen.

In diesem Moment überholte sie ein roter Kastenwagen.

„Ganz schön flott!", sagte Henry und blickte dem Auto anerkennend nach. Was er nicht sehen konnte: In dem Wagen saß Marianne Cotinaud am

Steuer. Das Schicksal war dabei, an verschiedenen Fäden gleichzeitig zu ziehen.

Gabriel

Zweifel ist der Weisheit Anfang.
René Descartes (1596-1650)

Tage vor diesem Zusammentreffen in Südfrankreich zwischen Henry und dem roten Kastenwagen hatte ein weiteres Telefonat zwischen Hanna und dem angehenden Pater Gabriel stattgefunden.

Um die Stille in ihrer kleinen Wohnung zu unterbrechen, hatte Hanna das Radio mit dem französischen Sender eingeschaltet. Auf die wunderbare Idee mit „Antenne 2" war Luis gekommen. Wiedermal Luis, der aus einem unerfindlichen Grund ein starkes Interesse an ihrem Wohlergehen entwickelt hatte. Erst schluchzte Sascha Distel, dann schmetterte ZAZ und schließlich folgten die „Meteo", die Wetternachrichten, die für ganz Frankreich milde Herbsttage in Aussicht stellten.

Hanna saß in der Küche auf dem Hocker und knackte mit den Fingern. Eine unangenehme Angewohnheit, die sie leider immer noch nicht abgestellt hatte. Auf dem Laptop ploppten Nachrichten auf, aber sie hatte nicht die geringste Absicht auch noch nach Feierabend irgendeinem unbekannten Journalisten eine Einladung zur nächsten Modewoche zuzusagen, Fragen nach Knopflieferungen zu beantworten oder Textkorrekturen an der neuen Broschüre zu überarbeiten. Die ständige Verfügbarkeit fand sie unerträglich. Und sie klappte das Laptop zu.

Schon bei der Kollektionsbesprechung im Büro hatte sich ihr der Gedanke aufgedrängt, bei einem Schluck Rotwein und einem Stück Quiche wieder in Paris anzurufen. Deshalb hatte sie Luis abgewimmelt, der unbedingt bei einem Bierchen von den neusten Erlebnissen mit seiner neuen Eroberung erzählen wollte. Und sie hatte Sophies Textnachricht ignoriert, weil sie einfach kein Bedürfnis hatte, Tennisbälle über ein Netz zu dreschen. Der Abend gehörte ihr, nur ihr. Sie würde den Tagesstress in ihrer winzigen Küche ganz alleine abbauen. Just me and myself, hatte sie zu sich selbst gesagt, als sie mal wieder verspätet aus dem Büro gehuscht war. Dass sie häufiger das Bedürfnis verspürte, alleine zu sein, fand sie im Gegensatz zu manchen ihrer Zeitgenossen völlig normal. Ständig war sie von Menschen umgeben, da war das Alleinsein eine willkommene Abwechslung.

Sie stellte ein Glas Wein auf den Tisch. Statt Quiche köchelte allerdings eine Suppe auf dem Herd vor sich hin. In einem Porzellanschälchen lagen ein paar Käsekräcker. Draußen war es bereits dämmrig. Eine Kerze flackerte auf dem Tisch. In einem Anflug von Sentimentalität hatte sie sich zu dieser Art Beleuchtung entschieden. Wenn sie schon einen Mann der Kirche anrief. Als sie die Kopfhörer aufsetzte, war der anstrengende Tag schon ein Stück entrückt. Vergessen waren die kritischen Anmerkungen der Mitarbeiter zu der Jackenkollektion, die Misere beim Druck der Logobändchen für die erste Schau und das unerfreuliche Gespräch mit der Finanzabteilung. Es war ihr egal. Aufrichtig egal. Es gab doch deutliche wichtigere Dinge im Leben. Mit dem ersten Schluck des kräftigen Rotweins schlüpfte Hanna wieder spielend in ihre Rolle als Claire. Obwohl es gar kein französischer Montagmorgen, sondern ein ganz normaler Donnerstagabend war. Hanna wählte die Telefonnummer vom Priesterseminar in Paris.

„Hallo, hier Gabriel!"

„Schön von Ihnen zu hören, Claire", tönte es aus Paris.

„Haben sie Zeit für mich?"

Und ob er Zeit hatte. Er lächelte erfreut. Gabriel war ehrlich genug, sich einzugestehen, dass er schon auf ihren Anruf gewartet hatte. Ein Gefühl hatte ihm eingeflüstert, dass sie sich wieder melden würde. Was diese nette Claire allerdings nicht vorsehen würde: Diesmal würde der angehende Pater Gabriel die Sprecherrolle an sich reißen. Er hatte so viel zu erzählen, denn auch ein Seelsorger musste sich Sorgen von der Seele reden. Und damit meinte er nicht die Beichte. Gabriel saß im Lehnstuhl. Er hatte die Jalousien vor den Fenstern ganz aufgeklappt, damit das spärliche Abendlicht das Zimmer mit dem Seelsorgetelefon noch erhellen konnte. Entfernt war Kindergeschrei und sorgloser Lärm zu hören. Gabriel hielt einen Teddybär mit stark ramponiertem Fell in den Händen. Das Plüschtier war auf den Tag genauso alt wie Gabriel und hatte viel mitgemacht, auch den Umzug in das Priesterseminar.

Ursprünglich war Gabriel nach dem Abitur beim Militär gewesen. Seine Eltern hatten sich für ihn dort eine Karriere vorstellen können. Er allerdings nicht. Schon nach kurzer Zeit in der Kaserne war ihm klar, dass er weder die ausgiebigen Saufgelage noch den rüden Umgangston schätzen lernen würde. Er hatte nach Ordnung gesucht, aber feststellen müssen, dass er definitiv nicht die Ordnung eines militärisch strukturierten Tagesablaufs anstrebte. Die ständige Zwangsgemeinschaft hatte ihn an den Rand der Depression getrieben. Es war wie eine Befreiung, als sich endlich nach vielen Monaten hinter ihm die Kasernentore unwiderruflich geschlossen hatten. Kaum aus dem Militärdienst entlassen, wandte er sich dem nächsten Extrem zu: Er ging in ein Kloster. Ein Suchender, hatte seine Mutter gesagt, als sie seine Reisetasche packte.

Nach der Klostererfahrung hatte er sich für das Priesterseminar entschieden. Ja, er wollte einzig und alleine Gott dienen. Er hatte das Gefühl, den Sinn des Lebens gefunden zu haben. Auch wenn immer wieder Zweifel an ihm nagten. Zweifeln gehört dazu, hatte einer der Patres gesagt.

Gabriel war einer von etwa fünfhundert Männern in ganz Frankreich, die sich entschieden hatten Priester zur werden. Er würde später dann einer von 50.000 Priestern sein, die dem Zölibat und allen Geboten der katholischen Kirche verpflichtet waren. Er würde die Lehren der Kirche leben und verbreiten. In dem Priesterseminar hatte er ein winziges Zimmer bezogen. Das große Gebäude lag hinter hohen Mauern, die nur einen begrenzten Blick auf den angrenzenden See erlaubten. In seinem spärlich möblierten Zimmer hatte der Plüschbär einen festen Platz auf der Fensterbank. Gleich neben dem Bücherregal, welches die Vorlieben von Gabriel dokumentierte: ein Reisebuch über Israel, je ein Buch über Mountainbiking in den französischen Alpen, Männerfitness ohne Hanteln und die neueste Auflage des Reboul. In kräftiges Gelb eingebunden, immer noch die Dame mit der Fischplatte auf dem Titelbild, die den Daumen einer Hand nach oben reckte. Claire hatte es nicht glauben können, dass er den Reboul kannte und sogar eine Ausgabe sein eignen nannte. Er hatte ihr erklärt, dass dieses Kochbuch einfach in jedem französischen Haushalt stehen sollte. Zumindest dort, wo ein Bezug zur Provence bestand. Was bei ihm der Fall war, denn seine Großeltern lebten noch dort. Er hatte dann seine neue Ausgabe mit Claires deutlich älterer Version per Telefon verglichen. Nicht ein Wort war im Reboul im Laufe der Auflagen geändert worden. Die Rezepte waren Wort für Wort dieselben. Nur die Einleitung im Kochbuch war in seiner Version deutlich länger und zeitgemäßer formuliert. Es gab auch ein besseres Register in der neusten Auflage und Informationen aller Art über jedes der im Buch verwendeten Lebensmittel. Außerdem hatten ein paar nette Zeichnungen von Fischen und Krustentieren in dem Reboul Einzug gehalten. Es gab einfach Dinge, die änderten sich nie und das war gut so.

Gabriel war im fünften Jahr im Priesterseminar und verbrachte die Tage zwischen beten, studieren und arbeiten. Und nun stand für ihn eine Veränderung an. Er würde das Seminar für zwei ganze Jahre verlassen und irgendwo auf der Welt in einer anderen Gemeinde leben. Erst danach stand die Priesterweihe an. Vor den zwei Jahren „da draußen“, wie seine Mitbrüder üblicherweise sagten, davor hatte er Angst. Große Angst. Es würde eine Probe sein. Würde er diese bestehen? Hin und wieder hegte er leise Zweifel an den kirchlichen Lehrmeinungen. Hatte er sich für die richtige Lebensform entschieden? Wie wollte er leben? Würde er Versuchungen aller Art widerstehen können? Diese Konfrontation mit der realen Welt außerhalb des Priesterseminars, würde das Auswirkungen auf seine Entscheidung haben? Würde dort draußen in der normalen Welt sein tiefes und inniges Gefühl für das Priesterleben fortbestehen? Hatte er den richtigen Weg eingeschlagen?

Diesmal war es Hanna gewesen, die lange zugehört hatte, ohne ein Wort zu sagen. Als diese Art der Stille eintrat, die eine Reaktion möglich macht oder sogar erfordert, fragte sie behutsam, ob sie ihm ein paar Fragen stellen dürfe. Er müsse das nicht ihr beantworten, aber vielleicht sich selbst. Gabriel bejahte und hielt sein Plüschtier umklammert. Er spürte leichte Schweißperlen auf der Oberlippe.

„Können Sie sich dauerhaft ein Leben in einer Männergemeinschaft vorstellen? Wollen Sie das wirklich?"

Gabriel schwieg.

„Haben sie schon einmal eine Frau geküsst? Können sie sich auch ein Familienleben mit Kindern vorstellen?"

Hanna hörte wie Gabriel sich am anderen Ende der Leitung räusperte. Er fühlte sich überrumpelt von soviel Direktheit. Immerhin kannte er diese Claire ja nur von wenigen Telefonaten. Und das zweite Gespräch fand gerade erst statt. Natürlich könnte er ihr von Caroline erzählen, von dieser wundervollen Freundschaft und ihrem Unverständnis seiner Entscheidung gegenüber. Aber Gabriel entschied sich einfach, nicht zu antworten. Claire hatte den Finger in die Wunde gelegt. Genau all diese Fragen nagten ja nicht erst seit heute an ihm. Aber er konnte sie selbst für sich noch nicht klar beantworten.

„Wie ist es mit Ihnen? Wollen sie mir noch etwas über ihre persönliche Situation erzählen?", fragte er genauso direkt zurück. Nein, Hanna wollte nicht. Sie würde ihm nicht erzählen, dass der Umzug in Luis Büro nicht wirklich geholfen hatte, außer dass sie sich beim Möbelschleppen die Hand gequetscht, und unter Luis' Schreibtisch auf ein uraltes Kaugummi gestoßen war. Das eigentliche Arbeiten war um nichts besser gewesen und sie war nach zwei Wochen wieder in ihr altes Büro zurückgezogen. Luis hatte freundlicherweise keinen Kommentar abgegeben. Sie würde Pater Gabriel auch nicht erzählen, dass sie so gerne einen Partner an der Seite hätte, mit dem sie durch Dick und Dünn gehen könnte. Sie würde ihm auch nicht erzählen, dass sie immer kritischer wurde, was Männer anbelangte. Und dass sie der ganzen Spielchen überdrüssig war. Sie wollte sich ernsthaft einlassen und es war kein Mann weit und breit in Sicht, für den sich dieser Einsatz lohnen würde. Dass sie darüber traurig, ja verzweifelt war, würde sie ihm nicht erzählen. Das würde Gabriel ja auch garnicht verstehen können, der sein Leben völlig anders gestalten wollte.

„Haben Sie eigentlich einmal darüber nachgedacht, woher Ihre Schaffenskrise und Ermüdung kommt? Vielleicht haben Sie einfach keine Lust mehr auf ihren Job?"

Die Fragen prasselten aus heiterem Himmel auf Hanna ein. Frostige und harsche Fragen. Sie war wie versteinert. Wie tief musste sie ihn getroffen haben, dass er ihre Fragen mit solchen Attacken beantwortete. Sie atmete tief durch und wusste nicht, was sie antworten sollte. Die Stimmung war umgeschlagen wie bei einem plötzlichen Gewitter. Sie verabschiedeten sich und beide waren erleichtert, als das Gespräch beendet war.

Hanna nahm die Kopfhörer ab. Sie war verwirrt. Bestürzt stellte sie fest, dass Gabriel ähnliche Ängste und Sorgen umtrieben, wie sie selbst. Nur in anderer Form. Und die Fragen zum Schluß waren gemein. Unglaublich gemein für einen Pater in spe. Aber sie würde darüber nachdenken müssen. Wahrscheinlich würde sie einfach nie für diesen Job bei Jarell brennen. Während sie das Gespräch nachklingen ließ und ob der späten Stunde gähnen musste, betrachtete sie das Poster, das über dem Herd an der Küchenwand prangte. Eine künstlerische Interpretation des Eiffelturms, in kräftigen

Farben im Stil von Andy Warhol. Eigentlich ein Poster, was sich Hanna nie selbst gekauft hätte. Popart war einfach nicht ihr Ding, schon garnicht eine Reproduktion oder schlechte Imitation der Malweise dieses amerikanischen Superstars. Aber als Geschenk von Luis hatte sie das Poster einfach nicht ablehnen können. Und an diesem Platz in der Küche bestand die berechtigte Hoffnung, dass der Farbdruck mit dem Wahrzeichen von Paris aufgrund von Fett- und sonstigen Spritzern ausschließlich für ein vorübergehendes Dasein bestimmt sein würde.

Hanna hatte sich von Gabriel verabschiedet, ohne dass sie die Chance hatte, dem ich-weiß-nicht-ob-ich-Pater-werden-will-Gabriel mitzuteilen, dass im Schlafzimmer bereits ein gepackter Koffer stand und dass sie zwei Briefe aus Paris erhalten hatte. Sie war im Begriff, ihrer Schaffenskrise für ein paar Tage zu entfliehen. Die Weinflasche war halb leer. Von den Käsekräckern lagen nur noch vereinzelte Krümel in dem Schälchen. Hanna schaute auf die Uhr des Backofens. Mit Erstaunen stellte sie fest, dass Pater Gabriel, was die Länge seiner Lebensbeichte anging, sie selbst um genau acht Minuten überflügelt hatte.

Marianne

Eine gute Küche ist das Fundament allen Glücks
Georges Auguste Escoffier

Marianne hatte sich den roten Kastenwagen ihres Nachbarn ausgeliehen. Für die Fahrzeit hatte sie eine halbe Stunde mehr eingerechnet und das war gut so gewesen, denn offenbar war jeder männliche Franzose an diesem Tag auf seinem gewienerten Rennrad unterwegs. Marianne schaltete wieder einen Gang zurück und beschleunigte das schwerfällige Auto, um eine weitere Truppe Radfahrer zu überholen. Wie so oft, winkten manche aus der Truppe.

Eine Viertelstunde später erreichte sie den vereinbarten Treffpunkt, den Bahnhof. Am Brunnen spielten Kinder und kletterten auf die steinernen Poller und wieder hinunter. Vereinzelt standen Touristen herum und starrten auf Busfahrpläne oder in ihre Stadtführer. Eine Chinesin hatte sich auf eine Bank gesetzt und fütterte mit irgendwelchen Resten aus einer Fastfood-Box die Tauben. Ein männlicher Taubenhasser, ganz sicher ein Franzose, klatschte laut in die Hände und unterbrach die Fütterung, was die Chinesin mit einer Grimasse quittierte. Marianne fuhr langsam am Bahnhof vorbei. Es war schwierig, um genau zu sein unmöglich einen Parkplatz zu finden. Deshalb stellte sie sich kurzer Hand ins Halteverbot vor die Bushaltestelle.

Um 16 Uhr 40 fing die große Bahnhofstür an zu pendeln und vereinzelt schoben sich Leute nach draußen. Nach einer Weile tauchte eine einzelne Person auf. Mit Koffer, dunklem Mantel und mit einem roten Schirm. Dem vereinbarten Erkennungszeichen. Das musste sie sein. Genau so hatte sie sich Claire vorgestellt. Schlank, blonde Haare und diese witzige Brille auf der Nase. Nett, dachte Marianne glücklich und auch ein bisschen erleichtert.

Marianne konnte den Kastenwagen nicht verlassen. Gleich zwei Polizistinnen im Doppelpack machten die Runde, was beim Parken im Halteverbot ausgesprochen ungünstig ausgehen konnte. Es war den beiden förmlich anzusehen, wie sie danach gierten, Strafzettel auszuteilen. Auch wenn sie so taten, als würden sie nur dahin schlendern und sich über Belanglosigkeiten austauschen, Marianne sah die aufmerksamen Blicke, die kurz in die Runde geworfen wurden, um Beute zu machen.

Sie kurbelte deshalb die Scheibe herunter und winkte der jungen Frau zu. Die schaute direkt in ihre Richtung. Und reagierte nicht. Marianne winkte erneut und hatte dabei Angst sich den Arm zu verrenken. Sie rief so laut wie möglich:

„Claire!"

Hanna drehte sich langsam rückwärts um, weil sie glaubte, eine hinter ihr stehende Person sei gemeint. Marianne rief ein zweites Mal und wedelte stärker mit dem Arm und Hanna schaute genauer hin. Diese Frau im Kastenwagen schwenkte heftig eine weiße Kochmütze. Plötzlich musste Hanna lachen. Natürlich war das ihre Sterneköchin Marianne aus dem Marais von Paris! Und natürlich war sie selbst mit „Claire" gemeint. Sie würde unbedingt diese Sache mit ihrem Pseudonym aufklären müssen. Wie Marianne strahlte, sehr sympathisch. Hannas Nervosität ließ spürbar nach und sie winkte zurück.

„Marianne?"

„Bonjour Claire!"

Nur Minuten später lagen sich die Frauen wie beste Freundinnen in den Armen. Als hätten sie sich ein halbes Jahrhundert nicht gesehen.

Hanna war glücklich, die Reise unternommen zu haben. Ihr Chef hatte eingesehen, dass sie kurz vor dem völligen Zusammenbruch stand und hatte den Kurzurlaub unbürokratisch genehmigt. So kurz vor dem Start der Kampagne und den Modenschauen war das zwar der denkbar ungünstigste Termin, aber immer noch besser, als wenn Hanna während der Schauen komplett ausfallen würde. Eigentlich hatte Hanna sich zu Hause verbarrikadieren wollen. Als sie aber den Umschlag aus Paris geöffnet hatte, war das Reiseziel klar: Sie würde einen Kurztrip in den Süden Frankreichs machen. Als Luis davon erfuhr, hatte er augenblicklich zugesagt, den Kater zu sich zunehmen. Und das, obwohl er ganz latent an einer Allergie gegen Katzenhaare litt. Hanna würde ihm das nie vergessen.

„Du bist ja so was von einem Glückspilz", hatte Luis gesagt.

„Ein Flugticket nach Frankreich. Eigentlich müsstest Du Onkel Luis mitnehmen, meine Liebe. Das habe ich dir eingebrockt. Und was war in dem anderen Brief? Gib's zu eine zweite Reise?"

Hanna tat so, als ziere sie sich und wolle keine Auskunft geben. Der wahre Grund war, dass sie den wattierten Umschlag verlegt hatte und er unauffindbar war.

Und so saß sie nun an einem leicht nieseligen Herbsttag in einem roten Kastenwagen, fuhr zu einem französischen Landgasthof und hatte immer noch keine Ahnung, was in dem anderen Brief stand.

Banne

Um klar zu sehen, genügt oft ein Wechsel der Blickrichtung

Antoine de Saint-Exupéry

Henry war nirgends aufzutreiben gewesen. Das Fahrrad, was er für gewöhnlich benutzte, stand nicht am Platz. Was den Schluss nahelegte, dass er damit zur Scheune gefahren war, um den Apfelwein zu kontrollieren. Er war völlig besessen von dem Gedanken einen Apfelwein aus den alten Sorten zu produzieren, der es mit dem Cidre aus der Normandie oder aus der Bretagne aufnehmen konnte. Inzwischen war Henry bereits mit seinen sieben Sachen komplett in die Wohnung des Bauernhauses gezogen. Das wäre für ihn praktischer und er spare auch die unnötigen Kosten für das Landhotel, hatte er Deborah erklärt. Sie hatte deshalb die ganze Etage für sich alleine, denn die letzten Gäste, ein Paar in den Sechzigern, war auch abgereist. Nach wie vor teilte sich Deborah das Badezimmer allerdings mit Herrn Obama. Sie war allerdings inzwischen dazu übergegangen den netten Wirt ganz offiziell um Grünzeug für die Schildkröte zu bitten und organisierte keinen fragwürdigen Transport von Salatblättern in ihrer Handtasche mehr.

Und tatsächlich: Henry stand an einem Rüttelpult aus altem Holz und drehte die Flaschen. 60 Glasgefäße pro Seite. Die meisten lagen schon nicht mehr waagerecht im Gestell, sondern in einem deutlichen Winkel. Henry rüttelte sorgsam eine Flasche nach der anderen und drehte sie, um so die Trübstoffe von der Flaschenwand zu lösen. Er war inzwischen bei einer achtel Drehung angelangt. Man konnte erkennen, wie sich Hefe und Trübstoffe im Flaschenhals absetzen. Ihm war klar, dass er bei einer größeren Produktion leider nicht beim manuellen Rütteln würde bleiben können. Das wäre zu aufwendig und zu teuer. Er würde wohl oder übel auf diese automatischen Rüttelpulte zurückgreifen müssen. Da stand dann eine erhebliche Investition ins Haus, denn die programmgesteuerten, automatisch rüttelnden „Girasol“ kosteten ein kleines Vermögen. Würde er das alles schaffen, was auf ihn zukam? Bis dahin hätte er auf jeden Fall ausprobiert, wie lange Apfelwein gerüttelt werden musste, um die Qualität zu erreichen, die Henry sich vorstellte. Georges Sillon hatte etwas von bis zu drei Wochen gemurmelt. Jedenfalls wollte Henry mit den alten Apfelsorten eine unvergleichliche Qualität herstellen. Mindestens vergleichbar mit dem Cidre aus der Normandie, wenn nicht besser.

Deborahs Stimme klang leicht verstimmt, als sie ihn in der Scheune bei der Arbeit entdeckte.

„Interessierst du dich eigentlich noch für etwas anderes, als für deine Äpfel und deinen Apfelwein?“

Henry überkam ein schlechtes Gewissen. Die große Scheune stand voll mit Maschinen und Fässern und über allem schwebte dieser süßsäuerlich Duft von leicht vergorenen Äpfeln. Auf einem Tisch stapelten sich kleine rote Tonbecher. Er hatte sie anfertigen lassen, denn er würde diesen intensiven Rotton zum Markenzeichnen seines Produktes „sipetillante!“ machen. Rot wie der Apfel aus dem Märchen von Schneewittchen, rot wie das Kleid von Bérénice Marlohe, rot wie die Jeff Koons Skulptur, die schon verpackt für die Reise in den Süden Frankreichs in einer angemieteten Garage in Paris stand.

Die Vorstellung eines Tages seine eigene Apfelweinmarke in Restaurants und Brasserien, ja vielleicht sogar in Paris auftischen zu können, stimmte ihn glücklich.

Deborah setzte sich auf eine umgedrehten Holzkiste.

„Von Nathalie ist zwischenzeitlich die Nachricht eingetroffen, dass sie wieder gut in Paris angekommen ist. Es gäbe keinen Grund zur Sorge, sie wäre wieder in ihrem Blumenladen. Und sie packe Umzugskisten im alten Haus.“

„Die Tage in der Route Marechal sind gezählt“, sagte Henry lapidar und drehte zwei weitere Flaschen.

Deborah schaute ihm zu und stellte ein paar Fragen zu seiner Arbeit, die er nur knapp beantwortete. Sie gab auf und begann aus Langweile, in einer Zeitung zu lesen. Wirklich Aufregendes gab es nicht zu erfahren.

Deborah ließ plötzlich die Zeitung sinken.

„Henry, los gehts! Die Urlaubstage nähern sich dem Ende. Wir sollten diese Zeit mit einem schönen Event abschließen, was meinst Du?“

Sie quengelte beharrlich, bis Henry sich irgendwann breitschlagen ließ, den alten Bus anzuwerfen.

Sie waren beide noch nie in in dieser Ortschaft gewesen. Das Dörfchen lag auf einem Hügel, wie eine Trutzburg. Die verwinkelten Gassen waren noch aus jahrhundertaltem Kopfsteinpflaster und führten hinauf und hinunter an mit Blumen bepflanzten Kübeln und Trögen vorbei. Es war unwirklich still in den Gassen. Nur hin und wieder huschte eine Katze über den Weg. Sie hatten das Auto auf einem größeren Parkplatz abgestellt und sich in der milden Mittagssonne zu den Ruinen des ehemals imposanten Schlosses hinauf verirrt. Von dort bewunderten sie sprachlos den magischen Ausblick in die Ebene, die Wälder der Cevennen im Rücken. Hätten sie ein Fernglas dabei gehabt, hätten sie die Bögen des Flusses Chassezac sehen können. Aber auch so war die Aussicht unglaublich. Auf dem Rückweg in die Dorfmitte passierten sie Terrassen und gewölbte Pferdeställe aus Sandstein. Die Stille der Mittagsstunde erinnerte an spanische Dörfer. Der Herbst zeigte sich von seiner besten Seite.

Der Ortskern bestand aus einem großen Marktplatz, um den sich antike Häuser gruppiert hatten, wie Palisaden um eine Garnison. Große, in immer gleichen Abständen platzierte Platanen und Sonnenschirme spendeten gleichermaßen Schatten. Der Platz war fast komplett mit roten Bistrostühlen und passenden Tischen zugestellt. Zwischen den Häusern und der Stuhlansammlung auf dem Platz in der Mitte befand sich eine schmale Fahrspur, auf der nur jeweils ein Auto den Platz umrunden konnte. Was allerdings an diesem Tag gänzlich unmöglich war, denn diese einzige Straße um den Dorfplatz war gesperrt. Die ganze Örtlichkeit war Endstation eines Radrennens und minütlich trafen verschwitzte, aber glückliche Amateurradfahrer ein. Jedesmal brandete Jubel auf, den man dem aus sechs Erwachsenen und drei Kindern bestehenden Empfangstrupp gar nicht zugetraut hätte. Überall hingen Wimpel und Fahnen. An den Laternen, den Häusern und den Bäumen. Der Pétanqueplatz war belegt von einer Gruppe älterer Männer, die mit ihren dunklen Baskenmützen und ausgebeulten Bundfaltenhosen entweder um die Holzbande herumstanden oder die selbst Boule spielten. Mit angestrengter Miene versuchten sie, mit einer der eigenen Kugeln möglichst nah an die Zielkugel zu gelangen. Die Stimmung war großartig. Deborah und Henry hatten das Gefühl, direkt an der Zieleinfahrt der Tour de France zu sitzen. Der Korpulente mit dem schwarz-weiß-gestreiften Trikot hat wahrscheinlich das tricot jaune errungen, flüsterte Henry grinsend. Aus alten Lautsprechern, die in den noch belaubten Bäumen hingen, schepperte die Musik von Antenne 2, immer wieder unterbrochen von dem Bärtigen, der neue Radankömmlinge nach einem Blick in die Liste sogar namentlich begrüßte. Der Lärm war nicht unerheblich, aber gemütlich.

Deborah kannte die Stühle, auf denen sie Platz nahmen, nur zu gut.

„Pariser Lebensart aus dem Jardin du Luxembourg!“, sagte sie zu Henry und deutete auf die Möbel.

Natürlich wusste er Bescheid über die legendäre Stuhlkollektion, die ursprünglich für die gleichnamigen Gärten entworfen worden waren. Henry hatte als einen der letzten Aufträge bei Dupont+Dupont für die Hersteller dieser klassischen Aluminiummöbel, die Firma Fermob, eine Anzeigenkampagne entworfen. Französisches Design voller Leichtigkeit, Lebensfreude und Klargliedrigkeit. Er hatte den Fotografen mit seiner Idee, viele unterschiedliche farbige Stühle wild aufeinander zu stapeln, fast zur Verzweiflung gebracht. Die rote Farbe der Lehnstühle auf dem Platz ließ ihn einen Moment wieder an seine Apfelwein-Produktion und im besonderen an die roten Tonbecher denken.

Alle Tische waren eingedeckt mit karierten Tischtüchern, Blumen und schweren Steinkrügen, die einem kräftigen Wind das Erbeuten der Tischdecken vorenthalten sollten und die gleichzeitig auch das Besteck beherbergten.

Die Restaurantkarte klang verheißungsvoll. Deborah wollte Schnecken essen, Henry hatte das Bedürfnis nach einem guten Steak mit Bratkartoffeln.

Während sie bei einem ersten Glas Wein auf das Essen warteten, ließ Deborah in aller Ruhe ihren Blick über den Platz schweifen. Plötzlich stutze sie. Die Person am äußersten rechten Tisch unter einem Schirm, die genüsslich eine tarte mit Sahne löffelte, diese Person kam ihr irgendwie bekannt vor.

„Hallo!", rief Deborah unerwartet laut, so dass nicht nur Henry zusammenzuckte. Nur die betreffende Frau, die eine Schildkappe trug, reagierte nicht.

Hanna saß an einem von der Sonne beschienenen Tisch und löffelte genießerisch die säuerliche Apfeltarte mit dem Hauch von Zimtzucker und vor allem mit cremiger Sahne, fest aufgeschlagen, wie man sie selbst zu Hause einfach nie hinbekam. Die letzten beiden Tage mit Marianne waren wunderbar gewesen, mit einem Picknick im Ardechetal, Croissants backen und langen, schönen Gesprächen. Zur Abwechslung saß sie nun alleine auf dem Dorfplatz. Denn an diesem wichtigen Tag stand Marianne natürlich den ganzen Tag in der Küche. Hanna beobachtete interessiert das Geschehen auf dem Dorfplatz und hatte das Gefühl, mitten in einer französischen Reklame für Camembert sitzen. Am anderen Ende des Platzes war eine Frau aufgestanden und wedelte mit den Armen.

Deborah hatte sich erhoben, ihren Stuhl zurückgeschoben und rief erneut:

„Claire, sind Sie das?"

Und zum zweiten Mal in drei Tagen dämmerte es Hanna zeitlupenartig, dass mit dem Namen „Claire" vielleicht doch sie, Hanna, gemeint sein könnte. Sie schaute genauer und erkannte Deborah, die genauso aussah, wie auf dem Foto mit dem Friseur Gérard.

Deborah ihrerseits ging unbeirrt auf den Tisch mit der Frau zu, die sie zu kennen glaubte. Ja, das war Claire, kein Zweifel. Auch wenn die blonden

Haare fast völlig unter dieser Kappe steckten.

Mit Hanna im Schlepptau kehrte Deborah triumphierend zu Henry an den Tisch zurück.

„Das ist Claire“, sagte sie feierlich, als habe sie eine Trophäe angeschleppt.

Henry war verwirrt. Schon wieder eine Claire. Erst hatte Nathalie dauernd von einer Claire auf einem schwarz-weiß Foto erzählt. Und mit keiner Silbe aufgeklärt, warum das so bedeutsam war, ihn mit einer Claire auf einem Foto zu sehen. Dann hatte Deborah vehement klargestellt, dass Maman mit Sicherheit keine Demenz habe. Und wahrscheinlich habe sie sich nur falsch ausgedrückt. Es ginge ja wohl um Corinne, die Mutter der kleinen Claire. Wahrscheinlich gebe es da ein Foto, wo Henry neben der Mutter der kleine Claire stehe. Woher aber sollte Nathalie dieses Foto kennen? Er konnte sich auch nicht erinnern, jemals mit Corinne und ihrer Tochter Claire für ein Foto posiert zu haben.

Henry fand die Unterstellung, er habe diese Nagelstudio-Corinne beflirtet, einfach nur absurd. Eine absolut haltlose Idee. Musste doch eigentlich jeder wissen, dass er zwar in der Werbebranche arbeitete, aber mit den aufgerüschten Damen nichts, aber auch gar nichts am Hut hatte. Besonders diese künstlichen Fingernägel fand er furchterregend. Beim Liebesakt würde er jedesmal Angst haben vor

Kratzspuren und anderen Verletzungen. Henry war sich absolut sicher, keine Claire zu kennen. Noch nicht einmal in der Agentur war je eine Dame mit diesem eigentlich urfranzösischen Namen angestellt worden. Er nahm zur Kenntnis, dass der Name Claire offensichtlich sehr weit verbreitet war. Zur Zeit schienen diese Claires jedenfalls an mehreren Orten gleichzeitig aufzutauchen, wie die Wale zum Luft holen. Er erinnerte sich, dass es auch eine Epoche gegeben hatte, in der der Name Francois so verbreitet gewesen war. Dieser Überfluss an gleichen Vornamen war quasi eine Frage des Zeitgeistes. Wahrscheinlich waren jetzt die Claires dieser Welt daran, an der Oberfläche aufzutauchen. Dumpf beschlich Henry allerdings das Gefühl, diese ihm gegenüber sitzende Claire zu kennen. Er wusste nur nicht woher. Er konnte nicht ahnen, dass auch Hanna angestrengt überlegte, woher sie Henry wohl kennen könnte. Eines aber war ziemlich sicher, er würde Alpträume bekommen, so oft war dieser Vorname in den letzen Tagen gefallen. Dabei hatte er zur Zeit wirklich nichts, aber auch gar nichts mit Frauen am Hut. Er hatte auch tunlichst vermieden, Viola zuzulächeln, die mit Freunden an einem anderen Tisch auf dem Dorfplatz saß. Dieses Radrennen schien ein großes Ereignis in der Gegend zu sein. Das ganze Dorf und alle Nachbardörfer waren auf den Beinen. Die drei kleinen Läden machten gute Umsätze mit ihren Tontöpfen, Bouquets garnis, Honigwein und kitschigem Nippes. Er würde sich daran gewöhnen müssen, dass hier alles familiär zuging und jeder jeden kannte. Ungewohnt, aber auch irgendwie sympathisch, wie er fand.

Auch der erste Eindruck von dieser Claire war erfreulich. Verstohlen musterte er sie immer wieder. Die Schirmkappe war ausgesprochen frech. Claire trug einen Hosenanzug, der ihre schlanke Figur betonte und schlichte Sportschuhe. Sie kam ihm so bekannt vor, aber aufgrund der großen Sonnenbrille, die ihr Gesicht fast völlig bedeckte, kam er in seinen Überlegungen einfach nicht weiter. Wahrscheinlich lag es am Wein, dass ihm einfach nicht einfiel, woher er Claire hätte kennen können.

Hanna ging es genauso. Sie war dankbar für die dunkle Brille, so konnte sie Henry unauffällig mustern. Der ungepflegte Bartlook begeisterte sie zwar nicht besonders und passte eigentlich überhaupt nicht zu seinem sonst gepflegten Erscheinungsbild. Aber er war attraktiv, ohne Zweifel. Sie hatte ihn schon einmal irgendwo gesehen. Wenn sie nur wüsste, wo sie ihn schon mal getroffen hatte.

Hanna hatte sich überreden lassen, komplett an den Tisch von Henry und Deborah umzuziehen. Eine weitere Karaffe Wein wurde gebracht. Im Gegenzug wurden die Teller mit den leeren Schneckenhäusern und den Bratkartoffelresten abtransportiert. Sich ausgerechnet in diesem winzigen Ort in Südfrankreich über den Weg zu laufen kam einem Lottotreffer gleich, wiederholte Deborah gebetsmühlenartig. Henry hörte ungläubig der Geschichte mit den Montagstelefonaten zu.

„Sie haben montags einfach irgendwo in Paris angerufen?", fragte er. Er musterte Claire, während die nickte.

„Wie kamen Sie denn an die Telefonnummer von Deborah?", fragte Henry.

Hanna erklärte ihm, dass sei eine Empfehlung einer Dame gewesen, ebenfalls aus Paris. Diese habe sie, Claire, nämlich zuerst rein per Zufallsprinzip angerufen. Aber mangels Zeit habe diese Dame ihr dann die Nummer von Deborah gegeben. Während sie in sehr gutem Französisch alles erklärte, beobachtete sie Henry durch die dunklen Gläser ihrer Brille. Das also war der Bruder von Deborah. Ob er wusste, dass seine Schwester eine Schildkröte erworben hatte? Deborah hatte kaum einen Satz über Henry verloren. Wie Hanna überhaupt wenig über deren Familie wusste. Aber das lag einfach daran, dass Deborah ausschließlich und ausdauernd von sich und ihrem Drama namens Olivier in den montäglichen Telefonaten erzählt hatte. Was Hanna auch nicht ahnte: Henry war vom Sternzeichen Schütze. Und die in diesem Sternzeichen geborenen Männer visieren ihre Ziele mit höchster Präzision an, um dann unaufhörlich und zielstrebig darauf loszugehen. Henry ließ nicht locker mit seinen Fragen. Deborah hatte ihn schon mehrfach unterbrochen, er solle Claire nicht so ausfragen. Die hatte gelacht und Henry fragte unbeirrt weiter. Die Situation war weit von einem Gespräch entfernt und glich eher einer Befragung vor einem Tribunal. Er fragte nach Hannas Wohnort, ihren Hobbys und ihren Vorlieben beim Essen. Dann folgten die Fragen zur Politik, Geschichte und Natur. Eine Karaffe Wein folgte der anderen. Irgendjemand begann, die Schirme zuzuklappen. Da erst bemerkten sie, dass die Sonne vom Dorfplatz in Banne verschwunden war.

Und genau in dem Moment, als Hanna die Sonnenbrille absetzte und den Namen ihrer Firma nannte, durchfuhr es Henry wie ein Blitz.

„Wir kennen uns. Sie sind Hanna!“, sagte er triumphierend.

Deborah war völlig durcheinander und schaute abwechselnd Henry und Claire an. Das war nicht Claire? Beziehungsweise sie hieß nicht Claire sondern Hanna? Und Henry und Hanna-Claire kannten sich? Das erschien völlig unmöglich. Hatte diese Claire vielleicht einen Zwilling?

Henry lachte. Die letzten Ankömmlinge auf ihren Rädern umrundeten unter Beifall den Platz. Zwei Kinder bliesen in Plastiktrompeten und eine

Gruppe älterer Frauen jubelte. Vielleicht hatte Deborah ihren Bruder auch nur falsch verstanden.

„Sie heißt Claire“, sagte Deborah kopfschüttelnd.

„Nein, sie heißt Hanna. Alles andere, was sie dir erzählt hat, hat aber bestimmt seine Richtigkeit“, sagte Henry, stand auf und verschwand über den Platz in den Landgasthof. Er würde dieses kuriose Treffen mit der Anschaffung einer weiteren Flasche Wein krönen.

Der Eingangsbereich war gemütlich möbliert. Verschiedene Stühle standen herum, an der Wand hingen moderne und alte Gemälde in einer stilvollen Mischung. Die Deckenbalken waren dunkel gebeizt und die Wände in einem freundlichen Weiß verputzt. An einer Wand befand sich eine Glasvitrine, die wahrscheinlich wichtige Schätze der Inhaber beherbergten. Als Henry sich näherte, sah er verschiedene Kochbücher, unter anderem die Cuisine Gourmande von Michel Guerard und den Tous Bocuse. Links davon lag ein Guide Gallimard. Die Seite über Banne war darin aufgeschlagen. Auf der gleichen Regalebene lagen ein antiker Quirl mit matter Oberfläche, zwei Gugelhupfformen aus Kupfer und Sträuße von getrocknetem Lavendel. Auf dem obersten Regalboden der Vitrine war eine Urkunde mit drei Sternen zu sehen und ein Guide Michelin. Etwas rechts daneben, sauber getrennt durch einen Tontopf mit getrockneten Disteln, lag ein verblichenes Kochbuch.

Draußen auf dem Platz hatte Deborah endlich begriffen, dass Claire nicht Claire sondern Hanna hieß. Und dass sich ihr Bruder und Hanna von einem einmaligen Geschäftstermin kannten. Warum auch Nathalie das Foto kannte musste noch geklärt werden. Hanna hatte sich nach den Aufregungen ebenfalls kurz Richtung Restaurant verabschiedet.

Das Leben war so etwas von aufregend! Ausgerechnet in dem kleinen Dorf Banne diesen Werbemanager Henry zu treffen, der noch dazu der Bruder von Deborah war. Kaum zu glauben, aber war.

Minuten später stand sie neben Henry vor der Vitrine.

„Gefällt Ihnen die Dekoration? Die habe ich gestern gestaltet. Ich finde, die Sterne einer Sterneköchin, auch wenn das Thema Vergangenheit ist, muss man einfach zeigen."

Sie öffnete die Vitrine und strich behutsam über das verblichene Kochbuch.

„Der Reboul ist ja ein Klassiker. Dieses Buch ist ein besonders altes Exemplar von 1920, sogar mit einer Originalwidmung von Reboul."

Henry starrte völlig entgeistert in die Vitrine. Das verblichene Kochbuch war wirklich ein alter Reboul. Das ein weiteres, zweites Exemplar sogar eine Reise zu der Frau neben ihm hinter sich hatte, diese Information wäre für ihn eine weitere Überraschung gewesen. Henry erinnerte sich: Ein Kochbuch dieser Art hatte immer bei Marianne auf der Kommode gelegen. Sie hatte oft von der Geschichte des Buches erzählt und köstliche Rezepte daraus gekocht. Wahrscheinlich war dies eines von mehreren erhaltenen Exemplaren, die es auf der Welt gab. Aber es war trotzdem ein seltsamer Zufall, hier und jetzt mit einem antiken Reboul konfrontiert zu werden. Er bestaunte die alten Kuchenformen und entdeckte einen ausgestopften Fasan und einen kuriosen Lampenschirm bestehend aus Pfauenfedern. Ein weiterer Blick auf den Reboul ließ Henry plötzlich irritiert zusammenzucken. Das Kochbuch sah genauso aus, wie der Reboul von Marianne, den er oft in der Hand gehabt hatte. Auch auf dem Titelbild dieser Ausgabe war eine in Tracht gekleidete Frau zu sehen. Wahrscheinlich eine Federzeichnung mit feinen Schattierungen in Kreuzschraffur. Auf der Fischplatte, die die Frau in der Hand heilt, lag ein Hummer. Und dieser Hummer war rot. Henry drückte seine Nase fast platt an der Glasscheibe der Vitrine. Der Hummer war rot ausgemalt, daran gab es keinen Zweifel. Genau wie auf dem Buch von Marianne. Was allerdings nichts mit dem Druck zu tun hatte. Dass der Hummer auf Mariannes Reboul rot war, dafür zeichnete Henry höchstpersönlich verantwortlich. Er hatte nämlich als kleiner Kerl mit einem roten Buntstift den Hummer angemalt. Denn gekochte Hummer, hatte er damals eifrig erklärt, seien nun einmal rot. Das wusste ja jeder Gourmet, egal wie alt er war. Zuerst hatte Marianne ein bisschen geschimpft und dann aber über die Personalisierung des Reboul gelacht.

„Das ist ja fast wie ein ex libris“, hatte sie damals gesagt und Henry aufgeklärt, was es mit diesen wichtigen Kennzeichnungen in Büchern auf sich hatte.

In dem kleinen Landgasthof in Banne stand Henry fasziniert vor der Vitrine mi tdem Reboul. Diese Claire oder Hanna plauderte unaufhörlich. Er selbst überlegte fieberhaft: Konnte es ein weiteres Exemplar dieses Buches mit einem roten Hummer geben und wenn ja, warum? Und wenn nein, wie kam Mariannes Reboul in diese Vitrine? Wenn er sich dieses Kochbuch mit der Bemalung so anschaute, war er ganz sicher, dass die roten Kritzeleien von ihm stammten. Er erinnerte sich dumpf, wie er an Mariannes Tisch gesessen hatte, mit diesem roten Buntstift, der über das Papier kratzte. Aufgrund seiner Ungeduld waren einige Striche über die Umrisse des kleinen Hummers hinausgegangen. Doch, das musste seine Malerei aus der Kinderzeit sein. Oder trieb die Herbstsonne in Kombination mit dem Wein ein böses Spiel mit ihm? Seine Überlegungen drehten sich im Kreis. Während er noch grübelte, öffnete sich irgendwo eine Tür. Eine Stimme riss ihn aus seinen Gedanken.

„Salut Claire!“

Die so angesprochene Hanna lächelte leicht verlegen, als sie Henrys erstauntes Gesicht sah. Wieso schon wieder Claire statt Hanna, durchzuckte es ihn. Plötzlich erstarrte er. Natürlich, er kannte die Stimme.

Henry drehte sich um und sah verblüfft, was er nur in dem Bruchteil einer Sekunden vorher urplötzlich geahnt hatte. Marianne stand in der Tür. Mit frisch gestärkter Schürze und einer weißen Kochmütze auf den grauen Locken. Auch Mariannes Augen weiteten sich voller Erstaunen. Sie war völlig durcheinander. Henry? Hier? Was machte er ausgerechnet in Banne? In ihrem neuen, kleinen Landgasthof?

Henry starrte ungläubig zurück. Wie kam Marianne in dieses verschlafene Nest? In ihrer blütenweißen Köchinnenmontur? Sie hatte kein Sterbenswörtchen erzählt. Er wusste nur, dass sie nach der Schließung des Sternerestaurants etwas Neues vorhatte – aber Köchin in einem Landgasthof in Banne? Davon war nie die Rede gewesen. Er schaute zwischen Hanna und Marianne hin und her. Diese blonde Frau an seiner Seite, die schien ja jeder zu kennen. Und alle nannten sie nur Claire. Was hatte Marianne mit ihr zu tun?

Alle drei standen regungslos vor der Vitrine mit dem Reboul. Die Geräusche von draußen drangen kaum vernehmbar in den Raum. Plötzlich überwältigte Henry einfach nur eine unbändige Freude, Marianne zu sehen. Er nahm sie stürmisch in die Arme.

„Meine liebe Marianne. Diese junge Frau heißt Hanna. Nicht Claire, sondern Hanna“, unterbrach Henry unvermittelt die Stille. Und er begann in ein schallendes, nicht enden wollendes Lachen auszubrechen.

Luis ging ans Telefon. Es war nachts um halb zwei. Er war mürrisch und ungehalten.

„Hallo, hallo! Nennen Sie mich Claire“, flötete Hanna ins Telefon mit einem süßen französischen Akzent. Sie saß mit einem Gläschen Calvados in dem Sessel neben der Glasvitrine und lachte den roten Hummer auf dem Reboul an.

„Luis, es ging mir schon lange nicht mehr so gut! Es gibt so viel zu erzählen. Und Luis, auch wenn ich keine Ahnung habe, wie es weitergehen wird, eines aber ist klar: Ich werde den Job auf jeden Fall kündigen!“

Epilog

Den Rest des Abends hatten alle miteinander verbracht. Bis in die frühen Morgenstunden wurde erzählt und gelacht. Henry beschrieb in der Runde seine jahrelange Freundschaft zu Marianne. Er beschwor die Bilder der kleinen Brasserie herauf, in der alles angefangen hatte. Wie er an dem Tresen gesessen hatte und sämtliche Köstlichkeiten aus Mariannes Küche hatte probieren dürfen. Während er erzählte, saß Marianne still am Tisch und lächelte über das ganze Gesicht. Ab und zu drückte sie Henrys Hand. Nur langsam war bei ihr die Fassungslosigkeit einer gewaltigen Freude gewichen. Was für eine schicksalshafte Begegnung in dem kleinen Dorf Banne. Von der Schließung des „Le Ciel Bleu" hatte Henry natürlich gewusst. Über ihre weiteren Pläne hatte Marianne allerdings Stillschweigen bewahrt. Sie hatte es noch für verfrüht gehalten, ihm mitzuteilen, dass sie Paris dauerhaft den Rücken kehren wollte. Die Zeit in Banne hatte ja gerade erst begonnen. Dass Henry nur ein Dorf weiter in eine Produktion von Cidre eingestiegen war, bedeutete einen unbegreiflich glücklichen Zufall.

Deborah hörte geduldig zu. Sie stellte überraschenderweise jede Menge Fragen, statt wie immer nur von sich zu erzählen. Ein bisschen beneidete sie Henry im Stillen um diese mütterliche Freundin, die in all den Jahren immer für ihn da gewesen war.

Hanna war sprachlos ob der familiären Verquickungen, die sie sich mehrfach erklären ließ. Dass Nathalie die Mutter sowohl von Deborah und Henry war, schien schier unfassbar. Zu gerne hätte sie diese auch noch persönlich kennengelernt.

Um die Namensverwirrungen ein für alle mal zu beenden, stimmte die Runde nach der dritten Karaffe Wein und unter großem Gelächter dafür, sie nur noch Han-Claire zu nennen.

Wie Nathalies kleine, samtgrüne Visitenkarte in den alten Reboul gekommen und schlußendlich bei Hanna gelandet war, hatte rundherum für allgemeine Heiterkeit gesorgt. Henry konnte sich zwar nicht erinnern, wann genau und unter welchen Umständen er die Karte in den Reboul gesteckt hatte. Es gab allerdings keinen Zweifel daran, dass er selbst das gewesen sein musste. Marianne kannte nämlich weder Nathalie noch Nathalies Laden in der Rue Rosé. Wer sonst wäre sonst noch in Frage gekommen, die Visitenkarte in dem Reboul zu platzieren?

Dass Marianne den Zettel von Henry mit der namenlosen Telefonnummer einfach an Han-Claire weitergegeben hatte, war eine weitere Anekdote, die alle drei mit ausdauerndem Gelächter quittierten.

Um die Weihnachtszeit trafen sich Marianne und Nathalie zweimal zu langen und ausführlichen Gesprächen in Paris und fanden Gefallen aneinander. Nathalie sah keine Notwendigkeit, über die langjährige Freundschaft zwischen Henry und Marianne zu hadern. Sie rechtfertigte ausführlich ihre eigenen Versäumnisse in der Mutter-Sohn-Beziehung mit ihrer damaligen, familiären Situation. Marianne war klug genug, einfach zuzuhören und es nicht zu Schuldzuweisungen kommen zu lassen. Je mehr die Gespräche an Intensität zunahmen, desto entspannter wurde Nathalie. Irgendwann hatte sie dann nur noch eine aufrichtige Erleichterung verspürt, dass Henry auf diese spezielle Art und Weise das bekommen hatte, was sie ihm offensichtlich nicht hatte geben können.

Marianne erfuhr das Drama einer funktionalen Ehe und einer unsäglichen Scheidung. Was auch erklärte, warum der Vater Raoul in dem Leben der beiden Kinder keine Rolle gespielt hatte. Nathalie ihrerseits lernte Mariannes Lebensgeschichte kennen, die von der Praktikantin über den Umweg der gestressten Sterneköchin zu einer glücklichen, ausgeglichenen Köchin eines hübschen Landgasthofes geworden war. Marianne hatte wirklich alle Zelte in Paris abgebrochen. Sie hatte es keine Minute bedauert. Der kleine Gasthof war ihr Ein und Alles. Weil die Sonne die Fassade tagsüber immer in einen warmen Goldton tauchte, hatte sie das Haus auf den Namen „Can d´or“ getauft. Das goldene Haus.

Sie ließ die Zimmer komplett renovieren und richtete sie mit Hilfe von Camille hübsch ein. Ja, die treue Camille. Sie hatte alle Hände voll zu tun, die ganze Organisation zu leiten. Und Eines blieb beiden erspart: einen Anrufbeantworter abzuhören. Marianne hatte auf der Anschaffung eines schlichten Telefons ohne technischen Schnickschnack bestanden.

Im darauffolgenden Jahr gewann Nathalie bei der Chelsea Flower Show in London den ersten Preis im Bereich „Arrangements“. Sie hatte etwas völlig Neues gewagt und eine Kombination aus frischen und getrockneten Blumen gefertigt. Damit hatte sie gegen sämtliche Vorgaben der Jury verstoßen, die aber nicht umhin kam ihre Kreativität und ihr Gespür für die Pflanzen des südlichen Frankreichs zu würdigen. Im Publikum saß Marianne, die sich extra auf den langen Weg von Banne nach London in die Royal Hospital Gardens gemacht hatte. Natürlich auch, um ihre eigenhändig geernteten und getrockneten Bouquets garnis und Lavendelsträuße zwischen Mimosen, Windrosen und Disteln zu bewundern.

In Paris wurde Nathalie aufgrund dieses Erfolges und auf Empfehlung von Marianne quasi zur Hoflieferantin aller Blumendekorationen im ehemaligen „Le Ciel Bleu“, was unter neuer Leitung nun „La Table“ hieß und sich langsam unter Alains Wirken erneut in die Sterneliga kochte.

Von Gabriel aus dem Priesterseminar hörte man nichts mehr. Es kursierte das Gerücht, dass er zu einer Weltumsegelung aufgebrochen war. Jedenfalls hatte er aus nicht genauer bekannten Gründen dem Priesterberuf definitiv den Rücken gekehrt. Hanna hatte nach ihrer Rückkehr aus Südfrankreich ein Paket von ihm vorgefunden mit einem kräftig zerzausten Teddybären. Auf einer klassisch kitschigen Postkarte mit einem Fotomotiv vom Eiffelturm hatte Gabriel darum gebeten, auf das Plüschtier aufzupassen, bis er sich wieder melden würde.

Henry lebte seine Leidenschaft in Saint-Paul-le-Jeune und produzierte vielversprechenden Apfelwein nach der Champagnermethode, nämlich in klassischer Flaschengärung. Die roten Tonbecher waren genauso ein Erfolg wie der Apfelwein selbst. Mit den alten Apfelsorten gelang ein aromatischer, goldgelber Apfelwein, der seinesgleichen suchte. Die ersten Chargen fanden reißenden Absatz. Henry unterschrieb noch immer alle wichtigen Papiere mit seinem Montblanc Füller. So zum Beispiel den Ankauf der automatischen Rüttelpulte und den Vertrag mit Viola, die, statt eine Weltreise zu machen, bei ihm eine Ausbildung im landwirtschaftlichen Obstanbau begonnen hatte. Meine dritte Ausbildung, hatte sie lachend erklärt und George Sillon hatte ob dieser Neuigkeiten nur so gestrahlt vor Glück. Der blaue Bus hatte inzwischen leider das Zeitliche gesegnet und stand auf einem Autofriedhof. Henry hatte ihn durch zwei kleine LKWs ersetzt und auch seinen Citroën aus Paris höchst eigenhändig in die Cevennen gefahren. Die Jeff Koons Skulptur hatte die Fahrt auf dem Beifahrersitz auch überstanden und verschönerte von da an den Eingangsbereich seines Hauses. „Die Göttin" wurde allerdings sehr selten aus der Scheune geholt. Henry war einfach viel zu beschäftigt. Das Leben gefiel ihm und zu seinem Erstaunen vermisste er die Metropole Paris überhaupt nicht. Er war auch nicht mehr allein. Eines Tages war ihm ein großer Mischlingshund zugelaufen, den er, zugegebenermaßen in einem Anfall von geistiger Umnachtung, Claire genannt hatte. Die beiden waren unzertrennlich. Man sah sie bei Wind und Wetter durch die Reihen der vielen Apfelbäume laufen.

Deborah hatte sich endgültig für ein glückliches Singledasein entschieden. Zufällig war sie Olivier zweimal begegnet. Beide Male hatte er Deborah nicht bemerkt. Es waren kurze, schmerzhafte Momente für sie gewesen. Einmal war er in Begleitung seiner Frau anlässlich der Wiedereröffnung des Musée d´Orsay nach den zweijährigen, umfangreichen Umbauarbeiten. Deborah war in den Genuss einer VIP-Karte gekommen, weil ihre Firma während der Bauzeit die Kontrolle der Finanzen durchgeführt hatte. Wahrscheinlich hatte Olivier eine Spende getätigt, nur so erklärte sie sich dessen Anwesenheit. Sie hatte ihn sofort an den grau melierten Haaren und seiner schlanken Gestalt erkannt. Wie damals in der Oper hatte sie umgehend den Rückzug angetreten. Glücklicherweise standen zwei große Kunstwerke im Raum und sie versteckte sich hinter einer Skulptur von Auguste Rodin. Durch die dunkle Brille konnte Deborah jeden weiteren Schritt Oliviers verfolgen. Er war charmant zu den Damen, grüßte in alle Richtungen und hielt seine Frau an der Hand. Deborah schluckte. Es tat immer noch weh.

Das zweite Mal war er ihr ausgerechnet an einem Montag über den Weg gelaufen. Sie hatte ihn mit einer Brünetten, die ganz eindeutig nicht seine Frau war, in einem Hotel verschwinden sehen. In diesem Augenblick war ihr mit aller Deutlichkeit klargeworden, dass ihre Beziehung beendet war. Der Anblick hatte ihr zugesetzt. Aber auch klar vor Augen geführt, dass mit diesem Mann niemals der Hauch einer Chance auf ein gemeinsames Leben bestanden hatte. Der Kater lässt das Mausen nicht, war es ihr durch den Kopf geschossen.

Deborah besuchte diverse Kurse an verschiedenen Instituten und lernte ein bisschen Italienisch und dann ein bisschen Schwedisch. Sie hatte sich auch eine andere Wohnung gesucht, die näher zu den BIOs lag. Diese Entscheidung hatte sie nach der ersten erfolgreichen Salaternte getroffen. Bei den BIOs war sie inzwischen sehr beliebt. Auch weil sie deren katastrophale Finanzsituation durchleuchtet und auf Vordermann gebracht hatte. Außerdem hatte sie das Singledasein von Herrn Obama beendet und ein Schildkrötenweibchen erstanden. Beim Erwerb hatte sie sich diesmal auch ganz genau des Geschlechts versichert. Eine ganze Woche hatte sie vergeblich nach einem Namen für den Neuzugang im Glaskasten gesucht. Bis Deborah dann, einem Umweg sei Dank, am Brunnen seitlich vom Centre Pompidou vorbeigekommen war. Von da an kuschelten Herr Obama und eine Niki de Saint Phalle im gleichen Kasten und teilten sich einträchtig Salatblätter und Karotten.

Luis verlobte sich mit seiner neuen Flamme Kristina. Auch, weil er genau wusste, dass ihm nie wieder eine bessere Frau über den Weg laufen würde, die selbst mit High Heels immer noch einen Kopf kleiner wäre als er. Was er allerdings niemanden, noch nicht einmal Hanna, in dieser Form gestanden hatte. Die Ankündigung Hannas, die Modefirma zu verlassen, verkraftete er nur schwer. Hauptsächlich deshalb, weil er einfach keine Ahnung hatte, mit wem er dann die morgendliche Kaffeeplörre trinken und quatschen sollte. Monate später beendete er seine Karriere in der Modefirma Jarell und wechselte erfolgreich in ein internationales Immobilienunternehmen.

Hanna hatte ihre Ankündigung wahr gemacht und ihren Job in der Modefirma tatsächlich gekündigt. Sie stand dazu: Sie war ausgebrannt. Weder der Umzug in Luis' Büro, noch der kurze Urlaub hatten da eine Verbesserung gebracht. Robert Lehmann war fassungslos gewesen. Sie hatte es allerdings nicht für nötig erachtet, ihm zu erläutern, dass man sehr gute Kräfte nicht einfach aushungerte und mit einem mickrigen Salaire abspeiste. Und sie hatte auch nicht erklären wollen, dass Kreativität sich nur da entwickelt, wo Freude und Leidenschaft im Spiel sind. Das war bei ihr nach all den Jahren als Designerin einfach nicht mehr der Fall. Aus welchem Grund auch immer. Sie war ganz sicher, dass sie keiner Designertätigkeit mehr nachgehen wollte. Aber wie hatte Marianne gesagt? Im Leben dürfen sich Wünsche ändern und geänderten Wünschen darf man nachgehen. Hanna hatte ihre Entscheidung auch den Telefonaten nach Paris zu verdanken. Wie viele Fragen hatte sie Deborah oder Gabriel gestellt, die eigentlich Fragen an sich selbst gewesen waren.

Als Robert Lehmann sich erkundigt hatte, ob er sie nicht genug gelobt habe, musste Hanna laut lachen. Was hatte Luis immer gesagt? Der Lehmann setze den ständigen Lobgesang bewusst als Taktik ein, um zu vertuschen, dass er das ganze Team wie ein Sklaventreiber zu immer neuen Höchstleistungen antrieb. Und vor allem zu zahlreichen, unbezahlten Überstunden. Ganz nach dem Motto „Zuckerbrot und Peitsche“. Luis hatte auch in diesem Punkt recht.

Hanna nahm unterschiedliche Tätigkeiten an, in einem Restaurant, einer Boutique und einem Coffeeshop. Diese Arbeiten dienten nur einer vorübergehenden Geldbeschaffungsmaßname. Von irgendetwas musste der Lebensunterhalt ja schließlich bezahlt werden. Ihr war immer noch nicht klar, welches der richtige Weg für sie wäre. Die Konsequenz war simpel: eine richtige Auszeit nehmen, etwas Verrücktes machen, Regeln abstreifen, Impulse holen und sich anstecken lassen. Genau das wollte sie endlich tun.

Und genau deshalb stand sie drei Monate später

am Bahnsteig von Gleis drei und wartete auf ihren Zug. Der Lautsprecher hatte eine zehnminütige Verspätung avisiert. Die unterschiedlichsten Menschen übten sich mit Hanna in Geduld. Frauen mit Reisetaschen und Kinderwägen, Männer mit Aktenkoffern und Kinder mit bunten Rucksäcken und Spielzeug in den Händen. Züge auf benachbarten Gleise fuhren unter lautem Quietschen ein, aus Lautsprechern tönten unverständliche Ansagen. Hanna stand gelassen in all dem Trubel. Sie spürte den Brief in der Manteltasche. Den unauffindbaren, zweiten Brief aus Paris. Sie hatte ihn wieder gefunden in den Tiefen einer ihrer zahlreichen Handtaschen. Der Brief war von Deborah. Sie hatte ihn höchst persönlich geschrieben und auch höchst persönlich abgeschickt. Was das Rätsel um die akribisch aufgeklebten Briefmarken für Hanna gelöst hatte. Der wattierte Umschlag enthielt einen Miniatur-Stadtplan von Paris, eine Dauerkarte für das Centre Pompidou, einen Gutschein für ein Frühstück für zwei bei Ladurée an den Champs Elysee und einen Schlüsselanhänger vom Eiffelturm in einem kräftigen Rot mit glitzernden Steinen und intakter Spitze.

Hanna wartete auf den Zug nach Paris.

Weitere Informationen finden Sie auf:
www.petrameyerblog.wordpress.com

Printed in Poland
by Amazon Fulfillment
Poland Sp. z o.o., Wrocław

57457251R00222